春回天地一寸心

马文科　著

春晖天地一寸心

CHUN HUI TIAN DI YI CUN XIN

中国广播电视出版社
CHINA RADIO & TELEVISION PUBLISHING HOUSE

剑似秋霜气若虹

——读马文科散文随笔

雷抒雁

不曾与马文科谋面，读他的散文随笔，却给了我三个惊喜。

一是从文中得知他是关中汉子，我的陕西乡党。他家在礼泉，我家在泾阳；一水之隔，他家在泾河之南，我家在泾水之北。同一方水土，养得同一种乡音，同一种情怀。他的散文写到家乡的风俗、饮食、土语，让我立时感到倍加亲切，陷入回忆。比如将饺子叫"煮馍"，老母亲以苦菜做馅，教他自小吃苦，懂得人间事先苦而后甜的道理。读到他的老母亲慈祥模样，难免不想起我的母亲。他行文的语调，不枝不蔓，不拖泥带水，截脆、坚定、响亮，正充满着关中汉子说话的那种热情、自信和粗犷。

第二个惊喜是我们还称得上是战友。20世纪70年代，我们同在一个大军区当兵，都驻守在腾格里沙漠的边缘。只是他在西边，守在祁连山下；我在宁夏，驻在黄河之滨。同一片蓝天下站岗，同一片沙漠的热风与寒气，吹打过我们年轻的脸颊与枪刺。共同的经历，使我们有着相似的体验与气质。他的文章正气凛然，文字犀利，针砭时弊，伸张正义。论及人生，总是崇尚风骨与尊严，维护人的最高生命价值，有一股浩然之气流动在字里行间，深信他有一柄如剑之笔。

当然，最令我惊喜的还在于他的文章，说理透彻，眼界开阔，且文采斐然。

读过一些说理文章，常常是质胜于文，气势逼人，却回旋婉转不足。大约因为马文科长期的工作在于"说理"，所以，他懂得说理之三昧。一是立论要明确，不能含糊其词，这叫"逼人"；二是论证要充分，不能空话套话，这叫"服人"；三是行文要有趣，语言幽默，故事迭出，这叫"引人"。马文科的文章正是在这三点上紧紧把握住了，所以篇篇读来都引人、服人。

我们从马文科的文章里看出，他是一个勤于读书、勤于荟集、勤于思考的人。他的知识涉猎甚广，既有圣贤论述，又有经典故事，甚至不放过一些当下的新闻趣事，幽默小品。他的阅读量很大，又不是重于抄录堆砌，用以炫耀，而是每每总有感悟，从中得到启发。他的论证，又多从事实而来，有的是别人的生活经验，有的是自己的生活经验。这些人生经验，正是一个人行文的重要"资本"。一个没有"经验"的人，专注于引经据典，套用大话，不会写出感人文章的。

马文科在《"冒号"：请给你嘴巴上把锁》里，批评了当下一些领导干部的"话癖症"：大话、套话、长话、废话。提倡写短文说短话，使文章说话有魅力。为了论证自己的观点，他文章里提到李世民、孟德斯鸠、老子、郑板桥、诸葛亮、魏征、李斯、刘向、孔子、鲁迅、毛泽东、邓小平、邱吉尔、柯立芝、路德维希、约翰逊、李鸿章、沙皇尼古拉一世、张居正、汉武帝、陈毅、粟裕、孙毅甚至相声演员马季。这些人的故事、言论都从方方面面让我们认识到："器堕于地，不可掇也；言出于口，不可及也，慎之哉。"

行文中，从头到尾，都充满了故事，有的十分有趣，读来让人难以忍俊，亦庄亦谐，思辨有力，说理服人。既有与人为善的批评，又有开人心智的引导。文章纵横驰骋，汪洋恣肆，这些故事又连缀得当，天衣无缝。个人的经

2

验和体验，都渗透在字里行间，使人读来，难以释手。他的类似文章，都有这种风格，十分可喜。

我还特别喜欢他参加中国人民解放军代表团赴美进行军事访问的文章，以及他写自己所在的防化兵部队的文章。这些文章透露出许多鲜为人知的信息，让我们对外军、对世界、也对我们自己的"降魔神兵"有了一份新鲜的认识，极为难得。

马文科是个会写文章的人，想来作为领导干部一定是位会讲话、会做工作的人。他文章里透露出的学识、胆识、才情与气质，都充满着一种魅力。刚与柔，剑与花，和谐地成就着他的文章和事业。

马文科把他的这些文章结集为《春回天地一寸心》，予以出版，谨以乡友、战友和文友，致以祝贺！

目录

目　录

心，周身经络之总纲，满腔血液之枢机。吐纳盈缩，如江河泄地，不可或止；鼎革推转，似日月经天，岂容暂歇！生生不息，化育吾身，恰似太极之创世造物。复以欲海之发端，性灵之钟萃。犬牙交错，相互渗透；对阵交锋，无日能休；干戈玉帛，浑然一体。诚如太极之阴阳互动，相反相成。且太极本无极，浩茫寥廓，无所不包；斑斓幽昧，无所不见；良莠贤愚，无所不度；泱泱海运，无寿无夭——一如圣人之心，超然尘上，允执厥中，兼济天下。然心灵之太极，非先天所专赐，非后天所恒有。人本生而共有，亦可率意失之。孔子"七十从心所欲而不逾矩"，可谓善修；保尔·柯察金无悔之临终告白，堪为箴言；至于晚节不保、荃化为茅者，又何其多——于人如此，于家于国于民族于党派亦然，可不慎哉！

广宇寸心

广宇寸心，在先圣眼中，竟是如此密不可分、浑然一体。今人多狐疑不解，又藉科学之名聚而嗤笑之：人心，不过吐纳周身血液一血泵耳，百年盈缩终不免与身同朽；宇宙，乃180亿年前一场大爆炸形成的巨大时空架构，日月星辰无非是遥不可及、毫无生气之庞然球体——心即宇宙之说，定是愚昧懵懂之唯心狂想；仰天扪心之举，纯属文人骚客的自作多情。

由此而论，今人虽步入太空，而心境日蹙，心宇之间，红尘壅塞，反成陌路，岂不悲哉。

曾在美国家喻户晓的著名女航天员莉萨·诺瓦克因怀疑其男友移情别恋而千里追踪谋刺情敌，最终被国家航空航天局开除并绳之以法，前不久更被列入2006年全美"愚人榜"。这个故事再次告诫我们：倘若没有包容天宇的博大心胸，那些或攀登或被捧上九重天的英雄们的下一个人生驿站，很可能就是十八层地狱。

在中国古代，心不仅被视为生命之本，而且被说成是"君主之官，神明出焉"，是人思维、情感、意念活动的总策源地。于是就有了关于心的种种格言、成语：做人始于"不忍之心"，做事但求"无愧于心"，交友崇尚"心心相印"，为文贵在"言为心声"，施政靠的是"体察民心"，征伐最讲究"攻心为上"，情投意合只因为"心有灵犀"，口诛笔伐无过于"诛心之论"，悖狂凶徒被称作"丧心病狂"，悔过之人发誓要"洗心革面"。儒家讲"诚心正意"，道家讲"清心寡欲"，佛家讲"自见本心"，一个"心"字，竟成为中华文化数千年薪火相传的"不二法门"。

4

青年毛泽东就读湖南第一师范时，曾有一篇作文被他的恩师也就是后来成为其岳父的杨昌济评为满分，这篇后来遗失掉的文章有一个耐人寻味的名字——"心之力"。它不禁使人联想到蒲松龄那副有名的自勉联："有志者，事竟成，破釜沉舟，百二秦关终属楚；苦心人，天不负，卧薪尝胆，三千越甲可吞吴。"但近代以来，随着科学的发展，脑的地位如日中天，逐渐成为灵与肉的主宰，心的作用日渐式微，仅仅作为血液循环的中枢。前一段医学界围绕"脑死亡"还是"心死亡"的生命结束判断标准，争得不亦乐乎，最终还是主张前者的占了上风。

"哀莫大于心死。"如果抛开生物解剖学的局限，只从文化意义上讲，心和脑的作用并不能彼此取代，更不容混淆颠倒，因为它们分别代表了人性的"双星"——襟怀和智力。从今天的实际来看，我们尤其应当关注前者。

因为只有凭借心灵才可以超越时间界限，徜徉长幼而无碍，游刃古今而有余，亦旧亦新。我们时常能够听到看到，一些文苑长者，因为童心未泯，始终保持一种纯朴稚趣；一些本色英雄，因为壮心不已，暮年仍能保有斗士的弘毅坚贞；一些青史哲人，因为心香悠远，能够倾听千古仁人之心语，如在耳畔，纵目身后百代之更变，如在眼前。少时读梁启超《少年中国说》，常因文中对少年的推崇赞誉而热血沸腾、豪情驰张不能自已；近来重读此文，却心生疑窦——较之"年且九十挖山不止"的愚公，较之"僵卧孤村不自哀，尚思为国戍轮台"的陆放翁，较之"老夫喜作黄昏颂，满目青山夕照明"的老一辈革命家叶剑英，我们当下的一些年轻人昏昏噩噩、朝不虑夕，他们又如何能担当建设"少年中国"之重任呢？民有青春之恒心，始有青春之恒国。如若不然，春华易逝，少年转瞬已成老者，国又将何以依赖？因此我更看重的是文章里这样一句："国之老少，又无定形，而实随国民之心力以为消长也。"

5

人，只有凭借心灵净化焕发出的特殊能量，才能摆脱利益的羁绊，化解恩仇的积怨，跨越时空的阻隔，突破种族的差异。"落地为兄弟，何必骨肉亲"，"相知无远近，万里尚为邻"，"风雷驱大地，是处有亲朋"。因为有一颗对不朽事业的笃定之心，所以当身遭腐刑幽居蚕室蒙受莫大耻辱时，司马迁念兹在兹的却是"究天人之际，通古今之变"；因为有一颗对浩然正气的贞守之心，所以当以状元宰相之身久陷囹圄日与腐鼠毁尸为伍时，文天祥竟能悠然赋诗寄兴"哀哉沮洳场，为我安乐国"；因为有一颗对祖国母亲的赤诚之心，所以当日本军国主义在卢沟桥点燃全面侵华的战火时，十年内战不共戴天的对手毅然联袂出击共赴国难；因为有一颗对天下苍生的包容之心，所以当骄狂暴虐的战犯沦为阶下之囚时，饱受屠戮的东方民族竟然用宾客的礼节代替了复仇的利剑；因为有一颗对世界正义的奉献之心，所以当战争和灾难降临在万里之遥的异国他邦时，一批批人类和平的志愿者感同身受远涉重洋以身相殉；因为有一颗对世间万物的通灵之心，所以当经行于广阔天地之间时，满目深情才能化作如此动人的诗句："一松一竹真朋友，山鸟山花好弟兄"，"我见青山多妩媚，料青山见我应如是"，"道通天地有形外，思入风云变态中"。

无可讳言，缤纷大千世界，人心千差万别，就像人的面目各自不同。曾几何时，关于人心不足、人心险恶、人心难测，"画龙画虎难画骨，知人知面不知心"、"长恨人心不如水，等闲平地起波澜"等说法被很多人视为处世圭臬，在相互猜疑和防范中，心与心的距离在不断拉大，心灵的边界在不断收缩，一些人甚至惊呼：伴随着知识大爆炸时代的脚步，整个人类社会的心灵世界却像一些科学家预言的宇宙末日那样，在湮灭与萎缩、吞噬和坍塌中逐步堕入晦暗的深渊。于是有人或看破红尘，或愤世嫉俗，或穷途迷惘，或皓首穷经，力图在古典中求得解放；有人或醉心西土，希望从海外找到灵丹仙方；少数人甚至成为邪教臆说的俘虏。这不禁使人想到奔月的嫦娥，本想超脱尘世烦扰，从此尽享天堂之乐，哪曾想到广寒宫里除了玉宇琼楼，就是兔子、蟾蜍和桂树，虽得长生，与死何异！"嫦娥应悔偷灵药，碧海青天夜夜心。"还是俗话说得好："心病还需心药治"，"求人莫若求己"。医心之药，非在身外，只在方寸之间。疗疾之方也只需三个字："大其心。"九百多年前，讲学关中、世称横渠先生的大思想家张载有句座右铭："为天地立心，为生民立命，为往圣继绝学，为万世开太平。"指出"大其心则能体天下之物"、"世人之心，止于闻见之狭；圣人尽性，不以闻见梏其心，其视天下无一物非我"。这种大心，不是贪图占有的"野心"，而是承载包容的"天心"，换言之，也就是"宇宙心"。

相传，古希腊哲学家泰勒斯某晚仰望星空，预言第二天必有大雨，欣喜之中，不料脚下踩空，一下子掉进身旁深坑里。被人救起后，他告诉了对方这个预言，却遭到人们嘲笑。从此，哲学家成了"只关注天空，不理现实"的代名词。两千年后，黑格尔站出来，用一句"仰望天空"的哲言为哲学家正了名。他甚至说："只有那些永远躺在坑里，从不仰望天空的人，才不会掉进坑里。"

一个民族的崛起需要一大批具有"宇宙之心"的有识之士，因为只有能够仰望天际，人类才知道宇宙的浩瀚无垠，拥有一颗敬畏大自然之心，才会意识到个人寸心的渺小；只有能够仰望天空的人，才有独立思考的寸心，追求真理的勇气，始终不为利欲所熏心。

7

两千多年来，国人始终对"天下为公"理念主导下的"大同"社会情有独钟，但孔圣人的门徒却长期认为这种理想社会只能存在于尧舜禹"三代"，因此"人心不古，世风日下"竟成了士大夫的口头禅。直到康有为写了一篇《大同书》，人们才开始逐渐相信，这种原始共产主义的遗风在将来会以更高的层次重现世间，成就更加美妙的"大同"胜景。"锦江春色来天地，玉垒浮云变古今。"放眼神州，今朝"大同"的意兴就像仲春的和风，送走了严冬的寒苦，作别了早春的游移，正朝我们每个人健步走来。然而，春风不可能将大漠戈壁染绿，不可能使枯木朽株回生，不可能把一片草根变成森林。"大同"梦想只有依赖亿兆"大心"，才能成就"以四海为一人，以天下为一家"的天地同春，才能使我们这颗蔚蓝的星球成为浩瀚天宇中一道最美的风景。

品味"品位"

记不得从哪天起，"品位"一词像手机彩铃一样在社会生活的各个角落炫亮起来，大有"忽如一夜春风来，千树万树梨花开"之气势，各类《时尚》、《品位》、《风度》刊物横空出世；电视广告上，铺天盖地的香车美女、锦衣俊男引领着所谓的品位新潮，成为人们追求时尚的标准和仰慕的偶像；五花八门的网络用语充斥着各个网站，"男人可以不像比尔·盖茨那样富有，可以不像《泰坦尼克号》主角莱昂纳多那样英俊帅气，但是，不能没有品位！"、"有品位的女人才有味"、"品位犹如一首经典而悠扬的歌，人的生命在优美的旋律之中绽放出璀璨的光芒；更像一杯清香的龙井茶，轻呷一口，顿觉满口芳香。"……

何谓"品位"？近日查《辞海》，方知"品位"一词原指矿石中所含有用成分（元素或化合物）的百分含量。原矿品位的高低，则表示原矿的富贫程度，据此划分矿石和废石的界限。

品位源自物质，但并非纯粹的物质结晶，它更多的属精神范畴。在人类精神生活活动中，同样也有雅与俗、清与浊、格调高与低等不同品位之别。

当代社会，富裕起来的国人开始讲究品位，人们的精神世界如万花筒般绚丽多彩，有的面对物欲横流，始终保持着"似兰斯馨，如松之盛"的高洁，也有的志趣情操并不高雅，陷入庸俗、消极、颓废的"段子"、"圈子"、"号子"、"杯子"文化氛围不能自拔：沉湎于吃吃喝喝、玩玩乐乐，而不知读些好书、提升一下文化水准者有之；人际交往中喜欢同乡、同行、同学"圈内行"、缺乏五湖四海、海纳百川的雅量和气度者有之；对下傲气十足、对上媚态可掬，失去了堂堂正正、刚直不阿的做人风骨者有之；有些先锋时髦派在品味"品位"中品出了异味——在他（她）们眼里，男人的品位在古巴哈瓦那雪茄的明灭间、在彰显尊贵的劳力士机械表清脆的走时声中、抑或是在把玩瑞士军刀过程中的享受、舒展；有品位的女人必对法国时装情有独钟，无名指要戴上光芒四射的南非钻戒，每年一回的欧洲之旅必不可少。那些新潮又抢眼的白领女人，在灯红酒绿的酒吧、咖啡屋潇洒之余，偶尔也谈及诗仙太白和莎翁、弗洛伊德与萨特，借以彰显自己不无文化品位。在都市，有些先富起来并自诩时尚品位的人，刻意将自己装扮成与众不同的钻石王老五。认识一位房地产大亨，原本白面书生模样，某日听人说国外有品位的人皮肤必呈古铜色，于是，连续多日携妻开上各自的奔驰、宝马去海滩晒太阳，结果，男的晒得如同港口铁蛋似的搬运工，女的晒成了久治不愈的皮肤病。有一小学文化的年轻暴发户，在追求一位女明星时，为了彰显自己有品位，每周都要拉上对方进音乐厅，可每次入座不到十分钟，就打起了如雷的呼噜，忍无可忍的"星"断然提出分道扬镳，临别时甩给他这样一句话："你有钱，但无味！"有位聚财成瘾的款爷，腰包虽鼓，却病态似的吝啬，赴欧洲考察前到打折店买了一身"名牌"，不料出关时遭遇"扣留"，搞得好不狼狈不说，竟毫无愧色地斥责海关人员崇洋媚外。电影《大腕》里有段台词，诠释了某些"富青"一族对品位的判定：在都市黄金地段建栋别墅，雇上个法国设计师；楼里站个英国管家，说口地道的伦敦腔儿；妻子要选穿和服的樱花之国姑娘；子女须送贵族学校，教材用哈佛的。在这些人眼里，唯有发达国家的生活方式才算有质量、有品位。

记得林语堂在旅美时写了本《生活的艺术》，高居美国畅销书榜首长达五十二周，且连续再版四十余次。作者在这本"对外讲中"的书中谈了庄子的淡泊，赞了陶渊明的闲适，诵了《归去来辞》，讲了《圣经》的故事，以及中国人如何品茗、如何行酒令，如何观山玩水，如何看云鉴石，如何养花蓄鸟，如何赏雪、吟风、弄月……将中国人旷怀达观、陶情遣兴、涤烦消愁的生活方式、浪漫高雅的东方情调皆诉诸笔下，向西方人娓娓道出了一个可供仿效的"生活最高典型"的模式。据说，很多美国人奉此书为生活之法则，就连总统布什先生在对国会两院联席会谈到他访问亚洲的准备工作时，也赞叹道：读了林语堂的作品，内心感受良深。

品格之于人，犹如芳香之于花。有着五千年文明的中华民族最讲究精神生活的高品位。自古以来，炎黄子孙十分重视内外兼修，形神兼备，追求高尚的人格力量和做人的铮铮傲骨，将中国传统文化价值观作为人生的座右铭："无财非贫无学乃为贫；无位非贱无耻乃为贱；无寿非夭无述乃为夭；无子非孤无德乃为孤。"古圣先贤提出了"富贵不能淫，贫贱不能移，威武不能屈"、"信则人任焉，民以诚而立"等做人准则；毛泽东在青年时代就告诫自己"三不谈"：不谈金钱，不谈女人，不谈生活琐事。人，不一定能使自己伟大，但一定可以使自己崇高。有了这种崇高，才能有更远大的志向，更高标准的追求，也才有更博大的胸怀，如此就能达到明代人吕坤所说的境界："做第一等人，干第一等事，说第一等话，抱第一等识。"人的品位提高了，放眼看苍穹，混沌的天空也会熠熠生辉，贫瘠的土地也会满目葱茏；回首思德行，一言一行，抱定宗旨、砥砺品质，以天下为己任，担当起匡正时风、经世济民的职责。

人的精神生活高品位不是与生俱来的，而是一种聚沙成塔的知识积淀，

"自我超脱"的心灵修炼。这是品位形成的质量保证，也是品位上档次的内因。说到底，品位是一个人综合素质的总和，它是以文化素养和思想修养为基础的。古语讲："腹有诗书气自华"，人只有掌握的知识多了，上博天地君亲师，下通当今文工理医农，学富五车，尤其是养成人格教化功能，有了这种深度的内涵显现于外的气质，才能对客观世界有宏观的视野，精神境界也就会随之水涨船高，不但举止得体，谈吐不俗，而且情趣高雅，追求内心的平和、宁静、恬淡。一个内心恬静的人，即使将手按在黄金上，心也不会变成黑色。抛弃了物质的羁绊，生活无需用名车、豪宅以及马爹利、轩尼诗、人头马来炫耀自己的品位，因为他能从一杯清水中品味纯净；无需用名人字画来充实自己的家居，因为山河大地无处不是最美的画图。用智慧武装起头脑的人，不一定天资聪颖，但才思敏捷，拥有智者眼光；身材不一定性感，但富有魅力，给人以美的震撼；容颜也会随着时光一天天老去，但身心依旧年轻靓丽；虽貌不惊人，没有车载斗量的财富，但浑然天成的高雅气质令众人赞叹不已；即便身着朴素便装，也能显示出清新、淡雅和纯朴；即使坐在简陋的小茶社，也能品出清香；端起粗茶淡饭，也能吃出香甜。自古寂寞出文章。许多艺术大师不管从哪个方向走进艺术殿堂，随着境界的提升，不少人选择离群索居，过上了陶潜式遗世独立隐居生活，有的穷得手里只剩下三粒豆子，不知是煮了好还是炒了好，却心如止水，不动声色地痴心创作，为社会奉献出传世经典之作，那其实是一种很高的人生境界，一种至高至上的美。正如英国著名哲学家培根所说："读史使人明智，读诗使人灵秀，演算使人精细，物理使人深沉，伦理使人庄重，逻辑修辞则使人善辩。"根深才能叶茂。学识越丰富，我们的心里才越宽绰、睿智、博达，告别了无知、愚昧、混沌，就会努力地去打造自己的人生品牌，不断完善和充实内在的魅力，

11

做到见贤思齐，见不贤而内自省；懂得欣赏美，善于追求美，像郭沫若所说的，知晓"美不在乎外表，而在乎内在的精神。要内部澄清、有思想、健康、才能、德行……"

12

　　由此可见，品位隐藏在超群的学识里，融化在高尚的人格魅力中，它是一盏点亮人心智的烛光，它是扬帆远航弄潮儿使用的罗盘，它是给人以健康精神的千金方，它是我们追求"静而与阴同德，动而与阳同波"人生最佳境界的逆旅驿站，它是一座需要永远守护的精神城堡。有了这样的品味追求，就能立志有所作为，为社会、为他人做更多有益的事，从而使自己的人生旅程成为历史长河中一页隽永的图景，也会使这个蓝色星球的富矿品位能够因为我们的儒雅品味而折射出更加绚丽的光芒。

心悟无字之书

当你登临泰山玉皇之巅，仰观天象俯察四围时；当你置身黄河壶口之侧，胸怀丘壑志薄九天时；当你徜徉玉垒山麓，看咆哮岷江水温驯淌过都江堰的千古传奇时；当你矗立长城烽燧之上，忆往昔金戈铁马气吞万里如虎时；当你泛游赤壁古崖，横槊赋诗吟浪花淘尽英雄时；当你目睹敦煌佛像壁画，虚静空寂领略菩提妙谛时，会使人在瞬间理解中国文化的精义。它们积淀了中华民族千秋万代的精神内涵、文化底蕴与历史血脉，同时也交融了天地万物的精华与灵性，令人纵使阅读千遍万遍也不能尽言其中之真诀。

史记，唐太宗倚重的治国之臣马周，最初在县城任助教，只是个九品芝麻官。后来，他辞官流落长安街头，被中郎将常何收为门客。有年夏天，皇帝因天旱下诏求言。读书不多的常何将军顺手牵羊，请马周代写出一篇奏章。众多官员的奏议，大多阿谀奉迎之辞，唯独常何的奏章列举了廿余条弊政。太宗看后，遂生疑窦：常何一介武夫怎能写出如此好的奏章？弄清事实后，太宗大喜过望，立即派人连请四次，才把马周请到宫中。太宗笑问：刘备三请诸葛，你马周得请四次啊！干什么去了，这么难请？马周答曰，自己到郊外读书去了。皇帝不解：为什么要到郊外去读书呢？他言道：书分有字之书和无字之书，在家里读的是有字之书，到郊外去读的是无字之书，读有字之书能明古今治国之理，知历代王朝之兴衰；到郊外去看无字之书，能了解民众之疾苦、察政令之优劣、体民心之向背，其教益不亚于有字之书。

其实，我们每个人的一生都在捧读两种书，一种是有字之书，一种是无字之书。

有字之书有限，而无字之书无穷。

书，本是记录人之言行、物之心志，而其意义又远非人、物本身之博深。一旦立其书，著其作，成其文，则囿于文字之局限便不能完全达其意，实不如自然造化、历史凝结本身所蕴含的广博。所谓"道可道，非常道；名可名，非常名"，且文字记载不过几千年，然历史长河已流逝万古亿秋。

近来，媒体对传统文化的探讨甚是热闹，忽而"孔孟"，忽而"老庄"，忽而"三国"，忽而"红楼"，原本冷清的古典文化门庭，瞬息熙攘若市，这种景象着实让人欣慰。

然而，在典籍之前、文字之外、视听之不可及处，仍有很多无字之书诠释着中华民族最深厚的文化根源，蕴藏着华夏大地最悠久的文明开端。无字之书可大可小，可明可暗，大则包罗万象，小则专于一业，明则山川鉴日，暗则隐介藏形。它们虽无铅刀的雕琢，丹青的挥洒，典册的精工，却以无言胜有言，其中真意又岂是文字所能尽释？！

一部二十四史真能准确告诉人们什么叫中华文明吗？读遍经史子集果真就能透晓什么才是民族文化吗？也许是然！

但当你登临泰山玉皇之巅，仰观天象俯察四围时；当你置身黄河壶口之侧，胸怀丘壑志薄九天时；当你徜徉玉垒山麓，看咆哮岷江水温驯淌过都江堰的千古传奇时；当你矗立长城烽燧之上，忆往昔金戈铁马气吞万里如虎时；当你泛游赤壁古崖，横槊赋诗吟浪花淘尽英雄时；当你目睹敦煌佛像壁画，虚静空寂领略菩提妙谛时，会使人在瞬间理解中国文化的精义。但你仍然说不出来，也写不出来，因为那是用语言文字说不清道不明的东西，它们积淀了中华民族千秋万代的精神内涵、文化底蕴与历史血脉，同时也交融了天地万物的精华与灵性，令人纵使阅读千遍万遍也不能尽言其中之真诀。

16

天地间，先有山川之精义，再有信仰去感悟，继之民俗而秉承，终于文字之记述，山川本身所蕴是大智慧，书著典作汲其九牛之一毛而成其小智慧。

如说泰山，天地之帅而生，阴阳交塞而成，位居东方，地处寅丑，帝王祭天，诸侯封禅，智人方士，求道寻仙，自古被视为万山之宗主。帝王取其"承天秉地"尚擎"天子之尊"；儒家取其"天尊地卑"生发"三纲五常"；道教取其"造化钟秀"延展"清净无为"；《周易》取其"阴阳交泰"演绎"八卦乾坤"，文人墨客钟爱它"步步皆出文章"，书画名家推崇它"石石都有章法"，泰山所包含的文化内涵是任何一部经典都无可比拟的。

读有字之书用的是眼睛，读无字之书则是用悟性与智慧。阅读泰山，你会读出古老的东方崇拜，最初的尊天思想，儒道的文化根源，深远的"天人"哲学。阅读黄河长江，你能读出中华民族历经沧桑依然奔流不息的强大生命力，几千年甚至几万年绵延不断的农耕文明，勤劳勇敢通化达变的先民智慧，还有它宽广的胸襟、恢宏的气度、吞吐的魄力。读懂了长江黄河，就读懂了中国历史上众多有识之士的胸怀、抱负与孜孜不倦的生命求索。长江黄河，虽然屡屡见诸于先秦《诗》《易》、唐宋诗篇、明清美文，但又有哪一篇文章能说得清它们的真正含义，终不如它们本身用无言的方式表达的准确与深刻。阅读长城，你能读出炎黄子孙改天换地的创造力，中华各民族长期的分割与融合，上下五千年的文韬武略，还有民族精神中的核心意念——爱国、统一、团结、勤劳、勇武。射雕塞上，逐鹿中原，喧嚣的历史在无声的城墙上打下深深的烙印；民族和战，朝代更替，丰饶的经历在悠长的城墙上

留下了沧桑的足迹。长城的真正文化就在于此，它告诉世界，在中华大地上不仅有一个可触的实体长城，还有一个经千年历史文化积淀出来的更伟大的精神长城，它见证着中国的灿烂历史与辉煌文明，见证着中华儿女自立自强，团结奋进，爱国统一的卓绝历程。

"纸上得来终觉浅，绝知此事要躬行。"要想真正读懂这个世界，就要去认真研读大自然这本博大精深的无字之书，不仅要用眼"览读"，用心"感读"，还要用智慧"悟读"，甚至用步履"苦读"。

有字之书易览，无字之书难明，一块武则天的无字碑让多少人对其喟然长叹，感慨万千。老子云"有无相生"，有即是无，无即是有，无字碑看是空白，其实上面写满了一个非凡女子一生的传奇文字，只是它是以无言的辩白对待她一生所遭遇的无数是非评论，当你看到那无字碑，心中便荡生层层思考，那訇然中开的感悟有时胜过千万书册的评说。

文化遗址的揭示，名胜古迹的诉说，口头文化的继承，民间艺术的传袭，大自然到处都摆放着无字之书，等待着智者去读，仁者去悟，勇者去行。《红楼梦》中"世事洞明皆学问，人情练达即文章"的对联常被误读为庸俗的处世哲学，罔不知其中深意非庸人能解，有字文章自有雅俗分野，而在大自然大造化大历史这些无字之书面前却只有看客的高下之别。正所谓："有无字书收眼底，高下人品见躬行。"

"大音希声，大象无形。"发现并阅读无字之书吧，从中领会中国文化的精义也汲取有字之书所不能给予的大知识与大智慧。

泱泱之韵

18

在人类进入 21 世纪的今天，"大"的概念在人们的思维中被突出出来，它似乎显得比以往任何时候都更加醒目。这是伴随着"复兴"、"崛起"、"发展"而出现的理念，全球一体化必然会引起人们思维的肆意飞扬，大思路、大视野、大战略、大发展……，也都顺理成章地成为人们津津乐道的热门话题，我们似乎应该好好品析一下"大"字所演绎的丰富内涵。

一石激起千层浪。丙戌岁末，随着各种版本"大国崛起"书籍铺天盖地而来和电视节目的热播，再一次唤起了潜藏在亿万华夏儿女心目中的盛世长运情结。在回味之余的兴奋里，人们情不自禁地联想起古今诗文中的这样一些关键词：

"大风起兮云飞扬，威加海内兮归故乡，安得猛士兮守四方！"这是汉高祖刘邦的放歌；

"大江东去，浪淘尽、千古风流人物……"这是北宋豪放派词人苏东坡的绝唱；

"大方无隅，大器晚成，大音希声，大象无形……"这是《道德经》关于"大"的概念最智慧甚至是达到了出神入化境界的解读；

"大哲、大贤、大家、大师……"这是人们对那些为人类进步事业作出不懈努力和历史贡献的人的尊称；

而大视野、大思维、大学问、大手笔、大气魄、大胸怀、大境界、大英雄……则说明了人类思维中存在的一种非常向往的价值取向和不懈追求。

大的概念，从中华民族龙图腾身上，也可以得到一些感知和印记。龙的形象，试图集各种动物形象之大成，驼头、鹿角、牛耳、鬼目、蛇项、蜃腹、鱼鳞、鹰爪、虎掌。大容而致大能，落地则骧首矫姿，入水能翻江倒海，腾空能行云布雨，堪称威力无比、变化无穷、神秘莫测。正如一代伟人毛泽东对共产主义体系和社会主义制度所作的形容一样："正以排山倒海之势，雷霆万钧之力，磅礴于全世界。"

大国的实质是"大"，换句话说，"大"是"国"的综合实力与质量。所以，解读与领会好"大"的内涵，就会弄清"大国"真面目的某些玄机。大与小，是对立的统一。大与小的概念，几乎可以说是人类感知外部世界或事物的基本概念。从发展的意义上说，"大"是"小"的洗练积淀到一定程度发生质变的产物。"大"不仅是一个简单的空间与物理的物体形状，在社会学领域，它还有着十分丰富深刻的内涵。由"小"到"大"，其中包含着由简单到复杂、由低级到高级的理念，这是事物发展永无止境的过程；由一般国家崛起为大国或强国，最明显的标志是经济发达、军事强大、科技雄厚、文化富有吸引力，这是一种质变与飞跃。

世界潮流，浩浩荡荡，顺之者昌，逆之者亡。顺应时代潮流，创新、发展、前进，是人类社会永恒的主题，是"大"的生命与灵魂。当中国最后一个封建王朝轰然倒塌的时候，沉醉在几千年古老文明中、被拿破仑称为东方睡狮的中华民族才开始惊醒。

回顾中国几千年出现的几个辉煌朝代，颇耐人寻味。

在中华民族的历史上，曾经出现过五次崛起的时期，那就是有"首开一统，法行百世"的秦王朝、有"蜚声欧亚，威仪天下"之称的两汉王朝、有"万国来朝，文物粲然"的大唐王朝、有"治隆唐宋，驭舟西洋"的大明王朝、有"辉煌落日，丰功赫赫"之称的大清康乾盛世。对此说法，可能史家有不同见解，但说这五个朝代是中国历史上比较强盛的时期，大致都无异议。

这里需要提及一笔的是，对于大明王朝，似乎不在人们经常谈论的关于"大国"的话题里，史家看法也不尽相同。可在南京明孝陵龟驮石碑上，刻有康熙皇帝亲笔题写的四个大字："治隆唐宋"。这是一个有着三百年江山社稷、有着幅员辽阔的国土、有着卷帙浩繁的《永乐大典》、有着天下无敌的庞大船队并创造了郑和七下西洋伟大壮举的朝代，就连对我们民族审美观和价值观影响甚大的古典名著《三国演义》、《水浒传》、《西游记》、《金瓶梅》与《三言二拍》都诞生于这个朝代。人们之所以曾认为这是一个衰败的王朝，虽然有点令人匪夷所思，但确有其历史和政治的原因，最主要的是清王朝出于某种原因，把明朝塑造成一个黑暗和腐朽的没落王朝，以彰显当朝的功德与兴盛，并通过舆论使这种印象根深蒂固地刻在人们心中，历300年而不变，致使明朝在历史上处于被遮蔽、误读、冷落的境地。

大国之大，不在形而在质，仅有地理面积的大或博，而没有实质的"大气"，有时甚至会沦为任人宰割的"肥肉"。泱泱清王朝之所以一触即溃，就是"有形无质"的必然结果；美国在朝鲜吃了败仗被迫在停战协定上签字时，毛泽东以伟大战略家的口气，一语击中要害：美帝国主义和一切反动派之所以都是"纸老虎"，那是因为他们"钢多气少"。

"海纳百川，有容乃大。"把"大"的本质看作是"容"，是我们古人的一大发明。从哲学意义上说，大的量就是小的量的积累，所以说，一定量的

"大"就是对一定量的"小"的"容"。正如大江大河是由无数小溪小河汇聚而成、大山大岳是由一粒粒尘土积聚一样。但社会学范畴的"容"，不仅仅是简单的容纳，它是博众之长，兼容并包，取百家之长，吸百家之精，从而使自身得到升华，产生质变，发生飞跃。如同做学问的"大家"一样，只有通透各门学说，聚纳百家之言，才能进入新的更高境界，拥有"无知之知"的知识，做到既出世又入世，成为"内圣外王"。正如鲁迅对《史记》作者司马迁的评价一样，是"究天人之际，通古今之变，成一家之言"的"史家之绝唱，无韵之离骚"。因此我们说，"容"在本质上是一个开放、吸收、升华、质变的过程。什么都容不下，肯定"大"不起来；但仅仅是简单地容下，没有消化吸收与提高升华，也不可能成为真正意义上的"大"。这好比只会死记硬背万卷书，却不能成为大学问家，至多如同一个活字典一样。

用大与小的理念透视大国的兴衰，也很值得回味。国家崛起升腾之时，往往是以"大"的理念为主导，有大志向、大胸怀、大气魄、大思路、大视野、大境界，国家才会涌现出大哲、大贤、大智、大才、大家、大诗人等"大人物"。国以人为本，大国崛起必然有"大"人物出现，因为人是历史的创造者，人是大国的缔造者、建设者。正如马克思和恩格斯对意大利文艺复兴时期所作的评说一样："这是一个需要伟大人物并产生了伟大人物的时代"，这些杰出人物共同创造了国家政治、经济、文化上的辉煌。纵观各个国家那些在哲学、科学、政治、经济、军事、文化、艺术等领域为人类作出杰出贡献的伟大人物，大多都是伴随着民族历史上的辉煌时代而出现；而国家衰败之时，往往是"大"的理念逐步萎缩，"小"的理念上升为主导意识，封闭、僵化、保守、容不下任何不同事物，而一些卖国求荣、尔虞我诈、勾心斗角等形形色色的"小人物"也往往在此时应运而生，粉墨登场。古语说得好：

"国之将亡，必有妖孽"。中国古代的"焚书坑儒"及各种"文字狱"现象，在某种程度上都成为国家走向衰落的一种不祥之兆。延安时期，毛泽东与著名民主人士黄炎培有一番关于"其兴也勃焉，其亡也忽焉"历史周期率的对话，黄炎培对出现周期率的原因解说道：大概创业之初，没有一事不尽心，没有一人不努力，所以终能兴旺起来，成就大业。而一旦打下江山，则会逐渐懈怠，再没有创业之初的那种精神，最后导致灭亡。其实这里面就有一个大与小的逻辑和规律在起着主导和支配作用，创业之初，往往表现的是开放、创新、发展的要求，招贤纳士，广开言路，有集天下之大成的宏图大志并付诸行动；而一旦创业成功，则往往会表现出封闭、保守、甚至倒退的倾向，容不下任何不同的意见和声音。秦灭六国以后，秦始皇宣称："朕为始皇帝，后世以计数，二世三世至于万世，传之无穷。"然而，"焚书坑儒"之举，从"一统天下"的宏大抱负逐步走向以"压缩"为特征的暴政，结果导致人们纷纷"揭竿而起"。西楚霸王兵入咸阳，"楚人一炬，可怜焦土"，转瞬间，气势恢宏的阿房宫、秦陵连同秦始皇从战火浴血中创建的强大帝国，在滚滚烈焰中化为灰烬，最后被高唱"大风起兮云飞扬"的刘邦夺取了江山。正如清初大思想家王夫之所说："项羽之暴也，沛公之明也。"所谓"明"，指有宽广胸怀，能从秦朝的暴政中吸取应有的教训。汉高祖刘邦得天下后在洛阳大宴群臣时说的一番话，颇有见地："夫运筹策帷帐之中，决胜于千里之外，吾不如子房；镇国家，抚百姓，给馈饷，不绝粮道，吾不如萧何；连百万之军，战必胜，攻必取，吾不如韩信。此三者，皆人杰也，吾能用之，此吾所以取天下也。项羽有一范增而不能用，此其所以为我擒也。"对于汉朝，《汉书》作者班固说，汉武帝在文治武功方面都有丰功伟绩，他能够"畴咨海内，举其俊茂，与之立功。"重视网罗才人，为之创造发挥才能的机会，这与秦始皇"焚书坑儒"形成了鲜明的对比。汉武帝时所谓"儒雅"之士、"笃行"之士、"质直"之士、"推贤"之士、"文章"之士等不可胜数。而到汉朝后期，却逐渐发展到只有几个宦官专权、把持朝政的地步，结果导致了天下大乱。唐代从太宗的"贞观之治"到明皇的"开元盛世"，成为中国历史上清明富足的典范，其"大"放光彩的辉煌程度令全世界刮目相看。在这个最开放最兼容的"万邦景仰"的朝代，国势之盛声威远震，商贸交易遍及四方，诸国使者咸来不绝，俨然世界上最繁华的都市和文化中心。唐太宗的"从谏如流"，在中国封建社会的历史上，可以说空前绝后，甚至在军事上谁也无与伦比，毛泽东在点评历代兵家时曾发出赞叹："自古能军无出李世民之右者。"可是到了天宝年间，为盛名所累的统治者开始耽于声色，且又穷兵黩武，于是朝政日废，内乱渐起，在李世民去世百年后，于公元755年爆发了"安史之乱"，虽经7年平叛获得惨胜，但国家却元气大伤，此后再也没有恢复过来，日趋衰落。欧阳修撰五代史，总结后唐由盛到衰的历史教训是："忧劳可以兴国，逸豫可以亡身"，有宏图大志才会忧劳，只图个人享乐自然是非常狭隘可怜和自私的，走向衰落也就不足为怪了。以向世界开放的胸怀创造了"郑和七下西洋"伟大壮举的大明王朝，到后期也逐渐走向封闭禁锢，其中16岁登基、23岁亡故的天启皇帝朱由校竟然每天只痴迷于做木匠活，朝政全交给宦官魏忠贤处理，结果是政怠宦成，乱党纷起，朝廷和国家被阉党搞得乌烟瘴气。后来接替天启皇帝的崇祯皇帝朱由检，虽然刚愎暴戾却也立志中兴，并采取了一系列措施惩治阉党、重新组阁、重用袁崇焕等重臣安顿边疆，力除内忧外患，但已经无力回天，中兴之梦也不过是一个泡影，崇祯本人也终究没能逃脱吊死在煤山的厄运，而大明王朝也就结束在这个有中兴之志的皇帝手里，这更增加了历史的遗憾与沉重。明亡之际，松江美少年夏完淳有一首词作更是令人伤心，他对绮楼胜境、帝国繁华、转瞬间皆成梦忆的情景这样描写道："回首当年，绮楼画阁生光彩。朝弹瑶瑟夜银筝，歌舞人潇洒。一自市朝更改，暗销魂，繁华难再。金钗十二，珍履三千，凄凉千载！"

研究明清史的学者阎崇年讲过一段话也很值得回味：清朝之所以兴，所以盛，简明地说就是一个"合"字，第一是民族合，第二是君臣合，第三是官民合。明朝后期正好相反，民族分，君臣分，官民分。清朝合就强盛，明朝分就衰亡。同样，清朝也是兴于合而亡于僵，清朝自己也想"亿万斯年"，可只存在了286年就灭亡了，原因就在于僵化，即"率祖旧章"，祖宗之法不能变。因此这位学者得出的结论是：一个国家，一个民族，合则强，分则弱；合则兴，分则衰；合则治，分则乱。由此我们联想到《三国演义》开头几句有点轮回意味的话：话说天下大势，分久必合，合久必分……

"容"而致"大"，"大"而兼"容"，"大"与"容"是相辅相成的。有了"大"与"容"，才能致"和"。和谐局面的本质，首先是有"古为今用，洋为中用，百花齐放，推陈出新"生存发展的空间，没有"大"谈不上"容"，没有"容"也谈不上不同事物生存发展的空间。正所谓：一花独放不是春，百花齐放春满园。马克思对人类社会发展的最理想最完美的形式——共产主义社会的描述也包含着这种"大、容、和"的理念，这就是"每个人的自由发展成为其他人自由发展的条件"，而不是每个人的生存发展空间的扩大必须建立在压缩其他人生存发展空间的基础上。这与古人几千年前提出的"大同"世界的理念不谋而合。

如果不作为严密的历史研究和考察分析，我们可以笼统地把人类社会至今出现过的文明划分为"三种文明"——古代的农业文明、中世纪后期到现代的工业文明、当代的后工业文明（这种划分法的前提是把 20 世纪末至进入 21 世纪的现在乃至今后很长一个时期的文明看成是一种不完全等同于工业文明的新的文明，即后工业文明）。如果用三种颜色来形容这三种文明，那就是：以在土地上刀耕火种到农耕及打猎放牧活动为标志的黄土文明、以机械和机器扩大到海洋活动为标志的沧海文明、以当代科技能力扩大到和平开发利用太空和从生物基因解析生命本质的蓝天文明，简单地说就是大陆文明、海洋文明和太空文明。其文明的另一面是大陆霸权、海洋霸权、太空霸权。这里，需要指出的是，文明的划分都是笼统的、相对的，正如进入工业文明或海洋文明并不是脱离了农业文明或大陆文明一样，进入高科技文明或太空文明也并非是脱离了工业文明或海洋文明。从古罗马政治家西塞罗提出"谁能控制海洋，谁就能控制世界"直到今天，世界各国争夺和控制海洋权益的斗争仍在继续，美国把"控制全球 16 条海上战略通道"作为海军战略的重要内容，并不断加强在这些地区的军事存在；日本自卫队也明确提出要保卫海上"千里生命线"；印度海军则提出了"远洋歼敌"的作战思想，以实现"印度洋控制战略"。至今，三种文明中前两种文明都是以侵略、扩张、掠夺、霸权为特征，而后一种文明目前在这方面还是未知数，我们把它看成是在前两种文明经验教训基础上正在生成的一种新的文明，它应该发展为以和平崛起为主题的更高级的人类文明，这也是正在重新崛起的中华民族一贯倡导的理念。著名国情问题专家胡鞍钢教授在他的一系列有关大国崛起著作中，对中国崛起之路有这样一段概括，就是："绿色崛起与绿色发展、创新崛起与创新发展、和谐崛起与和谐发展、和平崛起与和平发展、合作崛起与合作发展。这既是世界上前所未有的大国崛起与现代化之路，又是世界独特的大国崛起与现代化之路。"这是历史赋予全人类的使命与任务，进入 21 世

25

纪的人类应该有这种智慧和能力。

联合国的徽章由一个蓝色的地球和绿色的橄榄枝构成，蓝色表现了生机与活力，绿色象征着生命与和平，这也是对联合国这个组织机构全部职责与神圣使命的最形象化的概括与阐述。作为全球主要民间环保团体的绿色和平组织，在当今世界已经发挥了越来越重要的作用，在保证人类社会与自然界的和谐上作出了不懈努力，"绿色"的重要意义正越来越被世界上更多的人所认识。绿色原来的本义主要是环境保护、生态平衡，不要让地球这个生机勃勃的绿洲变成一片没有生命的荒漠。而我们所说的"绿色"不仅止于自然生态环境上的意义，更包括社会意义上的"绿色"，那就是人与人的关系、人与自然的关系、人与社会的关系、国与国之间的关系要保持和谐与和平，这样，整个世界才能充满活力、生机盎然。

不久前，中国发射火箭摧毁了一颗自己的废弃卫星，引起了美国朝野的议论和不安，国际上一些冷静的观察家则指出，这标志着由某一大国主导或寻求太空霸权的时代已经结束，联合国应该把制定"太空国际法"提上议事日程，这无疑也是发人深思的……

"世界上最广阔的是大地，

比大地更广阔的是海洋，

比海洋更广阔的是天空，

比天空更广阔的是人的心灵。"

全人类应该以文学巨匠雨果的名言共勉！

学会享受平常平淡平凡

人生在世，有谁不想出人头地，但出类拔萃者总是寥若晨星；对大多数人而言，只能与平常、平凡、平淡相生相伴，但又有几人能够安于平淡、乐于平凡、甘于平常？难怪古今圣贤们都说，追名逐利不容易，崇尚平凡则更难于上青天。如果能循序渐入以下境界，则可超凡脱俗，不知会省去多少烦恼，带来多少快乐。

一曰"放下来"

话说两个云游天下的小和尚，一日雨后来到一条河边，由于河水上涨淹没了石桥，俩人挽起裤腿正要渡河，发现河边站立着一个踟蹰不敢涉水的美丽姑娘。和尚甲向前献殷勤："喂，你要是怕水，我抱你过去吧！"姑娘虽然脸上顿时绯红，但还是羞答答地点了头。于是和尚甲美滋滋地抱起姑娘，有意放慢步子，磨磨蹭蹭一步一回头，紧随其后的和尚乙心里就像打破了五味瓶似的。过了河，姑娘谢过俩和尚，各自分头赶路。走着走着，和尚乙终于憋不住了，酸溜溜地对和尚甲说："师兄，我们出家人可是近不得女色的呀，你却在光天化日之下……"和尚甲听罢，放声大笑道："师弟啊，我早已经把人家放下了，你却还把她抱在心怀里！"诚如智者所言，世间万事万物，包括功名利禄，都不过是和尚涉水怀抱的姑娘，放不下，云边谷口，也非修身之地，放下来，别说河塘，泥坑也是圣场！

二曰"想得开"

《西游记》中孙悟空学艺前在灵山遇到一位笑天傲地的樵夫，他唱的一首歌谣，翻译成现代语言后就像是含有丰富的负离子，可以说，对拼搏厮杀在物欲横流名利场上的男男女女们，无疑是一副清醒剂、一个氧气瓶、一粒养心丸。

且听樵夫那粗犷洪亮的歌声："观棋柯烂，伐木丁丁，云边谷口徐行，卖薪沽酒，狂笑自陶情。苍径秋高，对月枕松根，一觉天明。认旧林，登崖过岭，持斧断枯藤。收来成一担，行歌市上，易米三升。更无些子争竞，时价平平，不会机谋巧算，没荣辱，恬淡延生。相逢处，非仙即道，静坐讲《黄庭》。"人，知足才能常乐，脱去名缰利锁，归居自然，看似愚庸无成，但却享受到人生的逍遥。心的负担少了，身体也就感觉轻松自在，将自己融入大自然，才会长寿，甚至赛过长生不老的神仙。看天下，有多少人奔走仕途，凄凄惶惶，熙熙攘攘，皆为利往；追名逐利，尔虞我诈；机关用尽，迷失本真，倒不如这朴质踏实、安于淡泊的樵夫。

三曰"舍得了"

电影《卧虎藏龙》中有句经典台词："当你紧握双手，里面什么也没有，当你打开双手，世界就在你手中。"生活中，有时候，只有懂得了放弃，你才能在有限的生命里活得充实、饱满、旺盛；小溪放弃了平坦，是为了回归大海的豪迈；黄叶放弃了树干，是为了期待春天的葱茏；蜡烛放弃完美的躯体，才能拥有一世光明；放弃失落带来的心痛，放弃屈辱留下的怨恨，放弃争执种下的芥蒂；放弃对情感的奢望，放弃对金钱的欲望，放弃对权势的觊觍，放弃对虚荣的纠缠，放弃是一种灵性的觉醒，放弃是一种智慧的升华，只有懂得放弃，才会豁然领悟"小舍小得、大舍大得、不舍不得"的真谛。

四曰"会养拙"

崇尚平凡，既要会藏拙，更要会养拙。郑板桥主张为人处世要"难得糊涂"，这也正是老子超然荣辱、淡泊物欲的守真朴拙之道。

第二次世界大战时，美军破译了日军的密码，准确掌握了日军海战部署情报。不料，被一名神通广大的记者作为独家新闻公开报道了出去，愤怒的五角大楼提出以泄密罪严惩这名多事的记者，可是罗斯福总统却来了个糊涂之计，既不派人追查，也不兴师问罪，好像什么事也没发生一样。日军上层虽然看到报道，但见美国"风平浪静"，以为罗斯福又在玩弄"瞒天过海"诈骗术，依然我行我素，继续使用原来的密码。最后，大智若愚的罗斯福骗过了狡猾多端的日本人，随时随地掌控了日军的全部作战行动，在中途岛之战中一举大获全胜。

其实，早在千年前，白居易就在那首《养拙》诗中明言："铁柔不为剑，木曲不为辕。今我亦如此，愚蒙不及门。甘心谢名利，灭迹归丘园。坐卧茅茨中，但对琴与樽。身去缰锁累，耳辞朝市喧。逍遥无所为，时窥五千言。"罗斯福总统是否从这首唐诗中获得灵感？我们不得而知。

五曰"别太亮"

夏夜，在黄浦江畔与几位好友品茗闲聊，谈及沪上名人逸事时，平日不善言辞的晓天一语惊四座："我说人呀，就像根蜡烛，点得太亮，灭得就快！"这让我想起"红颜薄命"之说，"红颜"太耀眼了，就得有个平衡。这平衡的办法就是让你"薄命",其实红颜并没错,关键是缺失了与红颜相匹配的自强、自主、自立,光想依附了,等着你的不是祸水、就是薄命。再看看近些年忽然撒手人寰的影视明星们越来越"年轻化"的可怜寿数,古人云:"峣峣者易缺,皎皎者易污"、"木秀于林,风必摧之;堆出于岸,流必湍之;行高于人,众必非之。"世事莫不如此,麝因有香身先死,橡树因有胶遭砍伐,虎豹与藏羚羊因有昂贵的皮毛被猎杀,昙花一现虽好看,可是,牻开匆匆又远别,怎将一盏诉离怀?人要想活得快乐,就得守住"平常如故","平凡如初","平淡如水"的底线。

"冒号"：请给你嘴巴上把锁

家中有一祖辈传下来的清初鸣远号紫砂壶，在这里姑且不论真赝，每每观看壶底刻的一则铭文，不由地心生感悟："器堕于地，不可掇也；言出于口，不可及也，慎之哉。"虽然只有19个汉字，却是"处世戒多言，言多必有失"的醒世妙语。

大千世界，风光无限；官场会场，热闹非凡。

某日，看到几幅"讽刺与幽默"漫画，颇觉有点意思。

第一幅：某领导在台上滔滔不绝，底下群众昏昏欲睡，画外音"雷声大于雨点"；

第二幅：某单位群众听说领导要讲话，大伙忙成一锅粥，都争先恐后加入到排长队购买干粮和矿泉水的行列中；

第三幅只有一行标题："上午电视电话会议，时间8点至12点，报告内容《关于贯彻落实上级开短会说短话写短文的指示精神》"；

第四幅让人看后不禁浑身起了层鸡皮疙瘩，不知是宋元还是明清，由于某大臣多嘴多舌，惹得皇帝动了怒："来人，将这厮拉出去割掉舌头！"

最后一幅是域外写真：堂堂前哈佛校长先生，某日心血来潮，在大庭广众面前说了句："在科学研究上，女性不如男性。"因为这句话，该校长被迫辞职。罪名：性别歧视。漫画题目颇有点葛优式幽默："女性很生气，后果很严重"。

忍俊不禁过后，大脑"电子屏幕"上闪现出了一个百谈不厌的话题：各级领导转变作风是否应该先从端正"话风"做起，老老实实返璞归真，像学龄前儿童那样学学说话？学会少说话？或者干脆给自己嘴巴上把锁，像下面故事中的金人那样三缄其口，忌说大话、套话、空话呢？

33

话说古时有个小国的人到中国来，准备向皇帝进贡三个模样相同的金人。条件是你们国必须有人能回答上来"这三个金人哪个最有价值？"这道题。皇帝又是请珠宝匠检查，又是找人称重量、看做工，忙碌了大半天，也没结果。泱泱大国，不会连这个小事都弄不明白吧？皇帝心急如焚，小国使者也等不及了，扭头就要走。这时，有一退位老大臣闻讯走进大殿，说他有办法，皇帝大喜。只见老臣胸有成竹地拿出三根稻草，插入第一个金人的耳朵里，稻草从另一边耳朵出来了。第二个金人的稻草也从嘴巴里掉了出来。正当皇帝失望地摇晃着脑袋之时，奇迹出现了，稻草插进第三个金人后掉进了肚子，什么响动也没有。老臣说：第三个金人最有价值！"高！实在是高！应该得满分！"小国使者点点头，耸耸肩，赞不绝口。

这个故事告诉我们，最有价值的人，不一定是最能说的人。老天给我们两只耳朵一个嘴巴，本来就是让我们多听少说的；每个人的脑袋都比嘴巴大，也是让我们多思少说的。

唐代李世民曾说："言语者，君子之枢机，谈何容易？"古今中外，"能言"一直被视为领导者的基本功。对单位上的事，是利是弊，应兴应革，都应该"知无不言，言无不尽"。如果坐视不言，尽当好好先生，就是失职失责。但如何讲话，却也是一门科学。有人说，领导嘴巴一张，折射出的是基本素质、精神状态和履职能力，体现出一种作风，有时甚至直接影响着社会风气，不可不在意。当下，有的领导染上像洁癖似的"话癖症"：逢会必讲，口若悬河，废话连篇，本来几分钟就可以讲清楚的问题，总是要添枝加叶，

硬要拉长到洋洋万言，群众称之为"懒婆娘的裹脚，又长又臭"的"大锅话"；有的讲话居高临下，尽讲官话、说正确的套话，满口报刊、文件上的语言，甚至讲五分钟的话也要秘书写成稿子照着念，有时还念错了，就是不会讲自己的话。久而久之，与群众的"语言系统"发生隔离、隔绝，产生不了同频共振效应。

34

记得哲人孟德斯鸠针对此类顽症痼疾，开出了这样几个字的诊断书："人思考越少话越多。"妙哉！

数千年来，古圣先贤对说话的艺术研究得可以说是又深又透，留下了许多至理名言。老子说过："知者不言，言者不知"、"道之出口，淡乎其无味。"这里面就包含着很深刻的言说智慧。知道的人不轻易言说，喜欢言说的人往往一知半解；很多时候，不该说的就不要说，说了反而不如不说；很多情况下，该说的也要淡说，因为真理本身是简单的朴素的，大道淡说，才会回味有韵。郑板桥有副题书斋联："删繁就简三秋树，领异标新二月花。"上联主张以最简练的笔墨表现最丰富的内容，以少许胜多许。比如画兰竹易流于枝蔓，应删繁就简，使如三秋之树，瘦劲秀挺，没有细枝密叶。下联主张要"自出手眼，自树脊骨"，不可趋风赶潮，必须自辟新路，似二月花。讲话同画画一样，多思才能删繁就简，做到言短而意长，话少而意精；多想才能领异标新，达到"目不随人视，耳不随人听，口不随人语，鼻不随人气"、"不鸣则已，一鸣惊人"的自由境界。

诸葛亮在著名的《诫子书》中告诉儿子诸葛瞻说："夫君子之行，静以修身，俭以养德。非淡泊无以明志，非宁静无以致远。夫学须静也，才须学也，非学无以广才，非志无以成学。淫慢则不能励精，险躁则不能治性。年与时驰，意与日去，遂成枯落，多不接世，悲守穷庐，将复何及！"全文虽然只有86个字，但其教育理念却光耀华夏、泽及世界千百年。唐代魏征先后向唐太宗上书了《谏太宗十思疏》和《十渐不克终疏》，每篇只有几百字，却被皇帝视为圣经。本为楚国人的李斯凭一篇不足千字的《谏逐客书》，最终成为大秦王朝的开国宰相。战国时代，群雄逐鹿，日渐衰落的东周国重臣颜率，为应对国难，在对人性的深刻把握基础上和对游说技能的熟练驾驭下，运用自己的智慧和口才，三言两语、轻轻松松使国家转危为安，运亡为存。如果换些没头脑的庸官，会将一个国家的尊严和利益丧失殆尽。一切正如刘向在《战国策》中所言："三寸之舌，强于百万雄兵；一人之辩，重于九鼎之宝。"我国古代有许多名著，虽然语少言短，但光焰夺目。《论语》只有11750字，《道德经》只有5000字，鲁迅先生的大量杂文，多则千余字，少则几百字，但至今仍被大众奉为经典。邓小平深通"有限语言"之道，他的"黑猫白猫论"、"摸着石头过河"、"发展是硬道理"等，极富哲理。当子女请他谈谈长征经历准备写本回忆录时，他只说了三个字："跟着走"；文革后期，当他从流放地回到北京，毛主席问他"这些年你都在干什么"时，他只说了两个寓意幽深的字："等待"。第二次世界大战时，邱吉尔临危受命，出任英国首相，就职演讲词不到1300字，但却讲得掷地有声，群情振奋，赢来阵阵掌声。美国第三十届美国总统柯立芝就是一位说话只说三言两语、甚至经常一言不发的人，1924年大选时，当记者采访他时问道："这次竞选你有什么话要说吗？""没有！"柯立芝回答说。"能就当前世界局势发表点看法吗？""不能！""能谈一下关于禁酒令的感想吗？""也不能！""对美国人民有什么话要说吗？"他愣了一会儿，说道："再见！"实际上，沉默寡言的柯立芝说过的很多话后来都成了名言警句。有一年，波士顿警察举行罢工，他对此只说了句："任何人，不论在任何地方、任何时候都没有权力举行罢工反对公共安全。"就凭这句话，使他在全美名声大噪。他在五年零七个月的总统任职生涯中，比其他任何一位总统都说话少、睡觉多、受欢迎，人们给他起了个"沉默的卡尔"的亲切绰号。据报载：1944年12月22日，美军先德军一步到达阿登地区的战略要地巴斯托尼，德军虽然迟到一步，但在人数上占了极大优势。上午10时30分，路德维希向美军下达了最后通牒：要么立即投降，要么彻底毁灭。几小时过去了，美军司令麦克考里夫将军回信答复。这封信在战后被列入了吉尼斯世界纪录中的"世界短信之最"，因为它只有一个字："呸！"1968年4月，美国总统约翰逊竞选失败后，《明星晚报》发表了一字社论："好"；英国有年举行全国作文比赛，题目要求涉及"皇室、宗教和性"，获奖作品竟然是一篇10字短文："上帝啊，女王怎么怀孕了？"

这就是短文短话的魅力！

实际上，群众的有些"土"话，比某些领导的官话更加值得含英咀华，且富有生气不呆板，透出真知灼见。前几日，在马路边听有人讽刺某些领导独断专行"四字经"，深感入木三分：一曰"记"，配备班子前，书记叫来分管组织部的副职领导，说："我说你记吧，某某可以任某某局长，某某可以当某某部长……"二曰"念"，会议开始后，书记指了指组织部长说："你照念吧！"三曰"过"，等组织部长念完名单，书记发了话："没意见就过吧！"四曰"批"，待会议结束秘书送来任免件，书记大笔一挥，在上面画了一个圆圆的圈。

虽然李鸿章说过，天下最容易的事情就是做官，倘若连官都不会做，那

36

也太愚蠢了。可是从古至今，历朝历代，有多少人明知自己不是做官的料，却硬往死胡同里钻。大凡钻进去的大小官，多因口德不得要领而丢了位，甚至坠落地狱，受割舌之苦。故曰"祸从口出"。

看到这样一个故事，沙皇尼古拉一世平定了由李列耶夫领导的叛乱后，即判处他死刑。当绞刑开始时，李列耶夫在一阵挣扎之后，绳索突然断裂。在当时，类似这样的事情会被当成是天意，犯人通常会得到赦免。可是当李列耶夫站起身后，向着人群大喊："你们看，俄国的工业就是如此差劲，连制造绳索都不会！"一名信使立刻前往宫廷，向沙皇作了报告。沙皇轻蔑地笑了笑说："那好，让我们再来证明一次吧。"第二天，李列耶夫再度被推上绞刑台。这一次，绳索没有断裂。

都是嘴巴惹的祸！在言语上逞强的人，暂时的满足远远不及由此带来的灾祸，何必让一时嘴上的爽快毁了生存的权利呢？

明代张居正在《帝鉴》里讲了则"蒲轮征贤"的故事，读来颇有教益：汉武帝刘彻非常喜欢儒家的学术，任命当时有名的儒者赵绾为御史大夫，王臧为郎中令。赵绾、王臧又把他们的的老师申培举荐给汉武帝。汉武帝遂派使者恭敬地用安车蒲轮，以束帛加玉璧作为迎聘之礼去迎接。申培到京城后，汉武帝任他为太中大夫，请他住在鲁王的府邸。武帝询问申公治国的良策，申公答道："治理国家政事不在于讲过多的道理，而在于怎么尽力去实行。"

古人说："美言可以市，尊行可以加人。"按现代的话说，就是身教胜于言教。每每观赏五六十年代出品的经典战争影片，当敌人冲上来的危急关头，只见指挥员赤膊上阵，挥舞长矛大刀或举起驳壳枪，大喊一声："同志们，跟我上！"这一言一行，顿时令人胸腔热血奔涌。长征路上，方面军指挥员看到有人饿死在雪地上，咆哮怒吼道："把供给处长给我叫来，老子非毙了他不可！"通讯员哭泣着说："首长，他就是供给处长啊！"如今的反腐败会议报告、加强领导干部作风动员大会，领导用得着讲那么长吗？摆一摆这一真人真事，想想只要还有点做人的良心，哪个心灵会不震撼？！最近参加作风教育整顿会，许其亮副总参谋长在痛斥时下某些人热衷于跑官要官时，讲了大将粟裕两次向毛主席坚辞出任司令员、真诚推荐陈毅兼职的事例后，只说了这样一句话"如果现在有个位置，大家是当篮球运动员还是当足球健将呢！"我留意观察了一下周围，不少熟悉的面孔在发红。有一年，总参顾问孙毅老将军到我们单位检查工作，中午午睡时，大门值班室打电话叫醒了两位主官："门口来了个穿便衣的老头，在登记薄上填写的是孙毅，说是来找你们的！"主官听后，大惊失色，天哪！当年抗大二分校的老校长来了！没有前呼后拥，不见车水马龙，我第一次感受到榜样的魅力。接下来的几天，更让我从这位前辈身上看到了共产党员的风采：老人家亲自到军人服务社购买笔墨，为干部战士赠写书法作品；看到连队炊事班泔水缸里漂着白生生的馒头，他一伸胳膊捞了上来就往嘴里放，所有在场的领导和炊事员脸上一阵红一阵白。虽然没有半句申斥，但人人都感到比被痛骂了一顿还难受。事过境迁二十多年，我仍养成省吃俭用的习惯。有次，孩子见我捡吃桌上的米粒，讥笑道："老爸真抠门！"等我给他讲了上面的故事，稚气的顽童再也笑不出声了。

建议那些喜欢讲长话的"冒号"们，上台前最好能聆听一下马季先生那段脍炙人口的《打电话》相声：

"干嘛，你们也等着打电话呢，上那边打去，坐汽车三站。"当听到台下观众如潮水般的笑声时，有哪个还敢稳坐在讲坛上啰里啰唆？！

"控制自己的嘴是人类必须学会的第一美德。"让我们记住古希腊哲人的话。

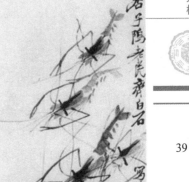

叛逆有道

　　一百多年前，不信邪、不怕鬼的美国赤脚大仙依莎多拉·邓肯石破天惊地发出了"古典芭蕾一点儿也不美！"的呐喊，发动了一场席卷全球的舞蹈大革命，这场革命延续至今，一个崭新的舞蹈流派——"现代舞"流派横空出世，邓肯因此被世人誉为"现代舞之母"。

　　邓肯自小就表现出特立独行的叛逆性格，上芭蕾课时，老师要求邓肯用脚趾尖站在地上，然而，这个在老师眼里看来很美的芭蕾程式动作，却遭到邓肯的嗤之以鼻：僵化、别扭、封闭、束缚！长此练下去，只会造成人体的畸形发展，其结果也只能是"知音少，弦断有谁听？"仅仅上了三节芭蕾课，邓肯便义无反顾地离开了芭蕾课堂，去探索她心目中那肉体动作与灵魂的自然语言相结合的纯朴而自由的舞蹈了。幸运的是，身为音乐教师的母亲没有逼迫女儿，她以一颗理解的心给予孩子最大的包容。

　　邓肯的美学思想认为："最自由的身体蕴藏着最高的智慧。"自由的舞蹈点燃了她的生命之火，在当时，这种有别于古典芭蕾舞的"新"舞蹈，为世人所不齿，当邓肯赤脚披纱抒发着她自由的情感时，跳舞的地毯上被鄙视她的人放上了恶毒的钉子。钉子岂能挡得了自由？邓肯没有退缩，义无反顾，倾其一生，将现代舞演绎得惟妙惟肖、如火如荼！

与邓肯的自由开创精神具有异曲同工之妙的是一个世纪后出现在中国的"台球神童"丁俊晖。在几千年来浸淫于"万般皆下品，唯有读书高"的中国，丁俊晖的横空出世，无异于一枚重磅炸弹，向中国的教育体制以及体育的举国体制抛出了一个相当有分量的质问。

40

2005年4月3日，刚刚度过18岁生日的冷峻少年丁俊晖让中国人的名字第一次写在了世界台球职业排名赛冠军的位置上。一夜之间，丁俊晖家喻户晓。

童年的丁俊晖偶然接触了台球，犀利的父亲发现了他奇异的禀赋，果断地命儿子离开学校，专攻台球；又果断地转行开设台球房以利于儿子练球；再果断地变卖房产，举家迁往广州。丁俊晖认为如果没有当年的退学和南下，自己就不会有今天，倒是父亲的话更质朴实在："当时带孩子出去打台球，这在亲友眼里和出去打麻将没有任何区别，都是不务正业。很多人问我凭什么有那么大的勇气，其实我也就是用自己和孩子的一生去赌一个判断，我觉得台球这口饭能养活我们全家，仅此而已。"

生活是一种感受、一种冒险、一种叛逆，也是一种表现形式——最适合你的，才是最好的。

而什么样的生存方式才是最适合个人的呢？抉择，需要叛逆，需要冒险，有时，无异于赌博。冒险也好，赌博也罢，无一离得了智慧。在芭蕾一统天下的时代，邓肯从个人感受出发，敢于冒天下之大不韪，将女性身体的精妙和个人表达相结合，放弃了传统的舞服，改穿宽松裙袍，赤脚舞蹈，这与此前从男性的视角出发，以性感来迎合观众有了天壤之别，现代舞顺应了女性解放的时代潮流，因此，它的流传顺理成章。

在国人将一度遍地开花的台球还视为不入流的消遣活动时，

丁俊晖的父亲睿智地从中看出了隐藏的商机，更从儿子对台球的超常禀赋中看出了无限的希望。伴随着父亲每一个骇人听闻的决定，儿子的成绩一路飙升。

　　这是人生的一场豪赌——敢于叛逆，敢于冒险，敢于承担最大风险的人才能得到最深的爱，以及最大的成就。人在旅途中，唯有永不踯躅，把凝固的激情释放，让束缚的心情飞舞，用心的义无反顾，才能变梦想为祝福。

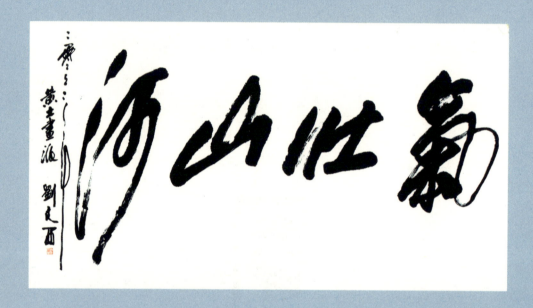

震撼世界的"宽恕"

当"绿杨烟外晓寒轻,红杏枝头春意闹"刚刚掀开序幕,大洋彼岸的弗吉尼亚理工大学校园上空骤然响起的激烈枪声,犹如一道惊天劈地的炸雷,震撼了世界的各个角落。令人意外的是,校方接下来举办的多场悼念活动,又让全世界人们的心灵受到了更为强烈的震撼:悼念仪式上,放飞了33个白色气球,敲响了33声丧钟,校园中心广场的草坪上,安放着33块半圆的石灰岩悼念碑,32名无辜遇难者和心理病态扭曲的凶手赵承熙同被列为悼念对象。一些人在留下的纸条上写道:

"希望你知道我并没有太生你的气,不憎恨你。你没有得到任何帮助和安慰,对此我感到非常心痛。所有的爱都包含在这里。"

"赵,你大大低估了我们的力量、勇气与关爱。你已伤了我们的心,但你并未伤了我们的灵魂。我们变得比从前更坚强更骄傲。我从未如此因身为弗吉尼亚理工大学的学生而感到骄傲。最后,爱,是永远流传的。"

…………

震撼世界的"宽恕"!无与伦比的人性壮美!

宽恕的文化元素,并非只存在于受基督教影响深远的异国他乡,也是盛开在中国传统文化沃土上的一枝奇葩。恕道,仁者风范。古人历来将"仁"排在五常之首。两千五百多年前,《论语·卫灵公》中就有这样一段记载,子贡问曰:"有一言而可以终身行之者乎?"子曰:"其恕乎!己所不欲,勿施于人。"

恕是什么？恕其实就是"海纳百川，有容乃大"。

在中国语言体系中，不乏诸如宽恕、宽容、宽大、宽待、宽宥、饶恕、宥恕、见谅、谅解、原谅、包涵、包容、海涵等经典词语，博大精深的"恕"字，实在是一种无坚不摧的力量。

44

如果留一份宽恕给邪恶，你会看到恶因恕而化为善。流传千百年的"洗心桥上洗邪心"的故事就是一个例证：在云南宾川鸡足山下有座闻名于世的"洗心"桥。据传，金华长老曾在此桥以"大慈大悲渡众生，洗心桥上洗邪心。是非恩怨从此了，净水一滴悟道真"的宽容佛心，点化八个大盗，使其彻底洗心革面，从善改恶，皈依正途。八个大盗的邪心分别是：黑心如墨，残忍狠毒；黄心如橙，阴险狡诈；白心似冰，六亲不认；五花之心，朝秦暮楚；桃花之心，嗜色好淫；紫心贪婪，欲壑难填；绿心狭隘，嫉贤妒能；褐色之心，薄德鲜能。

八个大盗因抢劫鸡足山的财物而被官家捉拿归案，为了杀一儆百，决定将其全部凌迟处死。金华长老得到消息后，恳求官家放他们一条生路，将八盗带到洗心桥边，以桥下的净水，逐一洗去八颗邪心的颜色，使其全部变为红色良心。八盗后来全部幡然悔悟，出家鸡足，成为守山护寺的和尚，最终修得正果。

这虽是个神奇的传说，但却向我们喻示了这样一个道理：宽容无敌。

从另一方面说，当你把所有的人都变成了朋友，那你也就没有了敌人，也就是做到了"无敌于天下"。

红尘中的芸芸众生，又何尝不需要经常"洗心"呢？

无独有偶。有则"绝缨之效"的寓言故事：楚国一次打了大胜仗，楚庄王在宫中设盛大晚宴，并叫出宠妃许姬为群臣斟酒助兴。忽然，一阵狂风刮来，宫中蜡烛尽灭。黑暗中，有人扯住许姬的衣袖想非礼她。许姬在慌乱挣脱中顺手拔下那人的帽缨，然后来到楚庄王身边哭泣道："有人想趁黑暗调戏我，可我拔下了他的帽缨，请大王查看谁没有帽缨就把他抓起来处死！"

楚庄王说："且慢！今天我请大家来喝喜庆酒，酒后失礼是常有的事，不宜怪罪。再说，众位将士为国效力，我怎能忍心为了你的贞洁而辱没我的将士呢？"说完，楚庄王不动声色地对众人喊道："今天寡人请众爱卿喝酒，请你们把帽缨都拔掉，不拔掉帽缨不足以尽欢！"于是群臣都拔掉自己的帽缨，楚庄王之后命人重新点亮蜡烛，场面顿时又热闹起来，众臣觥筹交错，舞姬曼妙起舞，宫中笑语喧哗，直至夜深尽欢而散。

三年后，晋国进犯楚国，楚庄王亲自披甲迎战。交战中，楚庄王发现军中有一员虎将总是身先士卒，冲锋在前，众兵士在他的带动下，奋勇杀敌，大败晋军。胜利班师后，楚庄王叫来那位将领问道："平日寡人并未给过你什么特殊好处，此次战斗你为什么如此舍生忘死、一马当先呢？"

将官跪在楚庄王阶前，低着头战战兢兢地说："臣就是三年前那个被王妃拔掉帽缨的罪人，对一个本该处死的臣子，大王不仅没有问罪，反而设法保全了我的面子和性命。从那时起，臣就时刻准备着用自己的生命来报答大王的恩德，立志战死疆场也在所不辞！"

一番话说得在场的群臣无不感动万分，楚庄王走下台阶，躬身扶起这位早已泣不成声的将领。

看来，有时，宽容引起的道德震撼远比惩罚更强烈。

一位哲人说，深邃的天空正是容忍了雷电风暴的肆虐，才有了风和日丽；无垠大海正是容量了惊涛骇浪的猖獗，才有了浩淼辽阔；巍峨的高山正是容纳了顽石丑石，才有了一览众山小。世间，无论什么人，只要拥有宽阔的胸襟，就会产生出不同凡响的大智大慧。

纵观历史，有多少仁人志士以包容为表，为世人所称颂。

唐代有段"寒山"与"拾得"的经典对话，因其睿智的哲理而闻名遐迩，传世不衰。

寒山问拾得："世间谤我，贱我，欺我，辱我，笑我，轻我，恶我，骗我，如何处置乎？"

拾得答曰："只要忍他，让他，避他，耐他，敬他，不要理他，再待几年，你且看他。"

这段智者之间的一问一答，所表现出的不就是一种博大的胸怀和气度吗？

毛主席曾这样高度评价叶剑英元帅："诸葛一生唯谨慎，吕端大事不糊涂。"诸葛亮一辈子做事小心谨慎，五十多岁就累死了；而吕端这个宰相，小事糊涂，大事不糊涂，一生宽厚多恕，别人冒犯了他，他从不介意；别人误会了他，甚至为了排挤他到皇帝那里告黑状，他也不辩解，只是说："吾直道而言，无所愧畏，风波之言不足虑也。"结果，告状者却在皇帝那儿碰了一鼻子灰："他哪里糊涂，你才是糊涂蛋呢！"

唐朝大将军郭子仪，在平定"安史之乱"和抵御外族入侵中屡立奇功，却遭到了皇帝身边太监鱼朝恩的嫉恨。郭子仪率兵在外征战，鱼朝恩竟暗地里派人掘了郭父墓穴，抛骨扬灰。郭子仪领兵还朝，众人无不以为会掀起一场血雨腥风。不料，当代宗皇帝志忑不安地提及此事时，郭子仪伏地大哭，说："臣将兵日久，不能禁阻军士们残人之墓，今日他人挖先臣之墓，这是天谴，不是人患。"复仇的烈焰竟在他宽容的泪水中渐渐浇灭。

执掌兵权的郭子仪，在朝中日益得到皇帝的宠信，鱼朝恩担心早晚会被郭子仪碎尸万段，便在家中摆下"鸿门宴"，请郭子仪入瓮。鱼朝恩的险恶用心连郭子仪的下属都看得一清二楚，他们极力劝阻将军不要上当。郭子仪淡淡一笑，只带上几个家童从容赴宴。阴险毒辣的鱼朝恩见状竟被感动得嚎啕大哭，从此对他言听计从，毕恭毕敬，再也不敢在皇帝面前进谗言了。

郭子仪正是以他的恕道之心战胜了一个防不胜防的劲敌，如若冤怨相报，只能爱恨情仇聚山高；只有"度尽劫波兄弟在，相逢一笑泯恩仇"，才能把自己塑造得更加完美。

人际交往中，讲点宽恕，就会进入和谐和睦和气的大境界：清朝康熙年间，宰相张英与一位姓叶的侍郎都是安徽桐城人，两家毗临而居，都要起房造屋，为争地皮，发生了争执。张老夫人便修书北京，要宰相儿子出面干预。这位宰相到底是"宰相肚里能撑船"，看罢来信，立即给家里寄了一首诗："一纸书来只为墙，让他三尺又何妨？长城万里今犹在，不见当年秦始皇。"张母见书明理，当即拆墙退让三尺；叶家见此情景，深感惭愧，也马上把墙让后三尺。这样，张叶两家的院墙之间，就形成了六尺宽的巷道，成了有名的"六尺巷"。张英失去的是祖传的几分宅基地，换来的却是邻里和睦及流芳百世的美名。

古人说，恕人恕己，终究福临。东汉末年，曹操经过官渡之战，彻底打败了袁绍，在打扫战场的时候，有手下向他报告说，在袁绍留存的档案中，发现我军有许多人写给袁绍的效忠书信。有人建议说，查出来一律砍头。深谋远虑的曹操却说：算了，将这些书信通通焚之一炬吧！部下疑惑不解，说：这些人都是可耻的叛徒，留下来终是祸害啊！曹操说：过去袁绍那么强大，要想战胜他就连我也心里没数，那些人只是想给自己留条后路，也情有可原嘛！后来的史实证明，正是曹操的宽容，才使他统一了北方，为三国归晋打下了基础。

与曹操不同的是，《三国演义》中的东吴大都督周瑜尽管才智双全，实为一代将才，但他在"恕"的方面却很失败，周瑜几次陷害诸葛亮而不得，加之诸葛亮三气周瑜，这位也称得上伟人的军事家，竟为此发出"既生瑜，何生亮"的呼喊后一命呜呼，两位英杰的不同归宿，不正是给了我们一个深刻的启示吗？

写到这里，忽然想起国内外两个人所作的同一主题的诗与词：一是尼布尔在《宁静祷文》一书中记录的意大利圣法兰西斯的一段古老的祷词：

"使我作你和平之子，在憎恨之处播下你的爱；在伤痕之处播下你宽恕；在怀疑之处播下信心。使我作你和平之子，在绝望之处播下你盼望；在幽暗之处播下你光明；在忧愁之处播下喜乐。哦！主啊！使我少为自己求，少求受安慰但求安慰人，少求被了解但求了解人。少求爱但求全心付出爱。使我作你和平之子，在赦免时我们便蒙赦免；在舍去之时我们便有所得；迎接死亡时我们便进入永生。"

二是著名诗人汪国真的一首《宽容与刻薄》哲理诗：

"宽容与刻薄相比，我选择宽容。因为宽容失去的只是过去，刻薄失去的却是将来。一个不懂宽容的人，将失去别人的尊重，一个一味地宽容的人，将失去自己的尊严。对待别人的宽容，我们应该知道自惭；我们宽容地对待别人，应该知道自律。宽容者让别人愉悦，自己也快乐；刻薄者让别人痛苦，自己也难受。如果别人已不宽容，就不要去使劲儿乞求宽容，乞求得来的宽容，从来不是真正的宽容。如果你还要想宽容别人，就不要等到别人来乞求，记住一句老话：给永远比要令人愉快。"

为了再次让世界震撼，让我们以这些诗词共勉吧！

文厚達鑒鶩姿
科造子年之迷

文科先生正

某十冬

建立几道诚信"防火墙"

诚信防火墙起码应该有以下几道程序：一是对各级领导的家庭财产、个人收入、履历文凭、决策是否失误以及配偶子女经济活动实行定期公示，让全社会进行监督；二是在诚信领域叫停"孙子兵法"、删除"三十六计"，增添"远无知，去无耻，行无妄"程序；三是对于造假欺诈者来说，等待他们的将是被罚得倾家荡产，此外还会影响其一生从事任何工作的信誉，心灵永远背负上沉重的包袱，沦落为"千夫所指"的势利小人。

前几天电脑不小心中毒，系统无法正常运行，安装上瑞星防火墙，查杀病毒后，系统又开始正常运转。

从电脑中毒，想起在2007年"两会"上政协委员杨志福向总理转述的来自民间的一则顺口溜："村骗乡，乡骗县，一直骗到国务院。国务院下文件，一层一层往下念，念完文件进饭店，文件根本不兑现。"已经达到一种相当荒谬程度的"政令不畅"和诚信危机，说它已经成为"全社会关心"的"全社会问题"，一点儿也不危言耸听。

"立木取信"、"一诺千金"、"抱诚守真"，本是中国人引以为荣的美德。然而，近年来，发生在我们身边的那些光怪陆离的"假大空"、"伪抄盗"、"潜规则"却不绝于耳。这种种行为像"病毒"一样侵蚀着社会的肌体，像"沙尘暴"一样吞噬着信用的"绿洲"。据有关部门调查，诚信危机已成为继腐败之后阻碍中国经济发展的第二大因素，不少人忧心如焚，振臂高呼："中华民族到了最危险的时候！"话虽说得"玄"了点，但诚信问题确已到了非正视不可的地步。

古人说："人无信不立"。人的守信立诚，除了用传统的"德"和"理"教育熏陶外，关键还是要靠体制和制度中的"法"来保证其建立。

在这方面，美国和香港为诚信建立"防火墙"的作法不失为一个好参考：

一本介绍美国人如何消费的书上说：美国人都是在花未来的钱，而享受现在。初读令人迷惑不解：既然美国人都是"举债度日"，一旦出现无赖的山姆小子不肯还钱怎么办？细看谜团终得解开：原来美国有个信用局，如若有人出现信用违规，立即通知各大银行，进行全方位"封杀"，使其无立身之地。据说，某些罪犯不怕违反法律，却唯独不敢得罪信用局。香港之所以从一个贪污受贿盛行的地区变成一个清正廉洁的地方，廉政公署的首席执行官在凤凰卫视做节目时，道出个中缘由：建立三道防火墙，让人不想贪，不能贪，不敢贪。"不想贪"是通过教育引导，使人明荣耻、戒贪欲；"不能贪"是通过制定严密的监督制度，使人无机可乘、无隙可钻、无法得逞；"不敢贪"是通过严厉的惩处手段，使人望法生畏、不敢越雷池半步。

当前，要解决诚信问题，如果以此借鉴，想必也会是十分有效的。

想起春秋战国时，秦国商鞅为推行变法，"立木取信"，一诺千金，终将变法成功，国强势壮；同样在这个"立木为信"的地方，早于400年前，周幽王为博褒姒一笑，烽火戏诸侯，结果自取其辱，身死国亡。可见，领导者的"诚信"，对一个国家的兴衰存亡起着非常重要的作用，社会如若出现诚信缺失危机，其源头正是"领头雁"偏离了信用轨道。

因此，有必要首先为领导干部建立诚信防火墙，将"公示制度"设为第一道程序，即对各级领导者的家庭财产、个人收入、配偶子女经济活动实行登记，定期公示，让全社会进行监督，此举不失为重建社会诚信体系的良好开端；其次，把诚信作为选拔干部的必要条件，首先从假履历、假学历、假文凭抓起，实行诚信一票否决制；第三，考核干部时，在"德能绩勤健"中增添一个"诚"字，将政绩以诚信为准则，层层过滤政绩"水分"，凡决策失误者、搞政绩工程者，一律定为不称职，该降的降，该免的免，该处理的坚决处理，毫不手软。

有识之士建言，有必要将"三十六计"从诚信防火墙中删除，增添"远无知，去无耻，行无妄"程序。几千名银行贪官逃到国外，大概是深通孙子兵法"三十六计"中的"走为上"之计的。在诚信领域，必须叫停"孙子兵法"，似乎应该大力倡导民族传统文化中的一些人生基本道理与道德规范。博士生导师卓泽渊先生说得不无道理：我们应当汲取那个呼喊"狼来了"的小朋友戏耍真诚的教训，鄙弃中山狼背信弃义之恶行，倡导商鞅言而有信之精神。只要人人做到远无知，去无耻，行无妄，积极营造、用心维护、执著坚守这一道德底线，那么，建立起整个社会诚信体系就不会遥远。

古语说得好："沉疴用猛药，乱世用重典。"如若能像一些国家那样，对造一次假、出一回质量事故、有一次欺诈行为者，谁也甭想企求罚点款、受个不疼不痒的处分了事，等待他们的将是被罚得倾家荡产，此外还会影响其一生从事任何工作的信誉，心灵永远背负上沉重的包袱，沦落为"千夫所指"的势利小人。唯有如此，才不会有人智商低下到做这种傻事的程度。即使有极个别偶然"吃错药"或不小心偶而为之也不得怜悯，"手莫伸，伸手必被捉"，尽管是首次伸手，也得捉住不放，不得"捉放曹"。根治顽症，除此之外，别无他法。

想起了一位哲人的话：一个社会的诚信，反映的是一个民族的精神素质。一个抱诚守信的民族，才能跻身于世界民族之林，一个富有信誉的国家，才能为国际社会所信赖。但要使一个民族、一个国家所有人都有诚信，那未免过于天真；而若连守信用的人都找不出，那又未免过于堕落。

让我们在彼此的交往中，不断更新诚信防火墙程序，开启合作的大门，放飞心中的欢愉。商海浮沉，留住诚信，回报你的将是一片春光；走进暗夜，留住诚信，我们就能拨开心头的云雾望见满天星斗；身陷迷惘，留住诚信，我们就会在航船启航前将航灯高高挂起！无须感叹世态炎凉，不必埋怨人心不古，只要人人能够洗尽浮华，洗尽躁动，洗尽虚诈，留下启悟心灵的妙谛，这个世界就会因诚信而春意盎然，五彩缤纷，万世开太平！

尊严无价

如果说生命是树，那么尊严就是根；如果说生命是水，尊严就是流动；如果说生命是火，尊严就是燃烧……

——题记

写下这个题目，想起一则有趣典故：宋代大文豪苏东坡某日心血来潮，上山与老方丈朋友一起打坐。

"方丈，你看我像什么？"苏东坡趣问道。

"我看施主像佛。"方丈不假思索地回应说。

接下来，方丈问苏东坡："施主看我像什么？"

苏东坡哈哈一笑，随口戏谑一句："我看你像狗屎！"

苏东坡感觉自己这回赚了个大便宜，回家后向苏小妹绘声绘色复述了一番。没料到，苏小妹迎面朝自己泼了一盆"冷水"，说："哥哥大错特错了，老方丈之所以说看你像佛，是因为他心中有佛；你说人家像狗屎，是因为你心中有狗屎。"苏东坡听后，顿时恍然大悟，惭愧不已……

尊严是财富

有一个青年，当他身无分文，又累又饿，坐在路边休息的时候，遇到了一位好心的先生，主动拿出一些钱让他买些吃的。可这位青年并没有马上接过别人的施舍，却对这位好心的先生说："我能为你做什么吗？我如果不能

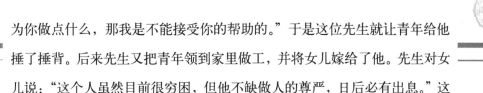

为你做点什么，那我是不能接受你的帮助的。"于是这位先生就让青年给他捶了捶背。后来先生又把青年领到家里做工，并将女儿嫁给了他。先生对女儿说："这个人虽然目前很穷困，但他不缺做人的尊严，日后必有出息。"这个人就是后来成为美国石油大王的哈默。

人，首先要为尊严而活着，才能谈做事情乃至做大事，对社会做出有价值或建设性的贡献。尊严既不是自我膨胀、妄自尊大，也不是自我否定、妄自菲薄，它应该是不卑不亢。没有尊严，人格卑贱，很难有所作为。即使比较聪明，有点学问，会做一些事，但有时在做事的过程中往往也会做出一些负面的事情来，甚至会流于不择手段地争名逐利。因为尊严与人的道德品质密切相关，如果品质不高，做事的境界就必然会受到影响。人如果没有尊严，就失去了做人的一切，也就无所谓"人"，不过行尸走肉而已。一个没有尊严的人，即使权高位重、财富无数，他仍然是世上最可恨、最可悲、"穷"得一无所有的精神贱民。再多的物质财富也包装不出高贵的人品。德国寿星罗伯特·米尔二战中替犹太人邻居约索夫保管了50000马克，半个世纪里，几次贫困潦倒，米尔也未动这笔"天不知地不晓，只有两个当事者你知我知"的钱，五十多年后，终于辗转寻找到约索夫的小儿子，慨然将巨款归还。有人说，正是米尔的"良心"，才使他活了109岁。人之为人的品质，最普通最基本莫过于拥有一颗善良丰富高贵的心，这样的人才无愧于人的称号，也才能作为真正的人快乐地生活在世界上。

人们常说金钱与财富是"生不带来，死不带去"的东西，但尊严这种特殊的"财富"却是个例外。历史上那些为人类文明进步作出了杰出贡献的人物，虽然他们早已逝去，但仍赢得了后世一代又一代人的敬仰。无论何时，提起他们的名字，人们都会不由地肃然起敬。他们的伟大人格与做人的风范，对后世的影响可谓深广久远。

尊严是风骨

在宗教圣地耶路撒冷，有一个名叫"芬克斯"的西餐酒吧。它连续三年被美国《新闻周刊》杂志选入世界最佳酒吧的前 15 名之内。这个酒吧是几十年前由英国人创办的，至今它的内部摆设包括桌子椅子都保持着原来的样子。虽然面积只有 30 平方米，里面也只有一个柜台和 5 张桌子，是一个极为普通的酒吧，但由于经营有方，成了来耶路撒冷采访的各国记者喜欢停留的地方。现在的老板是一个名叫罗斯恰尔斯的德国犹太人。他在 1948 年买下了"芬克斯"，一直经营至今。这个"芬克斯"一跃跻身世界著名酒吧之列，完全是因为那个举世闻名的美国前国务卿基辛格。

20 世纪 70 年代，为了中东和平而穿梭奔走的基辛格来到耶路撒冷，想去造访声名鹊起的"芬克斯"。他亲自打电话预约，接电话的恰好是店主罗斯恰尔斯。基辛格首先做了自我介绍，那时在以色列和巴勒斯坦，基辛格的大名如雷贯耳。罗斯恰尔斯起先非常客气地接受了预约，然而，当基辛格最后提出"我有 10 个随从将和我一起前往贵店，到时希望谢绝其他顾客"时，却刺痛了罗斯恰尔斯那根职业道德的敏感神经。基辛格原认为这个要求对方绝对能够接受，因为自己是手握两国命运大权的人物，而对方不过是一个酒吧小老板，像他这样的大人物能光顾你这个区区小店，无形之中提升了酒吧身价。岂料，罗斯恰尔斯却给予了基辛格一个十分客气而又意想不到的答复："您能光顾本店，我感到莫大的荣幸。但是因此而谢绝其他客人，是我所不能接受的。他们都是老熟客，也就是支撑着这个店的人，而现在因为您的缘故把他们拒之门外，我是无论如何不能那样做的。"对这意外的回答，基辛格大骂出口并挂断了电话。

但基辛格毕竟是头顶博士帽的国际知名人物，第二天晚上再次给老板打电话预约，首先对自己昨天的失礼深表歉意，几近讨好地表示到耶路撒冷如不能光顾"芬克斯"的遗憾之情，并说明天只带三个随从，订一桌就行，而且不必谢绝其他客人。但结果又令基辛格大失所望。罗斯恰尔斯礼貌地说："非常感谢你的诚意，但是我还是不能接受您的预约。因为明天是星期六，也是本店的例休日。"当基辛格说明自己后天就要离开此地，恳请老板为自己破一次例时，老板罗斯恰尔斯却再次友好地拒绝了："那可万万使不得，作为犹太后裔的您也应该知道，对我们来说，星期六是一个神圣的日子，在星期六营业，就是对神的亵渎。实在对不起了，我只能在这里迎候博士先生下次光临！"基辛格听完后，什么也没说，只好悻悻地挂断了电话……

"芬克斯"西餐酒吧老板面对强势不卑不亢，显得他拥有无价尊严；风云大人物基辛格几次被拦在酒吧门外不得入内，实际上是在尊严面前碰了壁。

尊严是一种风骨。所谓"风"，指的是精神风貌；所谓"骨"，指的是骨气与志气。尊严是一种深入骨髓的东西，是人的内在本质与本性的外在表现，古人说"三军可夺帅，匹夫不可夺志"，"士可杀而不可辱"，"宁可站着死，也不跪着生"等，其中也在强调人的尊严无比重要，表明人就应该堂堂正正地活着。曾做过国民参政会参议员的张奚若教授，有一次在参政会上当着蒋介石的面，滔滔不绝地抨击国民党的独裁与腐败，被蒋总裁打断发言后，愤然拂袖而去。不久，张奚若收到参政会出席会议的邀请函和路费，他不假思索地回电称："无政可参，路费退回。"后来，在给大学生的演讲中，他大义凛然地将矛头直指蒋总裁："假若我有机会见到蒋先生，我一定对他说，请你下野。这是客气话。说得不客气点，便是请你滚蛋。"铮铮风骨，日月可鉴。只是可惜这样的骨鲠硬汉太少了！其缘由之一，就在于中国在世界上是封建社会存在时间最长的国家，漫长的封建社会统治中基本上实行的是一种奴化教育，统治者至高无上，被统治者一钱不值，统治就是"牧民"，把人民当牛羊等畜牲一样对待，"教化"的目的也就是使人民甘做"顺民"，封建主义高压统治的主要价值目标，就是教人民或被统治者觉得自己毫无价值，自己的生杀予夺大权全在主子手里，主子让你生你就生，主子让你死你就死，主子对你稍好一点，你就应该感恩戴德，肝脑涂地，以死相报。"主"与"奴"是一个事物的两面，在封建社会的等级中，在强势面前是"奴"的，在弱势面前又是"主"，这也就是国民性格中存在两面性的重要原因。中国人最大的人格缺陷，就是封建主义高压统治造成的人性压抑以及人的尊严被剥夺而在某种程度上形成的人格扭曲与分裂。人的尊严一旦被毁掉，就不会在意肮脏醒醒与下贱地活着，这可能是滋生许多丑恶甚至变态现象的原因之一。余秋雨先生对封建礼教剥夺人的尊严的情况有过许多精辟的论述，其中谈到仅"跪"礼实行数千年一项对人的尊严与人格的摧残就会留下致命的硬伤或缺陷，并指出注重健康人格的构建与重建对社会发展有着重要的意义。

"东方红，太阳升，中国出了个毛泽东。"毛泽东在理论上颠覆了封建社会统治者至高无上、人民被视如草芥的逻辑，提出了"高贵者最愚蠢，卑贱者最聪明"的论断，在实践上领导人民使中国发生了天翻地覆的巨变，使"中国人民站起来了"！堪称是一种非人格尊严的"跪拜"历史的终结。遗憾的是，直到21世纪的今天，国人在人格尊严上表现得并不尽如人意，比如我们经常看到，领导人出行，前呼后拥，警车开道，道路封锁，俨然封建社会高官坐轿出行、当差的鸣锣开道、喝斥人群纷纷躲开的一番景象，似乎领导与群众之间总有一堵无形的高墙。有位朋友到革命圣地井冈山参观，巧遇一

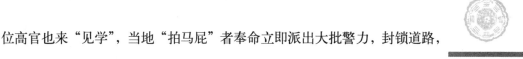
位高官也来"见学"，当地"拍马屁"者奉命立即派出大批警力，封锁道路，喝令所有游人"靠边站"，无奈，大家只好在路边苦等了两个小时，待高官走后，才被允许进入革命圣地参观。朋友叹道：如此行为，简直是对革命圣地的玷污！革命领袖率领人民打江山，不就是要消除这种人与人之间的差别吗，但今天来参拜革命圣地的领导人，却把人民排斥在一边。这哪里是来接受教育，纯粹是为了贴金。领袖若在天有灵，一定也会怒发冲冠：滚回去吧，别污染了我的红色根据地！还是到炼狱去反思吧！两年过后，此话终得灵验：那位高官蹲进了秦城监狱。

从政治或社会意义上说，基辛格是伟大的，但从人格上说，我们更愿意说罗斯恰尔斯是伟大的，因为他在与一个伟大人物接触时维护了人之所以作为人应有的尊严。

尊严是灵魂

在重庆"中美特种技术合作所"渣滓洞二号牢房墙壁上，镌刻着为世人熟知并广为传颂的革命先烈叶挺留下的一首《囚歌》：

为人进出的门紧锁着，

为狗爬出的洞敞开着，

一个声音高叫着：

——爬出来吧，给你自由！

我渴望自由，

但我深深地知道——

人的身躯怎能从狗洞子里爬出！

我希望有一天

地下的烈火，

将我连这活棺材一齐烧掉，

我应该在烈火与热血中得到永生！

这是革命先烈的尊严，也是革命理想与崇高信仰支撑下所有人应具有的尊严。所谓"大义凛然"，是因为先要胸怀"大义"，然后才能凛然不屈。什么是大义？说到底就是社会的发展与人类的文明进步，为这种事业去奋斗，才能志存高远，胸怀广大，才能有高尚的人格与情操，得到人们的尊敬和赞誉。

尊严是灵魂，或者说是灵魂的外衣。有什么样的灵魂，就会有什么样的尊严。反过来说，没有尊严就等于没有灵魂。

写到这里，又想了歌颂革命先烈江姐的"红梅"品格与尊严的一首歌曲——《红梅赞》：

红岩上红梅开，

千里冰封脚下踩，

三九严寒何所惧，

一片丹心向阳开；

红梅花儿开，

朵朵放光彩。

昂首怒放花万朵，

香飘云天外。

唤醒百花齐开放，

高歌欢庆新春来！

曾看过一篇写江姐原形江竹筠的一篇文章，其中说到，当敌人动用百般酷刑仍然无法使江竹筠屈服时，无计可施的敌特长官恼羞成怒，下令手下扒掉江竹筠的衣服羞辱她，江竹筠面对敌人卑鄙无耻的伎俩和企图，大义凛然厉声怒斥：你的母亲与姐妹也是与我一样的女人，你也是你母亲生养的，你污辱女人就是污辱你的母亲与姐妹，只有畜生才能干出这种没有廉耻的事情！你们要觉得自己还是人，就不要做出这种劣行！你们要觉得自己不是人，那就由你们了！这番义正词严、掷地有声的话语，令无耻的敌人目瞪口呆，无地自容，终于没敢动手。在这里，烈士江竹筠的革命者的尊严与敌特反动派的无耻嘴脸形成了鲜明的对照，革命者的浩然正气压倒了反革命者卑劣的邪气。

联系到当今社会出现的一些丑恶现象，总让人唏嘘不已，某些人的某些行为真是愧对先烈、甚至愧对富有中华民族文明传统的祖先。前些年，曾经出现过共产主义"渺茫论"、马克思主义"破产论"、社会主义"失败论"等错误思潮，后来乃至今天仍存在"不谈主义，只想个人问题"的现象，信奉"什么都是假的，只有钱才是真的"，只要金钱、不要尊严的现象不断滋生、屡见不鲜。据报载，前些年南方某地区一位市长"傍大款"，人格低下，连大款都十分瞧不起。一次，大款与朋友喝酒，一时兴起，与酒友打起赌来，说："你信不信，我打一个电话，某市长在15分钟之内就会像狗一样来到我面前。"酒友说他吹牛。他就真的打了电话，然后与酒友看着表计时，结果某市长在12分半钟就来到他跟前，大款与酒友相视哈哈大笑……凡此种种，归根结底是世界观、人生观、价值观发生了蜕变或倾斜，理想信念发生了动摇，精神支柱坍塌。没有人格尊严也就没有了道德底线，同时也没有了法律法规等界限，最终往往滑向违法犯罪的深渊。

一失"尊"成千古恨，人们应该永远警惕！

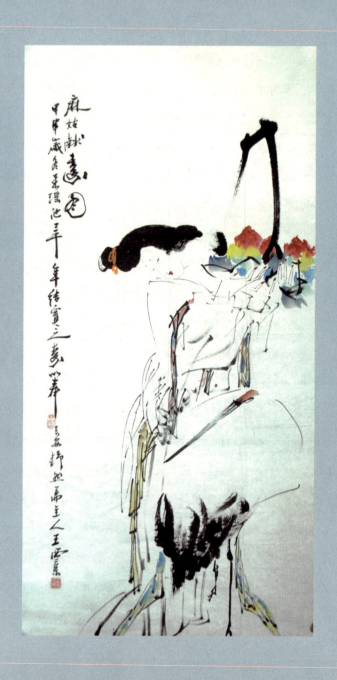

谁动了国人的母语"奶酪"

面对当今社会出现的"轻慢中文"与"热衷英语"的怪相，想起了上小学时的一篇课文：《最后一课》。课文以沦陷了的法国阿尔萨斯一所小学校被迫改学德文为素材，通过描写最后一堂法文课的情景，刻画了小学生小弗郎士和乡村教师韩麦尔的典型形象，反映了法国人民深厚的爱国情感。特别是反映了一个民族由于被侵略而失去了用本国语言上课与学习的自由，表现了一种当国土任人宰割时人民沦为亡国奴的悲哀。这篇课文曾在全世界引起强烈反响与共鸣：语言是根植于民族灵魂的文化符号，它不仅是一种表达和交流的工具，而且还是传承一个民族历史与开拓未来的血脉。一个国家、一个民族，只有深深扎根于自己的文化土壤里，然后才能谈学习、兼容、吸收其他民族的优秀文化营养，从而不断发展前进。正如哈佛校长查尔斯·艾略特所说："我认为有教养的青年男女唯一应该具有的必备素养，就是精确而优雅地使用本国的语言。"

某日，同几位大学教授闲聊，听他们"爆料"了几则压根让人难以置信却又不得不信的"悲哀"笑话：有位大二学生写了不足百字的请假条，错字别字竟有28处；一位研究生导师要求全班50名学生在两小时之内写出一篇千字文，结果呢，有95%的学生完成不了；有个英语已达六级的学生，毕业论文写了洋洋洒洒万余字，竟然没一个标点符号，导师笑批："现代之甲骨文！"还有英语达八级的化学博士在晋升高级职称答辩时，说英语如唱"高山流水"，但在用中文表达时，却变成了"期期艾艾"的三国魏将邓艾……

这些"极致典型"虽属个别现象，却也是母语教育"落寞"的不争现状。

新浪网调查显示：在约5000名参与调查者中，约有88%的人认为，现在的大学生中文水平普遍呈滑坡趋势，很多人在经史子集等传统国学方面的修养平平，写不出流畅优美的现代白话文，仅能对付日常的应用文写作。其中不少人普遍存在语言贫乏、词汇不丰富、言不达意的情况。由于平时积累少，引经据典时常常犯错或根本不会引用，与"英语热"风行全国相比，似乎到了该高喊一声："谁动了国人的母语'奶酪'？""又有谁来拯救我们的母语？"

有人形象地说，教育这棵大树之所以结出了"英语热""母语冷"两只怪果，与之生长的环境不无干系。

英语国家的人们或许永远无法理解中国人的"心结"，在中华民族漫长的历史中，我们的传统教育一直存在重视人文知识而轻视自然科学的倾向。直到19世纪，西方的坚船利炮轰开了清王朝的国门，在"师夷长技以制夷"的思路下，自然科学的重要性才得到国人的正视。在过去的一个多世纪中，"重文轻理"和"重理轻文"两种教育思路一直缠斗不休。改革开放后，国人学英语从幼儿园起步直到大学毕业，至少要学十七八年，可学语文却是从小学仅到高中毕业，我们的母语太可怜了。此外，如若想深造读研必须考英语，如果想找个好工作，六级证书或比较好的托福、雅思成绩会增加求职"砝码"，工作后，技术职称的晋升也得考英语，过不了关必惨遭一票否决。每年的职称英语考场上，身为总监考官的我，看到那些欲晋升高级职称的白发考者被考得焦头烂额，我的心在隐隐作痛。一位大约已做奶奶的科技干部，交卷时忘记将写在白纸上的最后一道翻译题答案装进去，发觉后为时已晚，整个考场考卷已封存，望着她泪流满面的泣诉"我已考了三年了，今生这最后一搏怕也要黄了"，我真想下令监考人员拆开封条，替她装进去或许能圆了她的正高梦，可是，职责和原则告诉我，不能！生平头一次做了回冷血动物，我恨自己。

65

忽然想起有好事者在网上贴出的一幅漫画：在某单位研究专业技术干部职称晋升会场门口，站着一位杀气腾腾的"美英"警察，画外音："华人英文考试不及格者不得入内！"回顾旧社会那句深深刺痛了无数国民的屁话："华人与狗不得入内"，我的心在滴血、在怒吼。

据教育部官员透露，在我国教育系统里，各级各类学校学生加上社会人员，全国约有3.5亿人在学习英语，这个数字几乎是美国、英国和加拿大人口的总和，还有名目繁多的英语学校，如雨后春笋般遍布全国城乡，五花八门的辅导书籍从各个出版社涌入市场，各类培训中心为抢夺生源，展开激烈竞争，可以说是狼烟四起，更有成千上万痴迷者跟着那位"疯狂英语"创始人振臂"怒吼"英语，此盛景盛况，恐怕连孔老夫子前生后世也始料未及呢！

面对"轻慢中文"与"热衷英语"所形成的巨大反差，不少有识之士忧心忡忡地指出，对这种怪相如不遏制，可忧的不是一代人的语文水平低下，而将会直接危及祖国语言文字的纯正和文化传承。

与国人冷母语、热英语不同，世界范围内学汉语却呈方兴未艾之势。想起在美国和韩国访问时的不同观感，由于英语在世界上的强势地位，盛气凌人的美国人很少学外语。参观了美军六所院校，除一所教点西班牙语外，其他均无外语。战争学院院长在会谈时不无幽默地朝我方团长伸出大拇指说，他在访问中国某军事院校时，发现个个学员都能说一口流利的英语，而且全部过了四六级，"高！实在是高！"虽是赞赏，却是一副傲视群雄的架势！

在五角大楼，我们却意外得知，为了应对战争和国内紧急事件，美军建立了一个由1000名外语人才组成的"外语兵团"，重点学习阿拉伯语、俄语、汉语和波斯语。此外，政府还给四所大学投资200万美元，以加强对军校学生的外语培训。在首尔，大使馆武官告诉我们，韩国开设中文系的大学达140余所，学习人数以每年20%的速度递增。据国家对外汉语办公室资料显示，目前全世界有近100个国家的2300多所学校开设中文教学，学生总数超过3000万，汉语已成为美国的第三大语言、澳大利亚和加拿大的第二大语言，日本也有100多万人在学汉语。

诚然，全球化的发展趋势要求不同肤色的人都要掌握不同国家一两门语言。但是，语言传播首先要把握好一个度，这就是要正确处理母语与外语学习的关系。

语言是根植于民族灵魂的文化符号，它不仅是一种表达和交流的工具，而且还是传承一个民族历史与开拓未来的奶酪或者说血脉。

记得上小学时学过一篇课文叫《最后一课》，是法国19世纪后半期的小说家阿尔封斯·都德的作品，这篇课文是他爱国主义短篇小说的代表作之一。内容说的是普法战争的当年（1870年）法军大败，拿破仑三世被俘，普鲁士军队长驱直入，占领了阿尔萨斯、洛林等法国的三分之一以上的土地。课文以沦陷了的阿尔萨斯的一所小学校被迫改教德文为素材，通过描写最后一堂法文课的情景，刻画了小学生小弗郎士和乡村教师韩麦尔的典型形象，反映了法国人民深厚的爱国情感。特别是反映了一个民族由于被侵略而失去了用本国语言上课与学习的自由，表现了一种当民族面临灭亡时人民沦为亡国奴的悲哀，这篇课文曾在全世界引起了强烈反响。

读罢顾炎武《日知录·廉耻》一文，颇有教益，摘抄如下："顷读《颜氏家训》有云，齐朝一士夫尝谓吾曰：'我有一儿，年已十七，颇晓书疏；教其鲜卑语及反弹琵琶，稍欲通解，以此伏事公卿，无不宠爱。'吾时俯而不答。异哉，此人之教子也！若由此业，自致卿相，亦不愿汝曹为之。嗟乎！之推不得已而仕于乱世，犹为此言，尚有《小宛》诗人之意。彼阉然媚于世者，能无愧哉?！"

一个国家、一个民族，只有深深扎根于自己的文化土壤里，然后才能谈学习、兼容、吸收其他民族的优秀文化的营养，从而不断发展前进。而主动放弃民族语言和文化，也就从根本上失去了自己存在发展的"根基"，这是民族的悲哀。因为失去"根"来谈发展前进，那就是"无源之水、无本之木"，犹如失去"皮"来谈"毛"，"皮之不存，毛将焉附"？实属荒唐可笑。正如哈佛校长查尔斯·艾略特所说："我认为有教养的青年男女唯一应该具有的必备素养，就是精确而优雅地使用本国的语言。"这值得人们永远铭记。面对汉语和英语学习冷热不均的现象，越来越多的人开始从教育体制与教育制度上寻找原因，应该反思的是，我们有哪些行业和职业，几乎一生都用不到外语，却因为外语考试关把许多优秀的人才都拒之门外；还有哪些本专业特别优秀的人才，仅仅因为外语水平略差一点，而没有得到应有的重用？还应该思考如何"平衡"汉语与英语的学习比重，做到既能熟练掌握母语，又能正视外语学习，进而将语言的传播从方法、方式到内容和作用达到真正的和谐统一？

人生五味
REN SHENG WU WEI

古城西安有个五味十字巷，每次走在这条长着青苔的石板路上，心中禁不住生出颇多感悟。《内经》上说："天食人以五气，地食人以五味。""故心欲苦，肺欲辛，肝欲酸，脾欲甘，肾欲咸，此五味之所合也。"人生在世，谁人不曾尝遍酸辛苦咸甘之味呢？

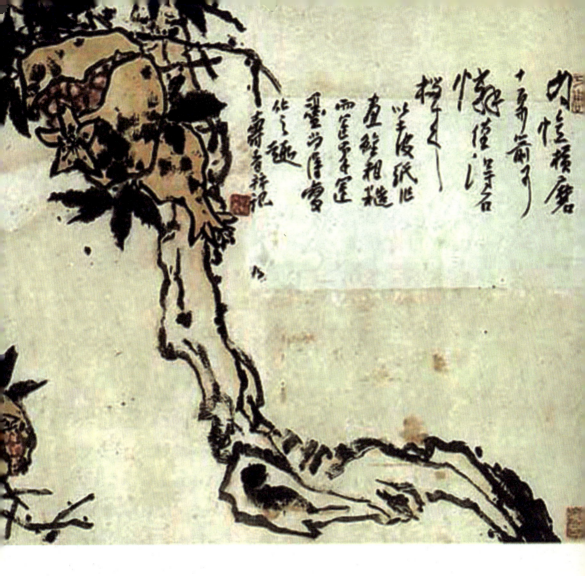

石榴林的遐想

　　金秋时节，徜徉于临潼骊山北麓那数十里的石榴林，但见绿阴如盖，朱实星悬，灯笼似地挂满枝头。顺手摘下一个，掂了掂，足有一斤多重。听老乡介绍，在临潼石榴数十个各具特色的优良品种中，最名贵的要数酸石榴，尤以大红酸、鲁峪蛋两种为上品，其果大皮薄，汁丰味酸，核软鲜美，籽肥渣少，剖开果皮，里面通常分为 6 个子室，以薄膜隔开，每个子室中都有许多或红似玛瑙或白若水晶的玉浆，入口品尝，只觉得那酸味，瞬间便充盈到身体的每一个细胞，甚至流淌至每一根神经，真可谓酸得旨香，酸得醇厚，酸得令人垂涎，胜过镇江香醋之甘冽，超出清徐陈酿之味美。

五味酸打头，酸能生津、化食、健脾、益胃、滋阴、平肝、补肾、明目。但《内经》说："味过于酸，肝气以津，脾气乃绝"，指的是多食亦不利，易伤肝与脾。同样，对学诗作文者来说，自古讲究的是"文以曲为美"，语言干瘪，味如嚼蜡，当然会令读者大为扫兴。但如若言谈举止过于"酸文假醋"，就会叫人齿倒筋麻，或是啼笑皆非，甚至遭受千古耻笑。君不见，这些年不少号称名家大师的作文，也开始以炫淫技巧，甚至不惜拿自个儿的身体写作，借以哗众取宠，字里行间洋溢着低级媚俗的脂粉气味；文学评论只能"捧"，不得"批"，一批就跳就闹直至大开骂戒、对簿公堂；生在大陆长在故土的超女们，为能跨入超级巨星行列，走上舞台便搔首弄姿，拿起麦克风非得模仿港台腔调，岂不知，酸得台下观众浑身直起鸡皮疙瘩；近年来，社会上出现了自诩脱俗、追求"高雅"、醉心时尚、行为怪癖的"小资部落群"。摘录一位作者笔下的亲历记："忙什么呢你？"小资蛾眉微蹙，款款道："我？正试着抽出些许深沉的思绪。"你闻言就要撤退，小资扯住你："知道吗？昨夜大雨滂沱，我仍是一个人站在顶楼平台抽烟，看车灯明明灭灭……"你要是露出受不了的表情，小资便哀怒交加："俗人，你在亵渎我知道吗你！"谁看到此，哪个能不保准掉进醋葫芦里去？前任外长李肇星讥讽某些时髦人士时说：我们有的同志连 26 个英文字母都记不全，可是在正式外交场合却冷不丁嘣几句"中式"英语，听得老外直耸肩摇头，真是酸得丢人又现眼；某报载，某君出国见闻一瞥：在国外，一些同胞处处摆出一副"高等华人"的

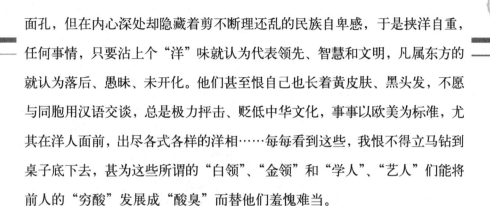

面孔，但在内心深处却隐藏着剪不断理还乱的民族自卑感，于是挟洋自重，任何事情，只要沾上个"洋"味就认为代表领先、智慧和文明，凡属东方的就认为落后、愚昧、未开化。他们甚至恨自己也长着黄皮肤、黑头发，不愿与同胞用汉语交谈，总是极力抨击、贬低中华文化，事事以欧美为标准，尤其在洋人面前，出尽各式各样的洋相……每每看到这些，我恨不得立马钻到桌子底下去，甚为这些所谓的"白领"、"金领"和"学人"、"艺人"们能将前人的"穷酸"发展成"酸臭"而替他们羞愧难当。

俗语说，树大招风。学人的人格，很多时候是要在保持低调中形成，尊严不是靠炫耀"酸"出来的。据历史学家考证，知识分子这一称谓源自晋代，当时国运衰微，有文化有知识的人都把自己的身份看得很高很雅，具有强烈的审美意识，试图通过培育审美意识来追求独立的人格，从文化上救亡图存，并最终使知识分子具有了独立的人格。这对后世产生了巨大的影响，成为历朝历代学人不懈追求的典范。唐宋学人为我们留下了千古不朽的诗词，明朝学人为后世奉献出脍炙人口的《水浒》、《三国演义》、《西游记》、《金瓶梅》等。先哲的高文洁行启示我们：有内美则气自华，炫文酸则近腐臭。

走出"累累枝上实，满腹饱珠玑"的石榴园，我将两个又大又鲜的酸石榴小心翼翼地装进衣兜，心里琢磨着，回去后将它置于书桌之上，每每审视把玩，自个给自个时时提个醒：珍视作家的光荣称号，任何时候都勿忘记鲁迅先生的名言："我就怕我未熟的果实偏偏毒死了偏爱我的果实的人！"

猫吃辣椒断想

有则网络故事新编，读后令人捧腹之余，不由得对其中所蕴含的"玄奥"赞叹不已。

话说这一日闲来无事，诸葛亮为刘关张设下晚宴。酒酣耳热之余，诸葛亮突发奇想，命人抱来一只波斯猫，出了一道题考三位：

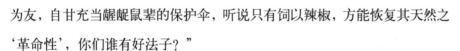

"这猫乃食鼠之动物，但近来斗志衰退，敌我不分，甚至堕落到与鼠为友，自甘充当龌龊鼠辈的保护伞，听说只有饲以辣椒，方能恢复其天然之'革命性'，你们谁有好法子？"

"靠！这还不简单嘛，"张飞两眼瞪得锱溜圆，瓮声粗气地呼道，"让俺掐住这厮的脖子，用筷子、实在不行就用火钳夹着辣椒往它喉咙里塞。"

诸葛亮很不屑地说："军阀作风，要不得。"目光转向刘备。

玄德不慌不忙地说出自己的高招："吃辣椒对猫来说，是个新生事物，要想改变它的生物学本性，一定性急不得的，必须从娃娃猫抓起，当它一生下来就喂它吃辣椒，一代不行再培养新生一代……"

"切！"诸葛亮很不耐烦地打断主公唐僧似的唠叨，"一万年太久，只争朝夕。"

关羽赶紧接口说："是的是的……军师说得没错，关某倒有一妙计，请军师明示……其实让猫吃辣椒，蛮简单的嘛，俺把这小东西关上三天，待它饿极了，弄条小鱼，给鱼肚子塞一根辣椒，饥不择食的它不就一口连鱼带椒吃进去了，呵呵。"

"去！"诸葛亮很不以为然地说，"馊主意，欺骗群众，更使不得，万万使不得！"

三兄弟全傻了眼，毕恭毕敬地等待军师赐教。

诸葛亮摇晃着羽扇，胸有成竹地说："正确的答案是——煮一锅辣椒水，给猫洗个澡——它不舒服了，会自觉自愿地将身上的辣椒水舔干净啊！"

言毕，众人一阵哈哈大笑。

智者玄奥，妙趣横生。若以此故事新编来对和谐的玄妙进行阐释，我们一定会为智者所倡导的充满哲理的和谐理念所折服，也一定会为其中没有暴力似的强迫强制强压和欺骗似的蒙蔽蒙督蒙瞀而倍感欣慰，更同样会为其中蕴含的超凡脱俗谋略、大智若愚智慧、气魄宏大胆略所倾倒，并在孕含着自觉自愿的人性化氛围中浸润，在竞争激励约束机制中氤氲，在科学化管理规范中飙飞。

和谐的境界妙不可言。刘勰在《文心雕龙·声律》中说："异音相从，谓之和。"朱自清先生的《荷塘月色》，更为我们描绘了一幅生动的图画："但光与影有着和谐的旋律，如梵婀玲上奏着的名曲。"可见，和谐是一种巨大的包容纷多的统一，让原本对立的水火相容相济，它的实质就是一种根植于内心的养成，一种无须他人提醒的自觉，一种以承认约束为前提的自由，一种能设身处地为别人着想的善良。正如《管子·兵法》上说："和合故能谐。"

构建和谐社会，不仅要求我们人与人的和谐，人与自然的和谐，而且要求我们内心世界的和谐，自觉做到主观与客观、个人与集体、个人与社会、个人与国家以及个人要能够正确对待困难、挫折、荣誉等诸多方面的协调统一。

77

　　它是一个人的举手投足，一颦一笑，直至整体素质；

　　它是一个家的柴米油盐，一朝一夕，直至全部内容；

　　它是一个国的科学发展，一行一业，直至内外形象。

母亲的箴言

母亲节这天，读罢迟浩田将军写的《怀念母亲》，许久，仍无法抑制住感情的闸门，两行热泪竟如潮奔涌，这是继《谁是最可爱的人》、《县委书记的榜样——焦裕禄》之后又一篇催人泪下的作品。

人世间，唯有母爱无私，慈恩无尽；人性中，唯有孝道长存，尊亲可敬。

我想起我远在礼泉偏僻山村、早已白发苍苍的母亲。小时候，家里生计艰难，我们姐弟六个孩子除了盼望过年能吃上一顿有肉有菜有白馍的年饭外，大概就是盼着过清明节了，因为这一天可以吃到煮馍（水饺）。然而，我期待已久的美味佳肴总是不尽人意——煮馍的皮儿，是混合的麦面和豆面，其中还加了黑乎乎的榆树皮，馅儿不是韭菜鸡蛋或肉末，而是苦苦菜！母亲为我们每人碗里盛六个，我欢天喜地夹起一个，咬破一尝，天哪！一股苦涩味儿。那时不懂事，将筷子往桌子一摔，对着母亲大声嚷嚷起来："这能吃吗？这算什么煮馍呀！一年就这么一顿，为什么不放韭菜鸡蛋？为什么是苦苦菜嘛……"说着说着，竟委屈得哭了起来。站在一旁的两个姐姐不高兴了，用筷子尖指着我斥责道："大弟弟你怎么这么不懂事呀！"母亲瞪了姐姐一眼，然后弯腰将我摔到地上的筷子拾起来，用围裙擦了擦，冲我笑了笑说："孩子，这苦苦菜呀，苦是苦了点，但吃了对人有好处哩！你好好尝尝，苦涩味儿过后就是满口香了！"

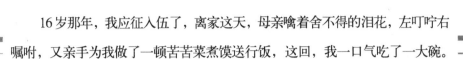

　　16岁那年，我应征入伍了，离家这天，母亲噙着舍不得的泪花，左叮咛右嘱咐，又亲手为我做了一顿苦苦菜煮馍送行饭，这回，我一口气吃了一大碗。

　　从八百里秦川来到了位于腾格里大漠边缘的军营，出门迎接我们的就是从未感受过的狂妄之风。当地流传着这样的民谣："三级四级不叫风，九级十级是常客，小风刮得石头飞，大风吹得汽车跑。"记得第一次队列训练，风吹日晒，不到半小时我就头晕目眩，眼前直冒金星，"扑通"一声栽倒在地；晚上站哨，穿着皮大衣、戴着皮帽子、脚蹬皮毛靴，浑身仍冻得瑟瑟发抖；去团部看电影，全副武装在沙丘地带长途奔袭十余里，返回时鞋窝里黄沙足足能倒两三斤；指导员看我形单体弱，当坦克二炮手根本搬不动炮弹，便安排我去喂猪，这倒是一片好心，可是，头一回挑起两大桶猪食刚走进猪圈，就受到两只又肥又大"猪八戒"的突然袭击，食桶被顶翻，人被绊倒，猪食溅得浑身上下全是！我后悔过，痛哭过，失望过，但却没有选择逃避。在一次次苦痛、疲累、焦躁和无望中，用心领悟母亲说的"苦涩味儿过后就会感觉到满口香了"之真谛。于是，我一天天成长了，成熟了。一年后，我被提为干部。当我把积蓄半年的300多元工资寄回家时，听说母亲笑得哭了。

　　时光荏苒。在我参军第17个年头的春季，部队要开赴云南前线轮战，我请了一天假回家看望母亲。怕老人担忧，起初，我没有告诉她实情，只说要出一次远门，可能日子会长点。哪知母亲早从电视上知道了一切。面对即将远赴沙场或许就是永别的儿子，哪个母亲能舍得？谁不会落泪？我看到，母亲的眼圈红红的，泪花挂在眼眶，却始终没有掉下来。她叫上两个姐姐走进厨房，一会儿功夫，端出一盘热气腾腾的煮馍。我一尝，香喷喷的苦苦菜馅！

　　参加过对越自卫还击作战的人都知道那场战争的残酷！一个不大的老山和八里河东山，每天都要承受着成百上千发炮弹的袭击，草木化为灰烬，山岩变成焦土，敌我双方最近的距离只有几十米，以至于我军阵地上一点细小的声音，都会引来敌军阵地一阵枪声。我军有些哨位分散在石缝里，战士们进出都得爬行。猫儿洞低矮，人要斜卧或佝偻而坐，从天亮到天黑，又从天黑到天明。雨季一到，洞里大量积水，有的达齐腰深。就是在这种极端艰苦的条件下，前线官兵每天都要经受生与死的考验。我是随军记者，亲眼目睹了那一幕幕动人心魄的军魂：不少风华正茂的青年军人，头天还在猫儿洞谈笑风生，第二天却带着耿耿之志和拳拳之心长眠在离离青草之下。"4·28"战斗打响前，我和摄影记者马东京商定，赴一线阵地采访。那是一个雨天的下午，车子从指挥部一出发，敌人的枪炮就像长了眼睛似地追着我们打。机灵的司机忽儿快，忽儿慢，一会儿急刹车，一会儿踩油门，硬是让敌人瞄不准、打不上。到了前沿阵地，我俩"飕"地从车上翻身滚地，刚爬进猫儿洞，一发炮弹就打在方才的停车地点。生与死，仅在咫尺！战斗打响了，我们在一线阵地采访了七天八夜，几乎没合过一眼，向报社发了不计其数的战地报道，其中与人合作的一篇战地通讯《今日两地书》在《人民日报》刊登后，荣获当年全国好新闻特等奖。记得颁奖仪式是在当时的首都影剧场举行，那天，可热闹了，当我匆匆从前线赶到北京，上台领取奖状与领导们合影留念时，台下的数百名首都新闻编辑记者齐声高喊："让前线那位同志站到最中央！"后来，听大弟电话中说，母亲看了当晚的"新闻联播"后，喜得合不拢嘴，又笑得很揪心，不住地喃喃自语道，盼啊盼，只盼这一仗快点结束吧！

"苦涩味儿过后就感觉到满口香了！"这些年，在从军的路上，无论顺利还是逆境，只要想起母亲这句普普通通却又充满哲理的箴言，心海便亮起一盏指示方向的航标灯——勿忘"梅花香自苦寒来"的哲学，练达"无意苦争春，一任群芳妒"的胸襟，同时，还要具备"零落成泥碾作尘，只有香如故"的操守！

为师者说

记得1973年初春，我刚从连队调到团报道组，做梦也没有想到，会被举荐参加大军区举办的新闻学习班，从大漠戈壁嘉峪关乘火车赴兰州途中，一阵心跳过速之后免不了诚惶诚恐：一个当兵前只读了多半年初中的人，舞文弄墨成吗？睿智仁厚的军区新闻科老牌记者薛世才，大概看出了我这个陕西乡党的自卑心理，在审阅完我第一篇"处女"作后，他没有对稿子作具体点评，却饶有兴致地讲起被誉为"东方荷马史诗"的藏族古代神话奇书《格萨尔王传》，结束时甩出一个问题让我去思考：为什么当格萨尔王离开故乡时，慈母郭姆没有赠送宝刀，却只给他舀了一竹筒并不晶莹洁净的食盐？我回去后又是查字典又是翻《辞海》，终于明白了智者的良苦：盐，咸的味道。这一粒一粒雪白亮莹的晶体，传给人体的是另一种力拔山河的新鲜血液，带给文字的何尝不是医治平淡的良药呢？

这一至理名言让我终生受益匪浅，从团部到军部再到北京，在写手如林的各级领率机关，我携着消弭医治语言贫血的"盐"舞文弄墨，竟然渐渐小有名气。

走马上任宣传处长伊始，单位调来一位主官。领导未到，传言四起，甚至有点危言耸听：说他尤为对文字要求严，一般人过不了关！有回，机关参谋写好一个洋洋洒洒千余字的报告，兴冲冲地送给他审阅时，不料一瓢冷水当头泼来："你写的这个报告，只有最后这个句号用对了！"不少人背后"骂"

82

他是不折不扣的"极左代言人"，我却不以为然地另有评判，因为在自己心底，自始至终铭记着那次新闻学习班上薛世才老师传授的写作"真经"：古人说，"文人下笔很严重"，写文章千万不能写错一个字，"一字之差，下十八层地狱"。鲁迅先生也有忠告："我有一言应记取，文章得失不由天。"这个浮夸、浮华、浮躁的年代缺少的不正是一个严（盐）字吗?！有人在马路上远远望到这位领导一定绕道走，我却乐意同他打交道，大凡重头材料或稿件写成必送他审阅，在我看来，挑剔胜于吹捧，申斥胜于袒护。在一次次严厉得不近人情的"横眉冷对"中，在一回回直觉得充满身体每一个细胞中的冷嘲热讽中，我终于尝到了咸味的香甜——弄清弄懂了"地""的""得"在文句中的使用顺序，逐渐领悟了中华民族语言丰富多彩的内涵和妙趣横生的效应，当一篇又一篇的经验材料被上级机关转发，当第一次在肃穆的军委八一大楼介绍思想政治工作经验，当第一次在庄严的人民大会堂领取全国报告文学大奖……我都情不自禁地想起三十多年前为师者的启蒙教诲。

在无心者看来，咸，无非是"嫌"的谐音；但在有心人眼里，咸，应当是"感"的对象，它与甜虽互为正反，但俗话说"要想甜，加点盐"，这是因为调和了两极味道后而产生的新鲜滋味，这正是造物主的绝妙安排！

感谢上苍！感谢为师者的金口玉言！

悲壮的甜美

在我记忆的影集里，长久储存着这样两组弥足珍贵的图片，那是感天动地的瞬间，那是依稀梦境的再现，那是如烟岁月遗留的请柬，时不时邀请我去会晤消逝的昨天，追寻人生的答案。

第一组照片记录了一个真实的故事：1928年元宵节，两个年轻人从容不迫地走向了刑场，一个是芳龄24岁的中共两广区委妇女委员陈铁军，一个是年仅23岁的广州起义工人赤卫队总指挥周文雍。面对国民党反动派黑洞洞的枪口，他们毅然站立在黄花岗那片殷红的土地上，举行一个前无古人后无来者的婚礼。在他们相视的目光里，充满着甜美的微笑，看不出一丝哀痛与忧伤。婚礼虽然没有美好的祝福词语，但他们用两颗赤诚的心，相互拥抱相互亲吻：在世不能结发同枕席，却能黄泉为爱侣；婚礼虽然没有浪漫的进行曲，但他们用永恒的爱恋，给这个世界留下一个不悔的爱情宣言：在天愿为比翼鸟，在地愿为连理枝。他们用青春的血浆大写出了忠贞不渝，他们用瑰丽的信念缝制了崭新的新婚礼服，他们用崇高的理想播撒下祝福的花雨。"让青山作证，让大地作证，我们是世界上最坚贞最幸福的新娘和新郎。让枪声为我们壮行吧！让反动派的枪声作为我们结婚的礼炮吧！我们要把一个黑暗的世界一起埋葬！"这声音惊天动地荡气回肠，这声音震憾山河壮志激昂，这非凡的婚礼为后来人筑起一座不朽的爱的丰碑。

另一组悲壮的历史图片是万古传颂的"霸王别姬"：水流湍急的乌江上，

一叶小舟缓缓漂来，西楚霸王看到，那是乌江亭长。他苦笑着摇了摇头，既无颜面对江东父老，更无法抛弃身边的弟兄。

"大王意气尽，贱妾何聊生。"她对他说："生是你的人，死是你的鬼。"他眼睁睁地看着她举剑抹向自己雪白的粉颈，他却无动于衷，第一次觉得眼前的颜色竟是如此的刺目，这把曾经从敌人的脖颈中喷涌而出的宝剑，如今却染红了自己心爱女人的翠袖黄衫。

敌人如潮水般压了过来，他将乌骓马推上木筏，说了声"来世，仍是兄弟"，便起身冲向敌阵。激战数个回合，猛回首，透过层层尸山血海，他看到心爱的乌骓马竟渡过了无底的乌江，再看看身边的兄弟，一个个像麦谷似地倒下。他明白了，钜鹿和垓下，于身前身后又有何区别，楚河汉界，原本不过一盘棋。

"生当做人杰，死亦为鬼雄。"他含笑举起了手中的剑……

那拔剑挥动的姿影，依然是力拔山河的铿锵壮举；

那自刎运行的曲线，依旧是气贯长虹的悲壮赞歌……

这一张张照片，虽然只是瞬间的形象定格，却含有丰富的意蕴，常有发人深省的作用。问世间情为何物，直教人生死相许？有人说，爱是春蚕，丝不尽，爱不止；有人说，爱是枫叶，叶不落，情不终；还有人说，爱是男人的活色生香，爱是女人的醉意蒙眬。其实这可能只是浅层意义上的爱，深层面上的应该是"爱的柔波在轻扬"与"豪情的旋律在昂扬"、"情感的涟漪在回旋"与"坚韧的大浪在翻滚"的对立统一。细听细想，此唱彼和，音韵和谐。甜美的爱如同世间其他一切事态，"只有经过地狱般的磨炼，才能炼出创造天堂的力量。只有流过血的手指，才能弹奏出世间的绝唱。"一代巨匠泰戈尔之所以能创作出不朽的爱情诗篇"世界上最远的距离"，从他的这一至理名言中，让人读出了其中的真谛。

花生地头

一轮比火更红更亮的朝阳，已经升起两竹竿高了。

从紧张的军营回到山村老家的港湾，好不逍遥自在地睡了一个懒觉，简简单单洗把脸，便扛上锄头，懒洋洋地出了门。

"我说大军官哪，小心晒黑了脸，回到城里媳妇把你关在门外边……"村头上，两位乡邻大嫂冲着我开起了玩笑。

从不吃哑巴亏的我这会儿肚里却没词了，只是"嘿嘿"傻笑了一声。

低头走在乡间小道上，剪不断、理还乱的思绪好像还停留在昨日的梦中。大军官？难道连乡亲们也知道自己在这次职务评定中评了个副营？在有意识嘲弄人？咳！十年军旅生涯，混了个营级还是个副的，岂不是要多悔有多悔！一想起这倒霉的事儿，直觉得胸腔灌满了铅似的堵得慌，禁不住在心里愤愤不平地骂起来：评定职务动员大会上，大小"冒号"一个比一个说得漂亮，什么"公道、公开、公平"呀，什么"一碗水端平"呀，全是涂脂抹粉的鬼话！你说说看，同是"70"兵，同在一个办公室共事，为什么给他们都戴上"正营"的桂冠，唯独将我沦落为一名副官？我，哪点比不过他们？论工作，我一年写的材料要比他们多得多；论党龄，也比他们早七八个月！明明是你们心眼偏、不公道，还虚情假意地对我做起冠冕堂皇的思想工作：什么要"经得起考验"、什么要"正确对待"云云，卖这类狗皮膏药，难道我是幼儿园的稚童？

不提此事不打紧，越思越想越生气。这，真应了那句话："人比人，气死人"！

不知不觉，走到泾河岸边这块棋盘似的松软沙土自留地边，我看到，父亲正猫着腰种花生。

听到我的呼唤，父亲抬起头，笑呵呵给我打了声招呼，然后颤巍巍地向前跨了一步，从身后抽出那只像松树皮似的手，擦了擦满是梳齿形纹路的面颊和青筋鼓暴的额头。

霎那间，我的心猛然一惊，父亲老了！作为庄户人，60岁本不该这么过早的衰老呀？顿时，心里涌起一阵凄切的难受。唉，要是在城里，像他这般年纪，已退休在家享清福了。可是在乡下，还得每天把太阳从东山背到西山。人世间，哪有公道、公平的事儿！

沉思中，眼前，又清晰地浮现出一桩桩封尘已久的往事——父亲一辈子生性和善，半个多世纪的风风雨雨，使他养成了淳厚宽容的气度。只因土改时家里被定了个上中农，多少年来一有风吹草动，都少不了被人揉来搓去，"四清"时被升成"富农"，"文革"中被拔为"漏划地主"，每回挨斗受批，他从没有同群众拧过脖子红过脸，总是服服帖帖地躬着腰、低着头。党的十一届三中全会后，在落实政策、赔退没收归公的两间瓦房时，他一看屋里住着两个孤寡五保户，竟然慷慨地对生产队长说："现在不是兴向前看这个说法吗，过去了的事就让它过去吧！这房子，不要了！"

回忆，有时是酸楚的，有时是甜美的。想到这儿，我只觉得一缕焦烘烘的热从背脊散向全身，似乎每一个细胞、每一根神经都在燃烧。我本想冲口问父亲："你，为啥一辈子总是习惯逆来顺受，顺来又情愿吃亏？"可是，嘴唇动了动，却没有勇气吐出口。

日头高了，天气热了起来。我脱掉军上衣，默默地跟在父亲锄头后面点种花生。沙土地里传出凉丝丝的温暖，手和土接触在一起，舒适得令人陶醉。此时此刻，心里也不再对父亲抱怨与埋怨了，只顾一心一意地撒种埋土。

远处，传来小学生放学后的歌声。当我准备把最后一粒花生豆投进沙土地之时，蓦地，眼前倏然一亮，好奇地久久注视起这红红的种子，一个声音萦绕在心头："这小小的豆不像那好看的苹果、桃子、石榴，把它们底果实悬在枝上，鲜红嫩绿的颜色，令人一望而发生羡慕底心。它只把果子埋在地底，等到成熟，才容人把它挖出来……因为它是有用的，不是伟大的、好看的东西……"我记得很清楚，这是许地山散文名作《落花生》里的话，多么富有哲理的语句！我默默赞叹着、品尝着，止不住一阵脸热心跳，顿觉有一团烈火炽灼着面庞，一把重槌敲击着神经……

回家的路上，我的脑海里还在上下翻腾着。眼前翡翠般绿色的原野，沿道两旁一簇簇黄的、红的、白的、紫的野花儿，似乎都无心环顾欣赏，继续回味着《落花生》里那几句涵蕴精深的话语，继续思索着方才想询问父亲的那个问题，继续考虑着那个自认为不体面的副营职……尽管这些问题互不沾边，但我却要将它们联系起来，好好想一想，比一比，决心从中理出一个头绪来！

月圆之夜

88

今年的中秋之夜也如往年无数个中秋之夜一样，静谧、安宁。至少，表面是这样。但天文学家广而告之，是夜，我们能欣赏到九年来最大的圆月，因为，此时月球运行到距离地球最近处。

当一个浪漫之举插上了科学的翅膀，这到底是人类的幸还是不幸呢？两百多年前，卢梭在他的那篇征文《论科学与艺术》中，惊世骇俗地提出了科学与艺术的进步并没有提升人类道德水准的观点。今夜，权且将这深奥的理论放置一边，可别辜负了这个难得的良宵。

十时，浮云散去，月上中天。妻子关闭了正在喧嚣腻味的电视节目，儿子暂别五彩缤纷的几何图形，雀跃着罩上外套，我没有忘记带上数码相机，"走，赏月去了！"一家三口下楼直奔宽广的石鹰公园。

赏月，该是眼神的聚焦，怀着点敬意，携着点仰慕，还有，带着点把玩。倘是请上三五知己，举杯邀月，文人雅士又该诗性大发了。

赏月，还少不了花的点缀，好比才子须得佳人相伴才算圆满。公园里那片丹桂已经迫不及待地提前挥霍了它的甜香，菊园的花还在含羞地打着花骨朵儿，幸好，不远处还有那一大片火焰般的一串红仍愣头愣脑地盛放着，要不，那婵娟岂不孤单？今夜的月亮更大一点、更圆一些了吗？坦率地说，单凭着肉眼，我无法区分，但在心理作用的驱使下，还是认定它与往年的不同寻常吧！天文学家毕竟比凡夫们要高明点哟！譬若一个外表寻常的人物，倘若头顶某个盛大的头衔，举手投足之间，仿佛也多了层不俗之气。

仰望中天，一轮满月儿像明镜镶嵌在碧空，不时冲着人笑，真真让观赏者心旌摇荡，仿佛美酒浸润着干渴的肺腑，仿佛甘露滋生着初生的灵长。月圆之夜，所有被藏在心底的心事，也会在月光的照耀下，悄悄爬行。那轮满月，分明是由普天下儿女们的思念串起！此时，不知远在故乡的父母是否与我们一样抬头赏月？还是戴着老花镜在灯光下为孙辈一针一线缝制过冬的棉衣？抑或是在厨房拾掇忙碌着呢？往年中秋，我们兄弟姐妹总要从四面八方汇聚家中，与父母吃顿团圆饭。中秋、端午、春节，在做儿女的眼里，与其说是一种节日，不如说是一种仪式。也许是年龄渐长的缘故吧，节日，在我的眼里不再是那样无足轻重，它仿佛一条红丝带，将亲情系得更牢。是的，节日是一个仪式！一个与父母团聚的仪式，而且，这个仪式是一种资源，一种不可再生的资源。从中，我们享受着天伦之乐，还能够找寻安全和倚靠。今年的中秋，我却因故未能回去，此时，心里不禁有点隐隐作痛。想起诗人苏轼笔下的佳句："人有悲欢离合，月有阴晴圆缺，此事古难全。但愿人长久，千里共婵娟。"说得多么绝妙而贴切啊！

天上，一轮皓月又亮又圆。欢快的孩子与小伙伴在公园音乐喷泉处恣意嬉戏。我和妻默默含笑注视着他，眼见小家伙的个头一天天直往上蹿，方才在家还踮着脚跟与我比了比个头了呢，今年又足足长了三公分，想来也快赶上爷爷了。这两三年，每每回家探望父母，看到老人身躯日渐佝偻，面容也触目惊心地苍老了，毕竟已是七十多岁的人了。尽管读过不少风花雪月的诗句，劈面之下，心头还是怆然——谁能逃脱时光这张大网的笼罩呢？我们成人了，爸妈变老了；如今自己的孩子长高了，我们也"不惑"了。用不着悲观，这就是自然规律！一个饱受生活磨砺、对儿女承载着深沉希冀的老人就是一面镜子，从他们的身上，我们应该知道怎么用角色互换的心理去建立、去延续一个温馨的港湾。

90

时光如长跑的健将，在我们每个人的身后紧紧追赶着呢！此时瞻玉兔，一个阴晴圆缺的在天上，一个光华四射的则在我们心里。人，要守候一种感恩情怀，学会用反哺去偿还，对父母要用发自内心的真正的爱、语言和气、面色和悦、行为恭敬去尽孝。做子女的，能让父母少操点心，那就是孝了；倘若父母还能以你为骄傲，那就是大孝了。但世事又怎能尽如人意？天上难道就只是美奂美轮？要不，东坡先生为何不乘风归去？毕竟，豁达如子瞻者也恐琼楼玉宇，高处不胜寒。如果不能出世，那就尽情地入世吧！因此，我学会了纵有"天"大的烦恼烦闷烦心之事也报喜不报忧，为的是让父母宽心更宽心。所谓成熟的表现之一，就是不要把个人的痛苦传播给更多的人吧！当然，这是困难的，毕竟，守住一份痛苦比宣告一份欢乐需要更多的勇气和智慧。

夜，已深沉，我仍在月下徘徊流连，沐浴着月之清辉，享受着月色之美感，感应着月华之流畅，总让人情不自禁地想起嫦娥奔月、吴刚伐桂、玉兔捣药、朱元璋与月饼起义之类的神话和传说故事。所以，我让自己的思绪信马由缰，在这难忘的中秋之夜。

92

硕　果

　　办公桌对面墙壁上挂着一幅水彩画，那是著名画家王其智老先生亲手为我绘制的珍品。每每抬头凝视，但见青绿藤叶蔓延间，倒垂着两个漾溢着生命热忱的粉嫩鲜桃，光洁、润泽、灵气，好像果皮一破，便会流出盈盈果汁似的。

　　这幅取名"硕果"的画作，像是在向人们诉说着一个关于爱的传说。

　　相传，孙膑束发离家求学，12载不归，时间宛若指尖流沙湮没在沙丘中。是年五月初五，他猛然想起今日是老母亲80寿诞，便向恩师申请回家给老母祝寿，以表拳拳孝意。临别前，鬼谷子师傅赠送一个鲜桃，让他带回去给令堂上寿。孙膑回家后，将鲜桃呈给母亲，没想到老人还没吃完桃，顷刻间，霜雪铺就的银发换如墨青丝，昏浊的双眼明晰闪亮，脸上重现出昔日的灿烂笑靥。

　　我想，寿桃食之长生不老毕竟是美丽的神话传说，但，正是孙膑将对母亲浓浓的爱融入到鲜桃甜蜜的汁水里，才使得母亲重获年轻的容颜，这则是毋庸置疑的！

　　在世界语言中，唯有汉语最讲究立意，比如"孝"字，上面为一老人，下面为一小孩。东汉许慎解释说："孝，善事父母者。从老省从子，子承老也。"

亲人，生命不可承受之重。子曰："今之孝者，是谓能养。至于犬马，皆能有养，不敬，何以别乎？"意思是说对父母仅是物质上的奉养是远远不够的，还得在感情上表示真诚的尊敬和爱戴。如果，只养活父母，对父母不尊敬，即使天天给他们送上鲜桃，未必能让父母长寿；每顿都献上山珍海味，也算不上尽到了"孝"。

93

"这地球上有几十亿人，可母亲就只有一个！"我们做儿女的，应该时时事事扪心自问：当我们呱呱落地后，是谁含辛茹苦将我们一把屎一把尿拉扯大？而作为报答，我们只有无休无止的号啕啼哭；当我们每天放学回到家，是谁为我们端上了香甜可口的饭菜？而作为报答，我们却时不时地报怨这咸了那淡了；当我们喜结良缘，盖的是谁为我们飞针走线绣制的鸳鸯被褥？而作为报答，我们中有的人却"取了媳妇忘了娘"；当我们也为人父母了，是谁提前退休再次替我们"当牛做马"耗尽余力哺育孙子？而作为报答，我们有时甚至抱怨老人的抚养不够科学；当我们连自己的生日都遗忘了之时，是谁为我们煮好了长寿面在家苦苦等待？而作为报答，我们却常常忘记了父母的生日。当我们良心发现，撒着娇去向两鬓斑白的老人表示歉疚之情时，又是谁总是报以无所谓的微微一笑……

人世间，虽说慈母爱子，非为报也；但，十月胎恩重，三生报答轻。自古圣贤把道传，世间唯有孝为先。不错，我们都曾在心底向父母许下"孝"的愿望，相信自己必有功成名就衣锦还乡的那一天，可以从容尽孝，可惜我们忘了时间的残酷，忘了人生的短暂，忘了世上有永远无法报答的恩情，当我们年轻的时候，对如何尽孝朦朦胧胧；当我们懂得的时候，已不再年轻。世上有些东西可以弥补，有些东西则会抱憾终生。

"孝"是转瞬即逝的流星雨，错失了就会造成"子欲养，而亲不待"的憾局；"孝"是亲情间隙的承接，透过家庭系统排列，我们才会获得自身在这个命运团体中一个恰当的序位，从而不再是单一的独立个体，而是带着浓厚亲情与祖先宗族紧密连接的一环；"孝"是无法复制的幸福，如若丢失，追悔莫及；"孝"是生命交接处的链条，一旦断裂，永无连接。

世上唯有孝顺不能等待，我们做儿女的，一定要趁两鬓霜雪的父母还健在的时候，赶快尽一份孝心吧！也许是早晚的一句温馨问候，也许是离别前的一个深情回眸，也许是出差时的一封鸿雁传书、出国时的一个越洋电话；也许是一桌生日宴，也许是病床旁一束康乃馨，也许是年节送上的一件并不昂贵的新衣；也许是为老人上一份保险，也许是一次与父母的结伴旅游，也许是修复一下双亲的旧照片；也许是出差途中绕道的短暂停留，一脸灿烂地用心去听父母的唠叨，并不时地像哄孩子似地给老人一份惊喜，也许是新春带上爱人孩子，拎着大包小包，进门甜甜地叫一声"爷爷、奶奶好"、"老爸、老妈新年快乐……"也许是回家放下官架子，扎上围裙下回厨，抑或替双亲梳次头、洗次脚、剪次指甲；也许是送去的一套新居、一部汽车，也许是厚厚一叠零花钱，也许只是含着体温的一枚钢崩儿……在"孝"的天平上，它们等价。

听！墙壁上这幅寿桃图似乎也在悄悄叮嘱我，每年农历三月三，莫忘记到果园亲手为父母采摘几个祝寿的鲜桃，如果错过了季节，就用米或面做成寿桃去拜寿吧！

心香三瓣

黎明即起，走进校园新建的石鹰公园，小径两边鲜花盛开，树木葱茏，楼台亭阁旁，小桥流水悠悠，翘首远眺的石鹰头，也显得格外灵秀独钟，这朦胧如纱、缥缈如雾的景致，将燕平八景之一的"天峰拔翠"装扮得如诗似画，美不胜收。

寸心神游于园林，胸襟为之开阔，浮躁虚华之气立时散去了多半，境界似乎也上了层次。晨练归来，匆匆记下了方才悟出的心香三瓣——

拾级而上的感悟

脚下，沿着崎岖的石阶，向着"天峰拔翠"，一步一步拾级而上，数到533，登临峰颠，举目瞭望，一览众山小！

站在天峰，惊回首，心愕然：身为"说理儿"的政工干部，这些年，面对光怪陆离的大千世界，形色迥然的鲜活精灵，心灵的负荷常如茧缚蚕。偶有闲暇，总爱用追忆的筛子过滤那些曾经婆婆妈妈过的"理儿"，那些看似比天大、比峰高、比海阔的"理儿"，实在是垃圾多于箴言。

计划经济年代，与这种体制相适应的思想教育，要求人们树立共产主义远大理想，一搞教育，给大家满脑瓜灌输的都是"助人为乐"、"公而忘私"、"舍己为人"，巴不得让被教育者乘上直升飞机跃入理想王国，结果呢？往往事与愿违，如同那则美式幽默：

父亲：汤姆，你知道吗？林肯像你这么大的时候，是一个非常好的学生。

汤姆：是的，爸爸，这一点我知道，而林肯像你这么大的时候，已经是总统了。

96

看看这些年，天天进行助人为乐学雷锋的教育，为什么损人利己、甚至杀人抢劫层出不穷？说到底，违背了拾级而上的自然规律。社会主义市场经济体制，倡导等价交换、物质利益、允许一部分人先富起来，在这种环境下成长起来的人，在其人生观、价值观追求中，必然呈现出与这种环境相适应的多样性和复杂性。

古人说："登高必自卑。"爬山要从低向高，拾级而上，循序渐进；同样，思想教育中的"说理儿"，也须采用爬山的步骤，一步一个台阶，不能指望一步就登上最高峰。

如果将拾级而上的"登山"规律，引入"说理儿"教育领域，往往会收到"柳暗花明"的效应——

譬如前些年学院二系开展的"红肩章系列教育"：他们根据学员从入学到毕业各个阶段容易产生的思想问题，把各种教育内容分解到各阶段，形成若干渐进性专题：第一阶段，学员入学后，针对大家对军校生活知之甚少，首先进行"走向起跑线——迎接红肩章"教育，着重灌输怎样做人、怎样当好一个兵、怎样成为一名好学员等方面的基本常识，切实解决入伍和入学动机问题；第二阶段，进入紧张学习训练后，开展"迈好每一步——戴好红肩章"教育，从四个方面入手，逐步帮助学生树立不怕艰苦、奋力拼博的思想；第三阶段，学习进入后期，进行实习锻炼专题教育，同时根据学员个人、家庭容易遇到的一些问题，进行婚恋观和正确对待家庭、个人问题的教育；第四阶段，临近毕业分配，进行"奔向新起点——告别红肩章"教育，叫响三个口号："服从大局，服从需要，服从分配"，鼓励大家到基层去，到艰苦地方去，到部队需要的地方去建功立业。实践证明，这种系列教育，由浅入深，从表及里，一步一个台阶，步步登高。大家普遍反映："这种渐进式教育，仿佛茫茫夜空中清辉的月光，映亮了跋涉者前进的路。

97

观清泉石上流

行至山腰间，忽见一曲清溪从嶙峋怪石中淙淙流泻出来，如一条洁白无瑕的素练，弯弯折折地向山下淌去。

溪水至清至静，忍不住弯下腰，掬一捧泉水，送到唇边慢慢啜饮，哦！丝丝甘洌，直沁心脾。

我突有感悟：大江大河固然宽阔壮美，却离不开涓涓溪流汇聚；潺潺溪水虽然小得毫不起眼，却有着叮咚作响、如鸣佩环的清韵。

同样的理儿，都说思想教育要坚持高格调，讲好大道理。但这几年为什么讲大道理的课屡屡受挫遭遇冷场？一些学有专长的青年，由于受大公司优厚待遇的吸引，普遍不安心本职工作，在教育中你越讲军人必须服从组织分配人家越不以为然，甚至辩解说，到哪儿都是革命，说不定更能发挥聪明才智呢！是不是这个理儿讲得起点太低了呢？于是，"说理儿"者在教育中又大讲"无私奉献就是军人的天职"。然而，效果更出乎意料，有人反驳道，现在是市场经济，现行政策提倡功利观念，讲究利益原则，再要我们奉献、牺牲，岂不是和党的政策唱反调？！结果出现了教育者被受教育者驳得哑口无言的尴尬局面。

过去管用的大道理为什么在新形势下失了灵？细思量，"失灵"源自教育内容和教育对象存在的差距而引起。过去，计划经济的思想导向强调的是"一大二公"，这同我们倡导的奉献牺牲精神容易接轨，讲起来人们容易接受。改革开放后，现实政策提倡功利观念，地方上强调物质利益原则，实行多劳多得，而我们强调的是奉献精神，在两者存在较大差距的情况下，要引导大家在思想上从注重物质利益原则向无私奉献精神转化，需要有一个过渡性理论层次，这个过渡层就是入情入理的具体小道理。如果越过这个过渡性理论层次，光讲大道理，受教育者就认为是大话空话，不仅听不进去，还会产生逆反心理。

聪明的"说理儿"者找到了问题的症结，在后来的稳定人心教育中，重视抓好这个过渡层，先从具体的小道理讲起，如：从做人要有良心，守信义，讲究职业道德，具有契约观念入手，再讲到奉献牺牲，大家就比较容易接受。听了这些入情入理的具体道理，个别曾闹着转业的同志哑口无言了，不少青年教员也感慨地说："一个农民承包了村里几亩地，秋后无论收成如何，必定按时交纳承包粮款。如果不交，也会觉得良心有愧，生怕被人斥为不讲信义、违反契约。我们上学前，都写了献身国防的志愿，入党时也曾举起拳头向党庄严宣誓，'听党话，跟党走，为共产主义事业奋斗终生！'现在毕业了，提了干，在部队还没工作几年，就想另攀高枝，下海经商，捞取个人实惠，那么自己当初写的志愿，宣的誓言就不算数了。这种言而无信的做法，不要说觉悟，仅从良心、信义、遵守契约和职业道德上也说不过去啊！"

至此，大诗人王维在《献始兴公》里说的一句话，再次悄然撞开了我的心扉："宁栖野树林，宁饮涧水流，不用坐梁肉，崎岖见王侯。"何其振聋发聩！

音乐喷泉的启迪

夜幕降临，公园椭圆形广场中央，随着一曲曲舒缓激越的音乐响起，一簇簇五彩缤纷的水柱从地下袅袅扶摇而上，抑扬姿异，错落有致，此起彼伏，变幻莫测。时而像游龙戏珠、凤凰展翅，时而像孔雀开屏、梨花带雨；忽儿弥漫成烟雨雾蒙中的万里长城，忽儿幻化成缥缈如影的"天上街市"，一会儿如《清明上河图》般瑰丽，一会儿似《蓝色多瑙河》的清雅……

　　站在音乐喷泉边，我开始忘记了自己的存在，在曼妙音乐的感召下，在婆娑多姿的雨雾中，平静的灵魂油然升起一种快乐的感觉，我惊奇于自然与人文的完美结合，叹服于水、光、乐的奇妙转换与造化，由衷地折服于设计者们的匠心独具。我感到自己的世界在这朦胧与清晰、光华与晦暗之间，奇异地扩大延伸，一直延伸到浩渺的星空。是啊！当你春风得意时来到这里，你准会用喷泉之水洗去刚愎自用的性格；当你腰缠万贯时来到这里，你准会播种爱心收获快乐；当你"燕然未勒归无计"时来到这里，你准会在心中咏唱"身既死兮神以灵，子魂魄兮为鬼雄"的国殇之歌；当你失意落寞时来到这里，你会领悟到"一时强弱在于力，千古胜负在于理"的真谛……

　　我贪婪地解读着音乐喷泉：这看似简简单单的水、光、乐，为什么交织在了一起会在人们面前展示出如此美轮美奂的魅力？并且成为一池净化人们灵魂的沧浪之水呢？

　　哲人说："大隐隐于朝"，世界上的事，繁华莫不出自朴素、极致莫不来自简单。做"说理儿"的教育也概莫能外，也得学会既能"入乎其内"，又能"出乎其外"。

　　反思过去，只要一搞教育，就追求内容全面系统化，每次教育都要分几个专题，一个专题下面还得有几个基本观点，每个观点下面再讲几个基本道理，看起来非常全面、非常严密，实际上这是培养理论家的思路，而不是教育普通官兵的办法。现在青年人的理论水平和思想觉悟普遍不是很高，道理一下子讲得太全，内容铺得太宽，很难使大家吸收和理解，实际上也无法做到。教育的目的本想把教育对象培养成"四有新人"，结果反而使得受教育者连立身做人的基本道理也不懂了：有的学员刚入校就闹着退学，有的战士不假外出、打架斗殴，个别干部甚至腐化堕落……

想起曾忽略过一位指导员的教育经验：平时他注意贴近官兵思想实际，先从立身做人的基本道理讲起。比如，当兵就要守纪律，学员就要尊师敬长，干部就要有敬业精神，做人更不要偷盗打人。在讲这层理时，他还提倡"换位"思考，想想被人偷、被人打时是什么滋味，然后再讲怎样当一个合格兵、合格学员和合格干部。由点到面，从窄向全，逐步深入，取得了很好效果。有一年搞老兵复退教育，他一不搞轰轰烈烈的动员，二没上全面系统的政治课，而是把老兵召集起来，谈心式地给大家讲了三条关系：离队前这几天和当兵几年的关系；一阵子和一辈子的关系；一个人和一个连的关系。整个教育不足个把小时，但大家听了，都感到思想上触动很大，好像敲响了一面警钟。一些原想在走之前给领导找点别扭、出些难题的同志，很快打消了念头，有的说："还有几天了，要是闹点事，几年兵算白当了！"有的讲："如果这一阵子糊涂了，会影响今后一辈子！"还有的说："如果咱一个人做了出格的事，会给全连百十号人脸上抹黑！"就这样，近百名老战士复退期间，没有一个人闹事，有的同志走时泪流满面，紧紧握住干部的手，动情地说："回去后，一定好好干，干出个样儿来，在地方好给咱们军人露露脸！"

望着广场上仍在起舞弄清影的音乐喷泉，我的心情豁然开朗，突然想起"小隐隐于野"的陶潜、"中隐隐于市"的李白和"大隐隐于朝"的东方朔，也许他们的高明之处便是"宇宙人生，既入乎其内，又出乎其外"吧！

"入乎其内，故有生气；出乎其外，故有高致。"这也是思想教育"说理儿"的一方真金。

灵区撷英
LING QU XIE YING

塞外重镇张家口的大境门上，悬挂着一幅历经数百年风雨沧桑、至今熠熠生辉的浓墨榜书——"大好河山"。

置身沟壑纵横白雪皑皑的陕北高原，一位历史巨人发出这样的由衷赞叹——"江山如此多娇！"

在民族赤子眼中，祖国的每一寸疆土都是毓秀钟灵风光无限的胜地，都是谱写建功立业诗篇的沃土。唯其如此，他们留在山川大地上的足迹，也理所当然成为了后人瞻仰的对象，进而赋予片片金瓯更多神奇魅力。

近年来，看到一些地方为历史名人的地域归属争得不亦乐乎，我常想，与其拿前代涌现的人杰验证地灵，何如从现在做起，精进有为，光前裕后，让历史永远铭刻这片由自己反哺装点的土地？

古镇探幽

都说风景在远方，熟悉的地方没有景色。凡是遥远的地方，对人都有一种诱惑，不是诱于美丽，就是惑于传说，即便远方的风景不尽如人意，我们也无需在乎，因为对陌生世界的探究和向往，永远是人类向更高目标跋涉的动因之一。

在合肥出差，偷得浮生一日闲，驱车35公里，来到近年来名声鹊起的三河镇。

这座水乡古镇，因丰乐河、杭埠河、小南河三水流贯其间而得名，由于位于肥西、舒城、庐江三县交界处，也是合肥、巢湖、六安三市的结合部，故有"一步跨三县，鸡鸣三县闻"之说。

春日暖阳下，旖旎河水悠然穿城而过，清澈透明，晶莹如镜；俯瞰水面，游鱼欢歌，岸边垂柳，迎风婆娑；顺流泛舟，两岸蔚为壮观的徽派建筑倒映水中，那洁白的马头墙，黝黑的屋脊瓦，参差错落，檐牙高喙，依势而建；还有茶楼酒肆，亭台楼阁傍水而立，众多小桥掩映其间；漫步古河、古圩、古街、古桥、古城墙、古庙台、古宅、古茶楼等"八古"景观处，感觉它是那样的博大精深，一街一巷都积淀着浩瀚历史，一河一桥都流淌着古色古韵。

好一幅古典立体画图！

美图是案头之山水，山水是地上之美图。有人说，三河像一位小家碧玉，有着俏丽的容颜，妩媚的眼神，青涩涩的质朴里，也多多少少地打上了时尚的烙印。虽说没有皇家格格的招摇，却在内敛中展示着内秀，细细翻检她的历史，啊！原来竟是这样的有根有底，甚至，还是源远流长呢——三河历来商贾云集，车船辐辏。古称"鹊渚"，距今已有2500多年的历史。远在春秋战国时期，小镇已具雏型，称为"鹊岸"，为吴楚相争要地。公元前510年，吴国名将伍子胥率军在此击败楚军。三国时曹操在巢湖训练水军，三河亦为魏军驻地。1858年太平军在三河作战，"三河大捷"就是以少胜多的著名战役，那斑驳的城墙和威仪的英王府四合院就是见证。古镇老巷中有口"黄水井"，据说这口井就是赵匡胤和赵光义的出生地，看着井口的绳索之印，听导游介绍说，赵匡胤的母亲逃难至三河，孩子就要出生了，官兵追杀至此，孩子已经分娩，母亲只好将"双龙"藏于井中才幸免于难，后来，大难不死的兄弟俩相继做了北宋皇帝。

这星星点点的沧桑遗迹，无不镌刻着的时光痕迹，给小镇平添了一丝古朴，一份厚重，一种荣耀。

还有呢，在沉甸甸的历史背景下，古镇也聚汇了新的亮点。三河新辟了"杨振宁旧居"。这是杨振宁母亲家的居所，一处不算大的宅院，里面的墙壁上悬挂着很多杨振宁的"风光"照片。六十多年前，杨振宁曾在此居住月余。一处原本普普通通的民居，一旦与诺贝尔物理奖获得者结了缘，便笼罩上了一层耀眼的光环。因为地灵，所以人杰？还是因为人杰，所以地灵？不管是充分条件还是必要条件，有一点可以得到印证："山不在高，有仙则名；水不在深，有龙则灵。"南阳卧龙岗，一个毫不起眼的地方，却传颂出"三请诸葛"的千古佳话；韩城这个黄土高原的小城，孕育出一位千古奇人司马迁，也使小城风流了千秋。一部"史家之绝唱，无韵之离骚"前空千古，下垂百代，不能说不是这片高原厚土血脉之凝聚，日月星辰之精华；湖南韶山冲，一处普普通通的农家村落，却诞生了中国人民的大救星；云开衡岳，只因屈原、贾谊造访于此。毛主席有诗为证："年少峥嵘屈贾才，山川奇气曾钟此"；山西平遥有座保存完整的清代县衙，因其大堂两边柱子上有副对联而引来游人如织："吃百姓之饭穿百姓之衣莫道百姓可欺自己也是百姓，得一官不荣失一官不辱勿说一官无用地方全靠一官"；我没有造访过英伦，想必不少人千里迢迢前去参观莎士比亚故居，是怀了同样的心情吧：仰慕、崇拜、追寻大师风范。虽不能至，心向往之。只因为，人类的精英，总是标引着社会文明前行的方向。

105

离开三河，沉醉的心仍在飞扬，久久思忖着方才的命题："因为地灵，所以人杰？还是因为人杰，所以地灵？"也许，这座水乡古镇是本永远也读不完解不开的厚重天书。

世界第八个奇迹

——秦始皇帝陵墓揽胜

啊，到了，到达了渴盼已久的目的地——秦始皇兵马俑。我的心里跳荡起欢快的浪花，唰地一声冲走了长途奔波的疲惫和困倦。举眸望去，好像已沉醉在传说中的仙境。呵！始皇帝陵好生气派。它西依巍巍骊山，东临滔滔渭水，四周树木掩映，郁郁葱葱。古都地果真不负"天然博物馆"之誉，无怪乎统一中国的第一代皇帝，在他还活着的时候，就大兴土木，把自己的陵墓修建在这儿！

这座距离西安市临潼县东南约十里许的秦陵，委实是一座穿凿很深且又豪华的地下宫殿。它形体分为内外两城，内城为长方形，周长3000米左右，外城为长方形，周长6200米。偌大的陵园地面，现在已经开垦成田地，种满果树。规模巨大的秦陵陪葬陶俑坑，则位于秦陵东侧距墓冢大约三里处，坑深5米左右，东西长230米，南北宽62米，是一个较规则的长方形地下坑道式土木建筑，总面积14260平方米。坑的四边均有斜坡形的门道，东西各五个，南北各两个。现经试掘960平方米，发现武士俑五百余件，战车六乘，每乘四马，共24匹，此外，还出土了一批秦时的宝剑、吴钩（弯刀）、矛、弩机、箭等实战用的青铜兵器和铁器。据说，待将来全部挖掘后，可出土排列站四十路纵队的陶俑陶马六千余件。

走进展览室，只见一个个形体高大、造型生动的兵马俑排成三列横队，每列70个战袍俑。其中除三个领队身着铠甲外，其余均穿轻便短褐，腿扎行滕（裹腿）、浅履系带，免盔束发，挟弓挎箭，手执弩机，似为待命出发的前锋，接后是11条东西向的过洞，排列着挎箭执矛的铠甲俑与六乘战车相间的38路纵队，似为军阵主体。在俑坑的南北两边及西端，各有一列武士俑，似为卫队，以防侧尾受袭。那雄骏矫健的陶马，静中寓动，四匹拖一辆战车。这些雕塑珍品，艺术手法明快细腻，艺术风格朴素大方，陶俑、陶马与现实生活中的人和马大小相似，比例相称。俑的发式多样，面容各异，姿态威武。陶马双耳直立前额，额前两绺分鬃微微向上翘，昂首嘶鸣，栩栩如生。

然而，更撩人眼目的要算是这两组新近出土的大型文物——铜车、铜马、铜人。在七米多深的探沟中，有两辆车，各配四匹骏马，一前一后，面西排列。车上各有一名御手，握辔凝神，造型十分生动逼真。这两车、八马、两人及全套挽具，都是青铜铸造的。除车辆稍有坍损外，马、人完好无缺。那熠熠发光的是单辕，长2.5米，辕端缚衡，衡上缚轭；车厢方形，宽1米，进深1.2米，前有扶手，后有辟门，上有棚盖。门、盖均为薄铜板，绘有流云和几何形彩色花纹。车前各驾四匹骏马，膘肥劲健。马高0.72米，身长1.2米，通体涂彩，灿烂夺目，煞是美丽、壮观。头部的马络、御镳以及身上的靳、鞦、辔、靷等马具都很齐全，并有金、银饰件。车上的御手，一个跪坐一个直立，长襦束带，扁髻长冠，全身彩绘。人马神态，分外洒脱。根据出土地点和车辆造型等初步分析，这可能是停放在车马便房的属于秦始皇的后妃所乘的车。一些专家们说，这是我国考古史上发现的时代最早、体形最大、保存最完整的铜质车马。

望着这些精美壮观的艺术珍品，深为秦代劳动人民的艺术绝招而喝彩叫好，真是智慧花开灿如锦，技术高超惊后裔！

博物馆的同志介绍说，秦陵兵马俑的发现，对于深入研究公元前二世纪秦代的历史、军事制度及文化艺术，提供了极为珍贵的实物资料，不仅在考古方面有着不可估量的价值，而且是向国内旅游者进行爱国主义教育、向外国朋友宣传中华民族精神文明的活教材。自1974年春报纸电台披露出发掘了这一文物古迹的消息后，顿时全球轰动，每天都有成百上千的国内外仰慕者蜂拥而来，到目前为止，已接待了三十多个国家的国际友人和一千多万人次的国内参观者。加拿大学者奥德丽·托平是较早看到刚发掘的秦俑坑的客人，她回国后逢人便说："我们亲眼看到了20世纪最壮观的考古发现……它不仅是中国人民的艺术珍品，而且是世界人民的共同文化遗产。当时我们站在雨中，激动得几乎掉下泪来。"法国前总理希拉克漫游过世界上许多著名的名胜古迹，可是当他看到这些千姿百态的陶质雕塑群时，不禁惊呼起来："世界上有七大奇迹，现在秦俑坑的发现，可以说是第八个奇迹。""简直可以和埃及金字塔相媲美！"一位86岁的日本老人参观临走时特地买了一个小型陶俑复制品。他说："我只要不死，每年都要来一次。在死的时候，让这个陶俑随我下葬。"一些外商拿起一杖小巧玲珑的铅笔头那样大的秦代弓箭箭头，赞不绝口，爱不释手，一再央求说："我愿拿一部丰田牌小轿车换一支箭头……"

听完介绍，一股民族自豪感从心底陡然升腾起来。啊！中华，可爱的中华，你不愧是一个文明古国。

走出展览室，按捺不住亢奋激越之情，又乘兴朝秦皇墓走去。穿过密密层层的果林，走过青翠欲滴的田畴，涉过满是鹅卵石的石滩，渐渐攀上了这座气势磅礴的陵墓，登高望远，俯瞰四方，除南面峰峦重叠外，东西北面的山川景物，尽收眼底。此时，如不见骊山，秦皇陵何尝仅是座墓丘？这个偌大的墓地，现在已经开垦成田地，种上了果树，似乎只是成了一种古物陈迹。而在当时，那种神圣的威严，又是何等的排场！

秦王赢政是中国的始皇帝，他顺应历史发展趋势，挥剑扫六合，终使国家由战国纷争的割据混乱局面走向统一、太平；他在历史上推行"书同文"，"车同轨"，"行同轮"，对发展我们民族工农业生产、文化生活，曾起过一定的推动作用。从这点上说，始皇之功可以彪炳千古。然而，秦始皇又毕竟是一个封建地主阶级代表，是一个十分暴虐的皇帝，在他统一六国之后，做了许多民不堪命的荒唐坏事。为了建造这座陵墓，秦始皇即位初期，就开始筹划把活着时候的一套宫廷豪华奢侈生活搬到死后的墓地中去。历史学家范文澜写道：秦始皇"灭六国后，征发所谓罪人七十余万人到骊山服役。坟墓高五十余丈，周围五里余，掘地极深，灌入铜液。坟墓中有宫殿及百官次位，珠玉珍宝，不计其数。用水银造江河大海，机械转动，水银流注。又用人鱼膏（据说是一种四角鱼，生东海中）作烛，在墓中燃烧。令工匠特制弓弩，有人穿坟入内，弓弩自动放射。秦始皇尸体入墓，没有生子的宫女，全部殉葬。不待工匠出来，封闭墓门，工匠都被活埋在里面。"从这段记载中，可以看到秦始皇的暴君面目。他劳民伤财、挥霍民脂民膏修陵墓、置铜棺还不满足，"尚采不死药"，妄想求长生当神仙，真是荒诞不经、愚昧无知。人世间，哪里会有成仙不死之灵丹妙药呢？然而，他在"茫然使心哀"之后，并未就此罢休，又派遣海船连弩射鲛……明知被方士接二连三欺骗，却始终执迷不悟。在秦始皇看来，自己建立了不世之功，如果不大兴土木建造宫殿，就不能显示自己的威严；如果不建造宏伟陵墓，就不能师表万世。可他不知道，公道自在人心，天下统一之后，在老百姓心目中，无论你是王是皇，威信在德而不在险。只有顺应时代潮流，推动社会前进并给人们带来切实福祉，才能塑造起超越时空的历史形象。所谓帝王一世之帝王，圣贤百代之帝王，其寓意也正在于此。君不见，人民是不可侮的，有压迫就有反抗。曾几何时，农民大革命终于摧毁了秦王朝的森严统治堡垒。

111

　　走下墓地，举目四望，但见渭水宛如一条青纱带，轻轻儿搂腰扎在秦川大地上。田野里，麦浪滚滚，随风起舞，阵阵欢歌萦绕在万顷碧波中间，余音袅袅，不绝如缕……看到人民欢欢喜喜、当家作主的情景，不由得令人感慨万千，啊！秦皇的时代早已一去不复返了。

1979 年初写于西安临潼

人间天堂话风景

——读杭州笔记

"忆江南，最忆是杭州。山寺月中寻桂子，郡亭枕上看潮头。何日更重游？"唐代大诗人白居易在离任杭州刺史时写下的《忆江南》，终于在丙戌一个秋高气爽的日子，把我吸引到了心仪已久的杭州。

青山与秀水，是杭州递给我的一张无字名片。在这张名片上，我看到了美若天仙的西湖、西溪之水，清澈见底的新安江，天下独秀的富春江，雄浑壮观的钱塘江潮，万竿竹林成绿海的莫干山，风景这边独好的天目山……

走进三秋桂子、十里荷花，泛舟于水光潋滟、山色空濛之间，穿行于万竿竹海、百亩茶园之中，徜徉于三公堤、六合塔、九溪烟树之际，有谁能不感动、不留恋、不慨叹天人造化之精工、不想留下些许吟咏的文字呢？"我见青山多妩媚，料青山见我应如是。"由于时代、阅历、文思和心境各不相同，来这里看风景的人们自然也是仁者见仁、智者见智，其中有些人也在有意无意间使自己成为其中一道风景，于是风景画成为了鲜活灵动的情景剧。这大概正是"两湖三江"能够引人入胜、魅力常新、举世折服的原因之所在吧！

杭州之所以成为古今颐神揽胜之地，美就美在自然与人文"天人合一"的浑然绝配。它是人类对自然的尊重、呵护与精心装点，而不是人类对自然的任意裁剪，这种美达到了人与自然和谐默契的极致，呈现出东方文化的特有神韵，揭示了万物相竞相生的本质。因为说到底，是自然创造了人，而不是人创造了自然。正如一株参天大树，无论其如何伟岸、挺秀，它终究是天地造化的产儿；一旦失去了天地的滋养，必然导致枯萎、僵化、腐朽……然而杭州的美，有时也不免遭人诟病。"暖风吹得游人醉，直把杭州作汴州！"林升那首广为人知的《题临安邸》就把西湖风景比作一樽美酒，文及翁的《贺新郎》更鄙称"一勺西湖水，渡江来，百年歌舞、百年酣醉"。其实，美酒本身并无过错，关键还在于喝酒的人，不肖之徒酒后乱性，固然卑陋；霍去病集得胜之师共饮于酒泉，何其豪迈！关云长虎牢关前温酒斩华雄，何其雄壮！岳武穆与将士相约痛饮黄龙府，又何其慷慨！如若认为杭州之美，仅在于西子湖的柔媚，则有失偏颇。

正如中国的太极拳讲究"刚柔相济"，杭州的风景也充分体现了阴阳和合的思想。单就著名的"西湖十景"的名字来说，就会让人陶醉：柳浪闻莺对雷峰夕照，南屏晚钟对苏堤春晓，双峰插云对三潭印月，平湖秋月对断桥残雪……但依我看，最能体现杭州风骨的景致不在"两湖"，而在"三江"。

三江实为一江的三段，由西到东曲折蜿蜒横贯杭州直奔东海，从黄山发源经淳安到建德梅城的西段称新安江；从梅城汇合兰江水穿七里泷山峡、过桐庐经富阳到萧山闻堰的中段称富春江；从闻堰会合浦阳江水穿过杭州城入东海的东段称钱塘江。新安清澈，似道家崇尚的返璞归真状若婴儿；富春秀美，似儒家倡导的君子淑女雍雅风仪；钱塘雄壮，似法家鼓吹的君臣将帅乘势用命雷霆万钧！一条江，演绎着东方民族的生命哲学；一条江，融汇了神州故国的三教九流；一条江，孕育出多少炳耀千秋的哲圣奇杰！

说起被誉为"天下奇观"的钱塘潮，人们自然会联想到春秋时期的伍子胥。他为报家仇背楚投吴，先后辅佐吴国阖闾、夫差两代国君灭楚亡越，使原本被视为荒蛮小邦的吴国一跃成为中原的霸主。然而身为一代名将和重

113

臣，伍子胥最为后人称道的却不是他漫漫逃亡路的艰辛，也不是以吹箫乞食于吴市的隐忍，更不是东征西讨的赫赫军功，而是他因为多次劝谏夫差警惕越国复兴被赐剑自刎的悲壮结局。他临终遗言：抉吾目悬于东门之上，以观越寇之入灭吴也。夫差更将其尸首裹上鱼皮，投入江中。13年后，勾践果然率雪耻之师一举灭掉吴国。勾践逼夫差自尽、诛杀身为越国内应的吴太宰伯嚭，却立坛祭祀伍子胥。此后，有人看到子胥驭素车白马现身于钱塘江潮之上，遂被民间奉为潮神。每年8月18大潮之日，也被演绎成伍子胥的诞辰。他和那位数百年后自沉于汨罗的楚地同乡大诗人屈原，一同成为了国人忠诚、睿智、执著、刚烈的化身。"凄凉白马市中箫，梦入西湖数六桥。绝好江山谁看取，涛声怒断浙江潮！"透过康有为这首以咏怀伍子胥为主题的感事诗，我们不难领会到两千五百年来埋骨于杭州的诸多殉国殉道者的慷慨悲壮——岳飞、于谦、张煌言、秋瑾……人们常说"青山有幸埋忠骨"，其实这西子湖畔、钱塘之滨的数个陵墓，本身不就是伫立于人们心头的座座青山吗？

谈到"奇山异水，天下独绝"的富春江，人们更不免会想起江畔那个千古独绝的垂钓者——严光。史称严子陵，会稽余姚人，"少有高名"。身为东汉光武帝的太学同窗、微时故交、早年情志相投的密友，在刘秀赢得天下后，他竟然更换姓名，隐身江湖。光武帝于是下令全国依据老友的体貌特征广为察访，终于在山东某地的一个湖滨找到了披着羊皮袄垂钓的严光。于是派出使者驾着宝马香车，携带厚礼和刘秀的亲笔信三次去邀请。请到洛阳后，老朋友大司徒侯霸遣人投书问候，严光口授24字短信揶揄作答；光武帝亲临馆驿，子陵高卧不起；请入内廷，两位老友同榻而眠，严光不仅在龙床上酣眠如常，竟然还把腿压在了刘秀的肚子上；光武授予他谏议大夫的官职，他却坚决要求到富春江边垂钓种田。即便如此，刘秀对严光依然不能忘情，后来得知老朋友安然辞世的消息，史称"帝伤惜之，诏下郡县赐钱百万，谷千斛"，以为丧葬善后之费。整个故事就像是一出清新隽永、妙趣横生的轻喜剧，为中国数千年封建君主专制禁锢下的黯淡天宇平添了一抹绚美的彩虹。也许因为故事太过完美，许多人在钦敬称羡之余，不免怀疑当中是否有当事人作秀和史家粉饰的成分。有些人拿我们今天的人才评价标准来审视严光，认为他既没有留传后世的著述，更没有安邦定国的文治武功，特别是不善于充分发掘利用已有的背景和资源，不过是自命清高的穷酸秀才罢了，有何高尚可言呢？有什么值得光武君臣去求去宠着他呢？更有甚者，有人可能会加罪于严光：生于明时，遭逢圣主，而故意不作为，是否有谋叛作乱的企图？

115

也有少数有识之士，悟出了其中蕴藏的鸿机大略。时隔千年之后，范仲淹，这位宋朝历史上少有的德学双馨文武兼资近乎完人的一代名臣，被贬来到当年严子陵躬耕垂钓的富春江畔。万般感慨，凝成一篇言简意赅的《严先生祠堂记》："盖先生之心，出乎日月之上；光武之量，包乎天地之外。微先生不能成光武之大，微光武岂能遂先生之高哉？而使贪夫廉，懦夫立，是大有功于名教也。"文章最后是四句千古流传的短诗——"云山苍苍，江水泱泱。先生之风，山高水长！"它和范文正公数年之后在西北写成的《岳阳楼记》，都堪称不可多得的励志养心佳作。无独有偶，同样以天下忧乐为己任的毛泽东也对严光情有独钟。早在长沙湖南第四师范求学期间，他就在自己的听课笔记中作出这样的评价："严光，东汉气节士也……后世论光不出为非。不知光者，帝者之师也……故光武出而办天下之事，光即力讲气节，正风俗而传教于后世……高尚不可及哉。"

只有联系到两汉之际，许多以仁义气节教人的知识分子在政治风云变幻中寡廉鲜耻的时代背景，我们才能理解严光的归隐——当无所不为成为一种时尚，倡导清静无为本身就是最大的有为；当攘夺之风席卷尘世，隐退乃是为了激励更多的人摈弃浮躁贪婪、求得品格和事业的双轮并进。在仁人先贤心中，庙堂之高和江湖之远，刺秦博浪沙和从赤松子游，躬耕南阳和尽瘁祁山，并非相差十万八千里，这一切都不过是自己担当天下的舞台。

116

由此，我不免联想到新安江的清澈和杭州西溪梅苑的清香。"问渠哪得清如许，为有源头活水来。"面对一江清水，一林嘉木，我们能否时时涤荡那浮华红尘，而始终为自己保持一颗清心、为社会奉献一缕清风呢？从降临这个世界的那一天起，我们每个人都注定要成为大千世界的匆匆过客，都将面临从自己人生舞台隐退的那一刻。关键是我们隐退的心态、形象和时机把握。同是赏梅，"疏影横斜水清浅，暗香浮动月黄昏"，是闲逸者的潇洒；"零落成泥碾作尘，只有香如故"，是殉道者的执著；"忽然一夜清香发，散作乾坤万里春"，是先驱者的豪迈；"待到山花烂漫时，她在丛中笑"，是授业者的襟怀……我们都在向往人间天堂的风景，岂不知天堂不过是尘世在人心灵中的滤影。只要时刻爱惜、疏浚自己心头的那一泓清泉，那么，每个人都会成为人间天堂一道靓丽的风景。

三月春风瞩洛阳

"谷雨"时节，来到洛阳，仿佛一下子掉进花的海洋，街巷园林，千株万株牡丹竞放，花团锦簇香云缭绕。"姚黄"金光灿烂，"魏紫"风姿绰约，"洛阳红"喷红吐翠，"烟绒紫"墨里含金，"二乔"红白斗艳，"豆绿"美如碧玉，还有那袅袅婷婷，密密匝匝的未命名的花儿，在和煦春阳下，泛着五彩亮泽，如婴儿粉扑扑的小脸，娇嫩欲滴，风吹过，花儿随风摇曳，散发着淡淡的酽酽的醉醉的芳香……

是谁的栽花妙手，将十三朝古都装扮成一卷繁华？又是哪个天才第一次将花比作女子？穿行花海人潮中，我忽然不合时宜地想起刘克庄那阕借咏洛阳牡丹，抒写忧国之情的宋词《昭君怨》：

"曾看洛阳旧谱，只许姚黄独步。若比广陵花，太亏他。

旧日王侯园圃，今日荆榛狐兔。君莫说中州，怕花愁。"

徜徉牡丹园林，开启尘封已久的历史，思绪禁不住辗辗转转，流离千年，口中含珠纳玉般诵唐诗、吟宋词、唱"牡丹亭"，心里想的却是：为什么这大千世界上最痴的是花，比花更痴的则是女子？

瞧，这朵超逸群卉的，像不像那位走出楚山楚水、又心甘情愿走进塞外胡天的汉宫美人王昭君？在那个秋高气爽的日子里，出塞的昭君含泪告别京都，登程一路北上，伴随着阵阵马嘶雁鸣声，她无限深情地拨动琵琶，南飞的大雁听到这悲壮的离别曲，看到骑在马上的这个美丽女子，竟忘记摆动翅膀，跌落地下。从此，"落雁"成了昭君的美丽代称。一个出身寒微的女子与匈奴呼韩邪单于结成姻缘，虽然远离故乡，却也富贵人生了，但她同时又是高贵的，因为她毕竟用自己的"落雁"之美换来了两国百年之好。所以她的美丽就不仅仅是表面的，而更是心灵之美。宋代周敦颐《爱莲说》中称牡丹为"花之富贵者也"，殊不知这千娇百媚的天香园中，亦不乏高贵者。高贵这东西，虽与富贵一字之差，其内涵却迥然不同，它是品位的代名词。世间有富贵与高贵二者兼而得之的吗？有！这是世间的尤物，所以古今中外皆稀有。看今日，那些先富起来的美貌女子，不都在拼命彰显高贵么？有的吃穿住行追求高档奢侈化，有的精神生活全面西式化，还有的头戴"灵魂工程师"高雅桂冠，却乐于用身体写作或利用美色攻关，借以升值，虽趾高气扬，酥胸高耸，而品相轻浅，终是下贱，怎比这卓尔不群、有气质有魂魄有铮铮风骨之神韵的牡丹？当年，则天女皇下令百花连夜速发以待她翌日观赏，百花慑于皇威纷纷开放，唯独牡丹不从，宁可发配洛阳，身遭火刑，又是何等惊世骇俗！当今，许多男子汉为了提高品位重走长征路，如果有哪个追求富贵与高贵兼而有之的女同胞站出来号令一声"姐妹们也沿着当年昭君出塞的路线走一趟！"想来，也是一段惊心动魄的体会。

这朵绮丽妖娆的，像不像那个千年前花容映入水面、令一群锦鳞沉匿水底的西施？一个美丽的浣纱女子究竟因何变成了一枚任人摆布的棋子？是出于国恨、家仇，还是对效颦邻人的极度厌恶？越王勾践靠美女西施复了国报了仇，他是否记得这位"沉鱼"女子的大恩大功呢？不会的！就连当年为他朝夕谋划几度冒险出使吴国的文种大夫都被无情赐死，更何况是一位出身寒微的女子？然而，有着绝色同时兼具绝顶聪明的她，在吴王夫差自刭之后，立马逃离了越国，跟随心上人隐居山林，泛舟五湖，重新成为一条自由自在

119

的美人鱼。看来，美貌离开了聪慧，只能化作一枚棋子，一旦被权势捏在掌心，一辈子也逃不脱任人摆布的命运。正确的选择是，当下完了这一盘，莫迟疑，三十六计——走为上。

120

这朵秀韵多姿的，不正是拜月的貂蝉吗？这位原为东汉末年司徒王允的歌女的绝代佳人，在王允设下的连环计中，凭借"闭月"之美，送吕布以秋波，报董卓以妩媚，令俩人既神魂颠倒，又相互猜忌。最终王允联合吕布，铲除了董卓。她以身为剑，替国除奸，她的名字虽然被写进了历史，而她的美却被权力踩在了脚底。人世间，痴情如花与无情似剑历来相生相伴。所以，做人不要如花，还是羡慕田园里那些名不见经传的遒劲小草吧，小草最是中庸，仅用简朴的绿黄两色装点自己，没有欲望，不求闻达，未曾开花的最大好处就是免去了落花流水的哀悼和惆怅。

"快看，这朵雍容华贵的，不正是有着"羞花"之称的杨贵妃吗？"同行的朋友啧啧称道。然而，在我眼里，她更像园林旁那一树等不及绿叶抽出、就迫不及待粉墨登场的玉兰，真真切切地暴发新贵，好不野心勃勃的一树衣香鬓影，觥筹交错。然而，怎奈清癯的枝条托不住繁华的沉重，那整朵整朵坠落的花瓣，低吟着壮烈的悲歌离去，莫不是大滴大滴悔恨的眼泪？这位初为唐玄宗第十八子寿王的王妃，颇懂得如何恰到好处地利用美丽升值、如何游刃有余地运用美貌这件上天所赐的利器钻营，当她被皇帝老子从儿子手中夺爱纳入宫中，那份富贵人生何其了得！乘马有大宦官高力士亲自执鞭；想吃荔枝，有千万骑飞马从岭南送达；更有甚者，一荣俱荣，兄弟姐妹升官的升官，发财的发财，好不热闹，好不荣光！真是"名花倾国两相欢，赢得君王带笑看。""遂使天下父母心，不重生男重生女。"然而，好景不长，安史之乱乍起，唐玄宗逃离长安，途至马嵬坡，在随扈御林军此起彼伏要求诛杀杨氏兄妹的愤怒声浪中，长生殿上祈愿永好的一代美人竟被眼睁睁看着缢死于路祠。安史之乱本与杨贵妃无多干系，她却成了替罪羔羊。国色天香，嫣然流逝。"玉颜自古为身累，肉食何人与国谋？"为什么红颜多薄命？是祸水自戕？抑或阎王爷是色情狂？不尽然。因为人世间红颜有更大的几率招惹上许多生命以外的诱惑。

想起《红楼梦》中林黛玉曾作"五美吟"组诗，悲西施、伤虞姬、怜昭君、悯绿珠，唯独对隋唐之际的红拂赞不绝口："长揖雄谈态自殊，美人巨眼识穷途。尸居馀气杨公幕，岂得羁縻女丈夫？"五美之中，红拂出身侍妾，身份不可谓高，而能巨眼识英雄，亡命救英雄，匠心辅英雄，终与李靖、虬髯客成就了一段"风尘三侠"的传奇佳话。我看牡丹亦如是，仅有国色、天香不过逞一时之媚，倘能更兼具匠心、慧眼、侠骨，方可称千古风流。仅以此为牡丹、为中州、为中华之新命旧邦诚祝。

菩提树下

北京西山有株古岁菩提树，巨冠如伞，独木成林，顽枝硕叶，笼荫四方，本末合天地玄黄之气，枝叶彻人道精微之韵，似乎佛相十足又禅意缱绻，甚为人们所崇仰。

站在菩提树下，不由地想起佛祖释迦牟尼在印度的那株菩提下静坐七天七夜后，当启明星升起之际，终获大彻大悟而成佛陀，以及六祖慧能的那个参禅偈："菩提本无树，明镜亦非台，本来无一物，何处惹尘埃。"这，不正是"菩提"在梵语中的"觉悟"、"智慧"之意的最好诠释吗！

然而，人世间，并非每个人都有此参透人生的觉本与慧根，证得生命菩提。

听西山服务处朋友说，建国初，在这株菩提树生长之地，曾驻扎过几十位开国将帅，他们中有叶剑英、李德生、肖华、许世友、韩先楚等，闲暇之余，这些功勋卓著的将领时常移步止此，敛气凝神菩提，虚静思虑国事，住在附近的毛主席的儿子岸青和儿媳邵华也常来光顾，有意思的是，"文革"中，那位"语录不离手，万岁不离口"的林副统帅和政治暴发新贵王洪文，经常不约而同地溜到菩提树下，双手合十，虔诚祈祷，目暝意定，心有所托。这些历史人物虽同在一棵菩提树侧"择善地而居"，却因不同的德行因缘证得了不同的生命之果，或善或恶，或圆或缺。由此可见，菩提并非会让每个朝拜者得道成佛，人之生命菩提才是决定一个人福祸命运的吉祥物。

站在菩提树下，我想到，人们通常所说的佛，其实对于我们平常人来说，

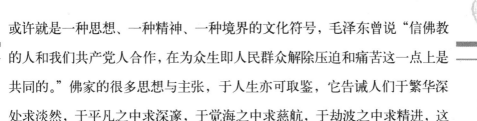

或许就是一种思想、一种精神、一种境界的文化符号，毛泽东曾说"信佛教的人和我们共产党人合作，在为众生即人民群众解除压迫和痛苦这一点上是共同的。"佛家的很多思想与主张，于人生亦可取鉴，它告诫人们于繁华深处求淡然，于平凡之中求深邃，于觉海之中求慈航，于劫波之中求精进，这里，关键是四个字：彻悟、笃行。

彻悟，以透析人性求淡泊；笃行，以实现人生求真理。生命的真谛不在于求名索利，而是孜孜不倦地笃行奉献，悟而后行，方能深远。就像人们对待佛一样，可利用，可尊崇，可弘扬，目的不同，态度就有区别，其实不同的人对待一切伟大事物都可归属于这三种态度。看看那些在同一棵菩提树下祈求过的人吧！林彪之徒，虽然辉煌半生，但行百里者跌于九十，晚年缺乏明慧，觊觎主席宝座，阴谋落空后叛国出逃，最后折戟沉沙，葬身异邦；"四人帮"王洪文之辈，看起来也对佛祖恭恭敬敬，但实际上却是在"傍佛"以掩饰自己丑恶的灵魂，就像他们对待毛主席一样，表面上言听计从，其实却在暗暗地利用主席对他们的信任，口蜜腹剑、心怀鬼胎，这类人心中装着的只是自己，求利养、好名闻、贪世欲、图富贵，即便在菩提树下居住千年万年也终不能求得正身，更不可能彻悟生命的真意；被毛主席赞为"吕端大事不糊涂"的叶帅，曾在"长征"和"文革"两次关键时刻挽救了党，甚为人们所敬仰；还有李德生、许世友、肖华、韩先楚等老将军，虽久经沙场戎马倥偬，战功赫赫却居功不傲，只求立德立言立行，有始有终，辉煌一生；一代伟人之子毛岸青，不因祖德求功名，不因作为求显贵，默默无闻，平淡奉献，经历了很多常人不曾经历的事，做过了很多不为世人所知的工作，不显于今，隐没于野，不求闻达，与世无争，他们真可谓彻悟了菩提的真意。

站在菩提树下，我忽然想起佛家的一句名言："人圆佛即成"，守平常心、做本分事、修自在人，时时刻刻体悟生命的真、善、美，也许是佛祖对于我们每个尘俗中人最大的启示。对待人生要能看到平淡的真谛，六祖说"本来无一物"，可谓是上层的见解，"本来"二字最为深刻，既然本来就没有名与利，又何必苦求之。这反映的又何尝不是文化之间的对话?! 共产党人可以在菩提树下彻悟、笃行，佛教菩提在无神论者眼里不是也能如此深刻、如此博大吗? 既然各种宗教文化本来就没有界与限，又何必人为划分呢? 现在人们经常谈论文化间的冲突，说各种文化有界限，若真的做到"本来无一物"又何必去分清你我? 若真的都是为着人民大众服务，又何来文化宗教间的矛盾? 共产党历来对各种文化都是兼容并包，正如毛主席所说，"佛教是一种文化"，这种文化与共产党的信仰可以共存，我们对待一切宗教信仰都是这样，容纳并尊重，吸收并丰富，各种文化在这里是可以互融而不是矛盾的，是可以尊重而不是排斥的，是可以借鉴而不是否定的，而且各种文化在终极目标上也是一致的，都是为着解除人民大众的精神桎梏而努力，它们之间没有明显的界限，也不需要人为地去设置边界，制造冲突，不然，宗教就变成了狭隘的宗教，那样的文化也就变成了小里小气的文化。

文渊探骊
WEN YUAN TAN LI

"积土成山，风雨兴焉；积水成渊，蛟龙生焉。"经过了数千年的汇聚积淀，散尽了无数次过眼云烟，一片中华文化的浩瀚之海正以其历久弥新的独特魅力吸引着国人的视线，自从党的十七大提出"弘扬中华文化，建设中华民族共有精神家园"，下海淘宝之风蔚为大观。然而，水湍礁密，鱼龙混杂，究竟有谁能摘到那韬晦于幽玄海底的骊龙之珠？望洋兴叹者诚不足道，浅尝辄止者得亦有限，扭捏作态者能领一时风骚，终不过博人一笑。只有那些执拗深潜者，虽难免伤痕累累事倍功半，甚至折戟沉沙，却以仁者的坚毅、智慧和前赴后继开启水晶之门，让龙珠的灵光丰盈龙族儿女的心府，照亮通向伟大民族复兴的康庄之路。

"擦亮"中华文明这面镜子

"天苍苍，野茫茫，风吹草低见牛羊。"自古以来，生于天地间的人类一刻也没有停息过寻找真理。但是，如何才能"风吹草低"，见到有"生命"的"牛羊"？实际上，只有用理性的清风，吹开良莠不齐的思想观念上的"杂草"，才能见到有灵性的"生命"。

成语，是中国语言殿堂里一颗璀璨的明珠，熠熠生辉在文学宝库中。许多成语中不乏东方哲学智慧，往往被人们看作一种"定理"。

比如"自然而然"，其中所蕴含的深刻含义完全可以当作一道哲学命题：只有"自然"，才能"而然"。用现在的话说，无论干任何事，只有符合自然规律，才能行得通，也才能成功，如若违反"自然"的原则去"拔苗助长"，只能"适得其反"。古人提出的"无为而治"、"治大国若烹小鲜"的思想，都含有这种"自然"的理念，就是提倡因势利导、顺势而成，而"刻意"强求某种结果，或"明知不可为而为之"，反而不会有好的效果，甚至会在现实中碰壁。

成语"得意忘形"现在的大意是形容一种忘乎所以的状态。但它的原意并非如此，这句成语是从道家的"得意忘言"演化而来，《庄子·外物》中说道："言者所以在意，得意而忘言。"意思是言词是用来表达意义的，既已得其意就不再需要言词了。如果领会了精神，就不必在乎原来的话语是怎么说的了；《晋书·阮籍传》中对晋朝"竹林七贤"之一阮籍有这样的描写："当得其意，忽忘形骸，时人多谓之痴。"阮籍的"痴"，的确别具一格，据说有朝廷大臣来拜见他，他在室内裸体而见。大臣不解，阮籍说"我以天当房，地当床，房子当衣服，你为什么钻到我的裤裆里来了？"在某种意义上真可以说是得意忘形的极致境界；元朝人鲜于必仁《折桂令·画》中有这样的词句："手挂掌坳，得意忘形，眼兴迢遥。"意思是说理解了画的真意，忘却了眼前具体的画作，眼睛和兴致游历在画中所表现的遥远的山水意境之中。从以上的说法中可以看出，"得意忘形"这个成语的原意是：得到了事物的精髓或真谛，忘掉了事物的表面形象与形状。用现今的话说，就是通达了事物的内在本质，忘却了事物外在的现象。从这一语意的变化来看，后来之意远没有古人原意深刻。有些成语之所以被表面化、肤浅化，正是原意被淹没在了世俗的随意观念中。

基于此，在实现中华民族伟大复兴的今天，我们似乎首先应该提出："擦亮"中华文明这面镜子。

一个时期以来，中国历史被淡忘、被误读、甚至被"恶搞"或被"格式化"之风甚嚣尘上，尤其在青年人心目中，"外国月亮比中国圆"，什么都是美国等西方国家的好。仔细琢磨一下，妄自菲薄的倾向不正是来源于失之"教育"？！打开电视，画面上或是好莱坞大片，或是正说戏说帝王将相史，或是歌颂专制、仇杀、暴力与恶俗的影视剧，以及引吭高歌希望皇帝"再活五百年"；翻开书本，各种版本的"野史"奇书堆满书店报亭，难得一见系统介绍中华文明的通俗读物。爱国，必须从了解做起。为了避免"数典忘祖"，首先要让国人从擦亮的镜子里读到"历史始于中国"（伏尔泰语）的史实。

在人类文明发展史上，中华文明与古埃及文明、古巴比伦文明和古印度文明并称四大古文明，尤为值得自豪的是，唯有中华文明历经几千年而未曾断裂且在博采众长中一直延续发展下来。站在历史时空隧道中回眸凝望，浩瀚五千年中华文明所展示出的令人瞠目的辉煌成就，至今仍叫人心跳不已：独步世界的"四大发明"像划过茫茫夜空的星火，点亮寰宇科技文明之灯；中国古代创立的文官制度、择人用人的考试制度，从英国登陆后很快风靡于世；智慧先贤提出的"己所不欲，勿施于人"等道德伦理，几近被世人奉为金科玉律；古人刘徽与祖冲之相继发明的圆周率π，超过了阿基米德和托勒密取得的成果，早于德国和荷兰数学家1000年，地理学家郦道元的《水经注》和农学家贾思勰的《齐民要术》无一不放射出智慧的科技光芒；还有中国人的诸多发明，如瓷器、丝绸、中医药、造船术、造桥术以及秦汉后确立的十进制体系，世界上第一个地震仪、第一次遗传育种、最早使用真漆、最早天象记录、最早创立的阴历等，都对世界历史产生了深远影响。此外，世界上最早的传真技术和VCD机也诞生于中国，英国学者李约瑟博士在《中国科学技术史》中说："中国人的这些发明和发现远远超过同时代的欧洲，特别是15世纪之前更是如此。"读到这些中华文明史实，有哪一个炎黄子孙不为之自豪呢！但是，近代以来，同西方文明相比，中华文明从明清之际开始迟滞，加上西方列强的武装侵略，于是，中国远远落后于西方。然而，200年前的掉队，并不意味着中华文明走上了穷途末路，相反，中华文明的复兴正指日可待。就我们自身来说，五千年光辉灿烂的文化，经过漫长岁月风雨的侵蚀，特别是被人为地曲解后，有些已经变得"锈迹斑斑"，亟需拂去上面的灰尘与锈迹，恢复其本来的光芒。

中国自古就有"无字之书"之说。所谓"无字之书"，说到底就是"得意忘形"。读书读到"无字之书"的境界，就是达到了"心领神会"，套用白居易"此时无声胜有声"的诗句，可以说是"此时无字胜有字"。古人云："纸

130

上得来终觉浅，绝知此事要躬行"。人生处处充满了无字之书。有字之书要捧着用眼读，而无字之书着实为"发于点滴，行于心田，融于交流，盛于久远"，需要依靠心灵去"感"读，在不断的反思中"悟"读，在具体的践行中"活"读，在漫长的人生中"苦"读——春读百花，夏读清风，秋读朗月，冬读瑞雪；童年读摇篮，少年读天真，青年读成才，中年读人生，老年读天伦；在读山阅水中进入一种脱俗境界，读山会读出雄伟，读水会读出柔美，读海会读出波澜壮阔，读天空会读出广阔无边，

读人生我们也会读出处世的从容与智慧，这才是真正的智者。

　　"道可道，非常道"，意谓规律是可以说出来的，但说出来的东西已经不是通常所能理解领会的"道"，常识与常理也很难讲清楚"道"；"能说的不为道"，能用语言表达的东西都不能成为"道"了，因为语言所表达的意义是有限的，而"道"中应该被感悟的东西又是语言不能完全承载、覆盖和说清楚的。有些东西是只可意会、不可言传的。比如说爱情，其中就有许多微妙的东西和感觉是难以用语言形容与表达清楚的，如果男女间将对对方的喜爱全部列出来或说出来，那肯定失去了浪漫色彩。有的文学评论家指出：一些杰出的文学作品和诗作等，其中总有一些让人说不清的东西，完全能说清楚的文学作品不会是一流的或不朽的。尽管人们能够意会到、感悟到作品中的这些东西，但却无法完全表达出来，或者总感觉言不尽意、用语言形容和表达出来的东西十分有限与"不到位"，有时如隔靴搔痒，有时会显得苍白

无力。古有俞伯牙与钟子期因《高山流水》而成知音之交，一唱一和，心心相通。山为静，水为动，动静交融，寓意无穷。在高山与流水的对歌中，人们仿佛听见，高山对流水说，"高山仰止，流水不断"；流水对高山说，"万流归宗，生命永恒"！凡是美妙的东西只能意会，不可言传。

由此我们想到，由于时代隔阂，后人对前人的许多文化精华的误读何其多，有的甚至被误解、曲解、以讹传讹。比如，《离骚》中的"夕餐秋菊之落英"，本意应当是刚绽开的鲜嫩菊花，却被王安石、郭沫若等古今大文豪误解为飘落的残菊；《论语》中的"学而优则仕"，普遍被人们理解为"读书优秀的人可以做官"，实际上与孔子学生子夏的原意相去甚远，无论《说文解字》、《康熙字典》还是《论语译注》，都将"优"释为"饶也，倡也"、"有余力"，译释为"即使学习和掌握了一定的学问，还要有余力，才可以去做官"似乎更符合原意。因为如果自己的才学相对官职要求感到力不从心，那一定是当不好的，否则就会危害社会；著名文学评论家俞平伯将杜甫"朱门酒肉臭"释为"酒肉吃不完，腐烂发出臭味"，显而有违常理，肉放时间长了会腐，而酒呢却越长越醇。"臭"在这里应当泛指气味，释为"富贵之家飘出的阵阵醉人酒肉香味"似乎更准确点。这里的"臭"字，应该有异常"浓"的意思；还有《易经》中的"易"，究竟应该理解为"容易"呢？还是"变易"呢？对这一关系全经主旨的问题，许多号称"易经大师"的人各执一词，莫衷一是，从而致使一些古代文化的精华在误读中渐渐失传失落了。

"文化"与"文明"是两个相关联又相差异的概念，文明的基石一块是物质另一块就是文化，文化是在悠久的历史中形成的生活方式、思维方式、民族心理、审美情趣和行为习惯等，它往往会对文明产生反作用力，提升文化软实力，是现代社会发展的精神动力、智力支持和思想保证，它是构成外

132

部世界认同的主要因素。应该看到，改革开放后，我们的经济一路"高歌猛进"，但文化并没有与经济的崛起而同步复兴，由此引发了一系列自然危机、社会危机和道德危机，如生态破坏、能源危机、贫富差距加大、伦理道德崩溃、拜金主义盛行、腐败日益严重……经济与文化的不和谐已经引起了社会的不和谐。当前，为了应对全球背景下多元文化的挑战，促使我们必须寻找自己的民族之根，弘扬中华优秀文化。因此，"擦亮"中华文明这面镜子，从传统文化中寻找"中国特色"的内容，必须首先对历史文化多做一些"正本清源"的工作。

解读一种文化传承现象

近来，复兴传统文化正成为一席全民盛宴，电视传媒《百家讲坛》，各路明星轮番上阵白话新解经典。有人在网上热辣起舞，贴出一幅《孔子哭了》的雕塑艺术品，立即在网民中引起强烈反响。在这幅作品里，孔子的五官被抹得面目全非，愤怒者说：《论语》是我从小到大的生活方式，万万不可亵渎；欢呼者讲：孔子这个丧家狗的《论语》，通篇杂乱无章，既没文采与哲理，也无幽默和大机智，早该扔进垃圾堆里。有学者认为诸葛亮的《出师表》宣扬了愚忠，应该从中学课本中剔除，为了培养学生"止战息兵"的和平观，建议换成华歆的《止战疏》。有人反唇相讥道，如此这样比对历史、断章取义地理解传统文化，干脆换成汪精卫的《和平宣言》岂不省事？在世界读书日前夕，北大、清华等二十多所高校社团发出倡议，号召大学生晨读包括《论语》、《孟子》、《大学》、《道德经》等传统经典，抵制者质疑道："经典何必要晨读？"如此偏执作秀，哪里会有什么实际意义！还有个被称为"当代大儒"的学者，皓首穷经编纂了一套"中华文化经典基础教育诵本"，洋洋15万字、煌煌19部儒家经典、赫赫832课，专供3岁至12岁的孩子朗读背诵。消息一出，立即引来读经派与反读经派一场大论战，情势好不热闹。

毋庸置疑，中国古代传统文化典籍中蕴藏着丰富的人生哲理和人们的行为处事标准，代表了人类在农业文明时期所形成的最为发达的学说体系，曾经为社会的进步起过重要的推动作用。如儒家的"仁者爱人"、"天人合一"、

"和而不同"、"民为贵，社稷次之，君为轻"；墨家的"兼爱"；法家的"王子犯法，与庶民同罪"，以及《易经》所说的"天行健，君子以自强不息"、"穷则变，变则通"和《诗经》中所说的"周虽旧邦，其命维新"等伦理和道德价值观，堪称不朽精髓，确实可以用来"童蒙养正"，提高人的修养，使之言行雅致，内心充盈，人格丰富，品质坚韧，志存高远。因此，在世界范围内，不少西方学者尊称孔子是人类思想史上的一个里程碑。近年来，联合国科教文组织将联合国最高教育奖命名为"孔子教育奖"，《全球伦理世界宗教会议宣言》也将儒家的"己所不欲，勿施于人"作为伦理金律。几千年来，虽然以孔子为代表的中国先贤忽儿被捧上了天，忽儿又被打入十八层地狱，但无论毁誉臧否，这些思想大师的名字都长留于人间，其传统的宇宙观、伦理与道德思想对人类社会都产生着潜移默化的影响。

但不可否认，古代传统儒家文化、道教文化和佛教文化"重老不重幼，重古不重今，重既有权威而不重革新"、"儒家之病，就在于以富贵利禄为心"、尤以其专制主义为核心的道德观念（虽然也有点民主的萌芽）不乏糟粕，如与市场经济格格不入的重义轻利价值观、与竞争创新大相径庭的无原则的"内敛"与"贵和"保守倾向、教人做臣民而不是做公民、做奴隶而不是做主人的愚蠢观念等，"半部《论语》治天下"之说，也只是传统治国方略中重德轻法的传承。

因此，我们要在新的历史起点上铸造中华文化新辉煌，全面提高国家文化软实力，首先必须应对如何传承中华传统文化这一前所未有的挑战，是一成不变地坚守先贤的巨人之魂，还是一古脑儿将其扔进太平洋？抑或是认真作一番梳理，弘扬那些被时空变换所证明为真理的华章，抛弃那些已经过时或被历史否定的沉渣，使其与时代特征相适应，与现代文明相协调，与人民的生活和国家的行为相联系，自觉实现民族文化现代化的转换。与此同时，实行"兼容并蓄的文化整合"之法，推开门窗，极目"世外桃源"，多姿多彩的文化景观让人流连忘返：从古至今，与孔孟老庄齐名的思想大师灿如繁星，悠悠千载，厚德载物的世界文化经典巨著浩如烟海，只要敞开心胸，吸收所有精华，将中华传统文化与各国优秀文化和马克思主义文化融会贯通为一体，才能开启中华民族文化思想发展的新的"造极"时期。毫无疑问，我们只能作出这样的历史选择。

135

所以说，弘扬民族文化，推进文化创新，提高国家文化软实力未必非要国人都来读经，个人解脱心灵疑惑不见得需要学懂弄通《论语》、《道德经》、《庄子》等，经学古典也并非算是唯一的建立和谐秩序的"微言大义"；同样，当下读点经也未必就是复古。在上世纪初的新文化运动和"五四"运动中，激进的思想先驱痛感中国传统文化的沉疴太重，积弊太深，认定传统文化是导致国家贫弱和政治腐败的罪魁祸首，呼吁"砸烂孔家店"，重估一切价值。在那个特殊的年代，思想先驱们的进步观念虽然看起来十分过火，但在整体上顺应了时代潮流，是当时反对专制主义和反对殖民主义的大势所趋。几千年前的老子、孔子、庄子只是一个文化符号，古圣先贤的东西既有精髓也有糟粕，电视学者的解读只是个人心得而已，对否？错乎？听众自有鉴别眼力，取其精华，去其糟粕，谁也误导不了谁，所以不必口诛笔伐。如若讲点"和谐哲学"，相互间和颜悦色地商榷切磋一番，续写新的"投我以木瓜，报之以琼琚"、"爱人者人恒爱之，敬人者人恒敬之"等文苑佳话，岂不乐哉！动辄打口水战，直骂得天昏地暗，既劳神又伤肝，大可不必。须知，和谐社会需要的是百花齐放、百家争鸣。

"道在不沾兼不脱，思能入旧又全新。"谢觉哉《在范亭处谈毛主席的思想方法》诗文中以"不沾"、"不脱"、"入旧"、"全新"八个字，准确揭示出毛主席对待"老祖宗"文化遗产的科学态度——既高度重视先人在思想文化方面凝结的心血和智慧，秉承、恪守马克思主义的基本立场、观点和方法，反对鄙薄、割裂历史；又反对厚古薄今、食古不化、生硬照搬或曲意解读。

136

美国哈佛学者约瑟夫·奈曾将综合国力分为硬实力与软实力两种形态。文化软实力作为国家软实力的核心因素，越来越成为民族凝聚力和创造力的重要源泉，越来越成为综合国力竞争的重要因素。一个民族的伟大复兴，只有在灿烂文化的光照下才能令世界景仰、倾倒与折服。一些靠输出石油一夜暴富的国家之所以不被世界认同甚至会被瞧不起，除了综合国力不够之外，就是因为他们没有值得炫耀与骄傲的文明或文化。而正确对待文化遗产，是实现国家复兴与创新发展的前提。

如果我们认真回顾一下，就会发现，中国历朝历代，特别是在国衰与昌盛之时，都会发生文化复兴与复古的碰撞。当年，面对辛亥革命失败、袁世凯称帝、张勋复辟，包括国学大师章太炎在内的甲寅派主张尊孔复古，提倡读经救国，遭到鲁迅先生的痛斥：提倡"读经救国"是统治者维持其统治的一些旧把戏，甲寅派不过是一些"连成语都用不清楚"的纸老虎，不过是为旧制度唱挽歌，是封建势力的垂死挣扎而已。美国学者理查德·凯勒·西蒙在其所著《垃圾文化》一书中说："所谓的'垃圾文化'，无一不是古典文化在当代新现实中的翻版。"在人类进入21世纪的今天，《论语》等经书突然火了起来，列入大学必修课，电视开百家讲坛，各种解读版本一时洛阳纸贵，据说是由于当今世道无序、人心浮躁，需要饮用孔老夫子几千年前为后人炖的心灵鸡汤。

这好像有点过了，道德的建立靠什么？一本《论语》、《庄子》、《道德经》

果真是灵丹妙药？汉代以后，历朝帝王莫不尊儒褒孔，为什么走马灯似地"你方唱罢我登场"，须知，各朝各代的道德还不都是归由孔老夫子管啊！

据史料记载,禅宗创立者六祖惠能大师当年在曹溪首次讲法中说过一段话：各位请记住，凡是认为净土世界近在眼前的人，一定是破除了虚妄的大彻大悟之人。只有那些内心糊涂的人才相信遥远的西方有个极乐世界。可以想一下，如果我们东方人念佛可以转生到西方，那么西方人念佛又将转生到什么地方呢?总之一句话，要想见到西方净土，不必等到下辈子转生，也不必舍近求远，只要做一件事就够了，这就是净化自己的心灵！

"问苍茫大地，谁主沉浮？"至此，想起毛主席"舍我其谁"的铿锵回音："恰同学少年，风华正茂，书生意气，挥斥方遒。指点江山，激扬文字，粪土当年万户侯！"确是伟人的远见卓识与深谋远虑。

当今世界呈多元化发展趋势，突破一元思维解读模式已是必然。贯彻"十七大"精神，推动社会主义文化大发展大繁荣，既需要"返璞归真"，更需要推陈出新，只有这样，才能回归到"天高地大"的"天理"上来，"天理"就是人间至高无上之"理"，也就是现代意义的"绝对真理"。

137

解码一种博大精深的学说

记得儿时课本里有首《敕勒川》民歌："敕勒川，阴山下，天似穹庐，笼盖四野。"今年暑期，当我登上雄延塞外千里的阴山山脉主峰——大青山，放眼望去，乌兰察布大草原广袤绝垠，一切都显得那么宁静，那么开阔，耳际，不时传来风中的长调铃声和羊羔寻母的咩唤，此时，想不出用什么美妙的语言能勾画出如此宽广的视野与内心的情感，那确是一种非凡独特的享受。

漫步在清风香草的草原上，我的思绪在纷飞中流转、在飘逸中变幻，任丝丝心雨飘洒舞动，任点点疑惑浮出水面：

似"穹庐"的"天"，是如何"笼盖四野"的呢？

为什么生活在同一片蓝天下，有的人总要抗拒大自然的"天规"、"天理"？

自古许多帝王为何都想长生不老、甚至找方士炼不死仙丹？

有个长得颇有老子遗风的学者说，这里面有个关键点，就是会不会用"道"来校正心理。

"道"是什么？先贤说，"一阴一阳之为道"，古代关于"阴"与"阳"的说法，最早起始于自然的日月运行中白天与黑天的意义，后来延伸到生活中的各种现象里。"道"就是规律，"阴"与"阳"又是一种对立的现象。如果把这句古语翻译成现代汉语，在马克思主义哲学里可以找到一句再贴切不过的话——"对立统一是宇宙的根本规律"。因为古代汉语有相当多的艺术性成分，经常是一种含蓄与形容性质的表达方式，而且"为文"根本就不允许说"白"了，说"白"了在古时就不叫"文章"。因此我们说，在古代虽然产生不出"对立统一"这个现代词汇，但不能说我们古人对"对立统一"、"相反相成"等哲学意义和道理没有感悟。不然我们就无法解释几千年来我们古人在"修身、齐家、治国、平天下"中，会把一些哲学原理把握和运用得那么成功，甚至是游刃有余。在这里，对关于"天才"的命题作一些分析，似乎会有所启发，把"天才"命题与唯物主义与唯心主义联系起来，或者上升到区别唯物主义与唯心主义的高度来认识，从一开始就是一个误会。对于"天才"的问题，不在于世界上到底有没有"天才"，而在于对"天才"作怎样的理解。人们说"天才"的本意，应该是"天然之才"，用时下的话说就是"天分"或"悟性"高一点而已，根本无需对这个词作过多纠缠。它只是对某种人才的一种比喻，或者只是一个形容词，而不是严格的学术名词。换句话说，从一开始人们就没有把它当作一个严格的学术名词来说。因此关于天才的争论，其实是在拿一个不存在的问题当靶子，是没有意义的争论。具体点说，天才就是虽然没有系统地学过什么学说，但会对某种学说有所感悟并自觉地加以运用，正如古人虽然没有系统地学过哲学，但在为人处事中仍然会运用一些哲学原理。再比如，自古以来就有许多人没有学过战争与军事理论、有的甚至是文盲，却能经常打胜仗甚至成为出色的将军，说他们是天才就是唯心主义吗？而如果等到所有学说都发明出来以后再学习、再去做事，这种逻辑才是荒唐可笑的。

说到这里，我们似乎会蒙眬地感觉到，东西方文化的区别，就在于两个不同的图形——太极图与十字架。因为文化的源头是文字，文字的源头是图形，太极图与十字架可以看成是东西方的文化图腾。那个彼此融合、互为关

139

联的阴阳鱼所构成的太极图，生动地体现了世界在两极中对立统一、无限发展的生生不息的本质，给人的感觉是含蓄的、委婉的、柔和的、圆满的。而十字架给人的感觉则是简单的、直白的、张扬的、生硬的。这些不同意义的蕴含，不能不对民族心理的形成与民族文化的发展及流向产生微妙的影响，东西方文化也不能不打上这两种不同图形的烙印。理解和悟透了这两个图形的不同，也就在某种程度上理解了东西方文化的差异中的一些奥秘。东西方思想观念和行为上的许多差异，我们都可以从这两个不同的图形中得到某些感悟和启示，甚至是根据。

目前有人竟然说中医是"伪科学"，甚至说"阴阳学说"也是"伪科学"，应该取缔中医云云，这是十分浅薄和荒唐可笑的，面对拯救了数千年中华民族芸芸众生的中医，甚至可以说这是一种不肖子孙的胡言乱语。据说英国皇家医学会也不承认中医的经脉理论，因为通过对人体的解剖确实找不到中医所说的经脉与穴位。这种方法和方向上的错误，真可以说是"缘木求鱼"。其实，分歧的原因显而易见，因为中医是建立在阴阳平衡学说基础上的，而西医则是建立在解剖学基础上的。什么是"阴阳平衡"？打个简单的比方说，就是不能只有白天，没有黑夜。只有白天没有黑夜就是只有阳气，只有黑夜没有白天就是只有阴气，这也就是阴阳不平衡，而阴阳不平衡，世界上的一切都会"乱套"。这两种学说体现在医学上的根本区别，用一句通俗的话说就是：中医把"死"人当"活"人看，西医则是把"活"人当"死"人看。中医把人体当作一个完整的有机的互相联系的系统来看，西医则把人体各个部分当作孤立的零碎的互不联系的单元来看。中医所说的经脉与穴位只能在有生命的人体上才能存在，它与生命是一体的、共生共存的，而人一旦死了，这些东西也就不存在了。中医所说的穴位，正如流水会产生漩涡、死水则不会产生漩涡是一样的道理，所以，西医即使把死尸解剖千万遍，也永远不会找到人体上的穴位。因为在有生命的活体上才存在的东西，在没有生命的死体上是无论如何也找不到的。进而我们就会理解中医治病中一种看似可笑的现象，西医是"头痛医头"，而中医则可能要用望气色、闻体味、问病史、配合切脉等诊断方法予以综合考察，结果有可能"头痛医脚"，因为引起头痛的原因有很多，如果是因为脚上长了什么东西引起的头痛，那么医好了脚上的疾病就解除了病根。如果只是医头，则只会暂时缓解一下症状，并没有解除病根。"头痛医脚"只是一种比喻，还有可能会"头痛医手"，或者"头痛医腿"、"头痛医腰"，等等。总而言之，这些看似似是而非的东西，有时可能更符合科学。用今天的眼光看，似乎中医更符合现代的"系统论"学说，而产生了系统论学说的西方，有的时候在某些方面却似乎并不懂得按系统学说来分析研究问题。

学会用"道"校正心理，希望就在我们手中。

141

倾听一种未来之音

"天籁"之音是美妙的，而美妙的"天籁"之音必将会引起人类的共鸣。

有人预言：21世纪，必将是"易经"哲学大放光彩的世纪！《易经》是中华文明的源头，"旧时王谢堂前燕，飞入寻常百姓家"。我国科学家刘子华用易学发现了第十个行星，德国科学家莱布尼茨在《易经》启发下完成了电脑数理基础的二进制，还有不少诺贝尔奖获得者言称成果的取得是受到了"易经"哲学的启示。这无疑也就是在预言，21世纪中华文明必将大放光彩。

"人法地，地法天，天法道，道法自然。"追根溯源，最终自然是决定一切的，自然规律是宇宙的终极规律。不可否认，人既有自然属性，又有社会属性，既受自然发展规律的支配，又受社会发展规律的支配。但更不可否认的是，社会发展规律终究要受自然发展规律的支配。破坏了自然的系统，也就打破了全人类赖以生存与发展的系统。更何况，按照人类普遍接受的宇宙"大爆炸"学说，人类科技无论如何发展，也永远决定不了宇宙何时发生"大爆炸"与何时"湮灭"。

丁亥盛夏，来自全球34个国家和地区的中外诗人，在首届青海湖诗歌节共同签署诗歌宣言："把敬畏还给自然，把自由还给生命，把尊严还给文明，把爱与美还给世界。"可以说，从苍茫高原传来的这一神圣呼唤，代表了人类热爱自然、追求和谐、向往和平的共同心声。自然问题正越来越成为全人类共同关注的焦点与核心，甚至仅仅一个全球变暖，就已引起各国的普遍重视，因为这关系到人类的生存与毁灭。可以毫不夸张地说，在人类已经对宇宙和自然规律有了空前认识的今天，自然的一切变化都牵动着人类，人类的一切最终都决定于自然的变化。

中国诗词里最具科学意义的一句是什么？有人说是："古人不见今时月，今月曾经照古人。"甚至说，爱因斯坦关于相对论的论文完全不必要写那么长，只把中国这句诗引用一下已经足够了，这里所蕴含的意义难道不正是"相对论"的时空观吗？至少可以看作是对"相对论"思想的一种文学解读。

20世纪50年代建人民大会堂万人大礼堂时，遇到了一道设计难题：一座能装进整个天安门城楼的偌大礼堂，如何保证让所有人都听得清、看得见？如何在保证顶棚绝对安全的同时不会让观众产生压抑感？令著名设计大师张缚大感意外的是，这道世界性难题，最后竟在周总理吟诵的"落霞与孤鹜齐飞，秋水共长天一色"诗句中找到了答案。且听周总理的睿智解答：人站在地上，并不感觉天有多高，站在海边，同样也不觉得海有多远，为什么不从落霞孤鹜、秋水长天的意境出发，去作抽象处理呢？！张缚心领神会，拿来纸笔首先给礼堂的穹顶设计了三圈水波形的暗灯槽，与周围装贴的淡青色塑料板相呼应，灯亮之时犹如波光盈盈，一下子有了"水天一色"之感。建筑师们还在整个穹顶开了近五百个灯孔，人坐在观众席内，抬头可见"点点繁星"，仿佛置身于浩瀚夜空，没有一丝一毫的沉重压抑之感。一千多年前的一篇美文竟解决了一道当今世界性建筑难题，这，算不算世界级创新呢！

人类的渴望与追求是什么？有人说：也可以用苏轼的一句词来表达："明月几时有，把酒问青天"。"明月"是对美好事物或美好理想的一种形容，这句词表达的是人类追求美好事物与美好理想的一种永恒的渴望。

被誉为百经之首的《易经》中说："天行健，君子以自强不息"。什么是"天行健"？就是说宇宙或自然运行的规律永远是发展前进；什么是"君子以自强不息"？就是说进取之人的行为应该符合宇宙或自然规律，按照宇宙或自然运行的规律"与时俱进"。而《易经》之"易"字，有的学者解为上面为"日"、下面为"月"，笔者深以为然。的确，日月经天、江河行地，随着时间与空间的变化，一切都在变化。在这里想起了一句十分有意思的话：世界上的一切都在变，只有"变化"是永远不变的。人类就是要在这种日月轮回、不断变化之中把握事物的发展变化，这似乎才是"易"之真"经"。

毛泽东曾说过："不学易，不足以谋大事；不学易，不足以解天地。"

所谓"大道通天"，其实是说"大道"即大规律与"天理"是一致的与相通的。而古人所说的"不知道"，其原意是不懂得"道"，也就是不明白事物或宇宙的运动发展规律。

人们常说"人命关天"，毛泽东还说过"妇女能顶半边天"。在这里，"人"就是"天"，"天"就是"人"。而"人"分男人与女人，世上只有女人不行，只有男人也不行，所以各占半边天，有了男人与女人，才是一个完整的"天"。在当时提出这句话的意义是，提倡妇女解放，尊重女人作为人的一切权力是"天经地义"的。

古人提出的"天人合一"思想，作为中华传统文化之瑰宝，一直被历代先哲发展成为各自的的学说。

那么，什么是"天"？"人"的具体所指又是什么？在甲骨文中，"天"字是一个人伸展着双手和双脚的"大"字图象，上面加上一横，就代表人头上的天。如果用系统论去划分，"天"是一个母系统，"人"便是母系统内的一个子系统。"天"的自然变化信息亦可在"人"的身上显示出来，"人"的行为统一于"天"的生息运作规则中。因此,"天人合一"就不再是简单意义上的人与自然的和谐相处,而是说天与人之间是一个密不可分的统一整体。

"天地与我并生,万物与我为一。"这是一种境界,表明人类从"必然王国"到达了"自由王国",最终是一切自然规律都化作了人的自觉行动,世界上的一切都是"自然而然"、"顺理成章"、"从心所欲",用马克思主义理论解释就是达到了人的彻底解放的境界。

中国承办 2008 年奥运会的主题词是:"同一个世界,同一个梦想"。笔者认为是十分贴切的,也富有诗意。只要地球是转的,"天"就是全人类共有的。

著名蒙古族歌手腾格尔在他那首广为流传的《天堂》歌曲中这样唱到:

蓝蓝的天空,

清清的湖水,

绿绿的草原,

这是我的家……我的天堂!

人类应该找到属于自己的富有生机的理想"家园"。

批判一种泡沫文化现象

当下，有许多文化现象值得深思。

有人提出，为了提高民族自信心，必须抵制西方"圣诞节"；有人提意取消中华民族"龙"的图腾，说龙张牙舞爪，会加深"中国威胁论"的意象，建议用"熊猫"代替"龙"，会给外界一个可爱亲和的形象；有人倡议实行"黄帝"纪年，废除公元历法，借以增强民族自豪感；接下来，又有张三学者口诛笔伐"倒"李四学者、王五明星穷追猛打"批"杨六明星传播"垃圾文化"；为了追求"卖"点，出版界刮起一股"颠覆"狂飚，不少让人大跌眼镜的奇书相继出笼。继孔子被贬成"丧家狗"后，李白被戴上了"大唐第一古惑仔"的帽子，诸葛亮被鉴定为"中国最虚伪的男人"……而蒲松龄笔下的狐狸精却被解读为"有灵气的白领丽人"，结果招来网上板砖横飞，口水四溅；还有各路所谓文化名人开骂鲁迅、歌颂秦始皇知人善任、提议给秦桧以人的尊严，让他站起来，别总是跪在哪里，以及做梦与刘德华"有缘"并导致老父跳海自杀仍不肯罢休的，而在国内某高校为十一位"影响世界华人盛典"的颁奖典礼上，十位著名科学家、发明家如杨振宁、陶一之、张霞昌、刘醇逸、陈易希等遭到媒体和大学生的冷遇，唯独影星章子怡受到热捧……

这光怪陆离的场景，好似一群服了摇头丸、喝了八大碗的醉酒狂徒，有喊破天的，有骂破天的，有哭破天的，有笑破天的，乱哄哄，甚荒唐，你方唱罢我登场，煞是热闹。凡此种种，忽然想起赵本山小品里的那句话"这个世界太疯狂了"……

都说"沉默是金"，可现今世风为什么如此这般喧嚣浮躁？经济发展过程中的某些情况下会产生泡沫，那么，政治、文化发展过程中的某些情况下，金子为什么也变成了泡沫？

深思一下，也不值得大惊小怪，社会的变革、转型、震动、挤压，东西方文化的融汇、冲击，传统与现代理念的磨合、碰撞，必然会产生文化泡沫。

"泡沫"现象，说到底，是表达存在及引人注意的一种方式，成为部分学人沽名钓誉的捷径。

曾统治山西三十多年、有民国政坛"不倒翁"之称的阎锡山说过这样一句话：存在就是一切。颇耐人寻味。没有"存在"就什么都没有了，似乎人天生就应该拼命表达自己的"存在"。

一个艺人的成功靠的是出色的演技，而不在于是否有多少绯闻；一部电影能否荣摘"奥斯卡"桂冠，那是作品实力的较量，并不在于是否满篇"尽带黄金甲"。说到底，衡量一个人的价值最终要靠实质性的东西裁定。其实，这与一代伟人邓小平说的要讲"硬道理"是相同的逻辑，说白了就是不要"整没用的事"，不要做"无用功"。

从生命哲学的角度来说，"存在与虚无"的命题从来就令人关注、与时并存且挥之不去，记得法国著名哲学家萨特专门写过《存在与虚无》一本书。因为人终究会死，会变成"无"。人本身也是一个从无到有、从有到无的过程，而各种虚无主义包括"历史虚无主义"总是阴魂不散，一遇时机便会兴风作浪，也是有其存在的必然性。正因为如此，在社会发展的某种阶段或关口，人们总会看到"历史虚无主义"的阴影屡屡出现。且看中国四大名著之一《三国演义》的开篇词曰：

> 滚滚长江东逝水，
>
> 浪花淘尽英雄。
>
> 是非成败转头空，
>
> 青山依旧在，
>
> 几度夕阳红。
>
> 白发渔樵江渚上，
>
> 惯看秋月春风。
>
> 一壶浊酒喜相逢，
>
> 古今多少事，
>
> 都付笑谈中。

如果说这首诗是表现虚无主义的名篇，估计不会有太多疑义。

"虚无"以"主义"的形式存在，本身就说明了它是存在或潜存着大量"信徒"的。而虚无主义在杰出的文学与艺术作品里大量出现，甚至会产生强烈的震撼作用，正是因为它触及了人类对生与死、爱与恨、有与无这类永恒主题的深刻关怀与深沉思考，或者也可以说这是人类对自身"终极关怀"的重视。如果稍留心一下，不难发现，古今中外许多文学艺术作品中都弥漫着甚至是难以抑制地散发着一种虚无主义情怀。

《红楼梦》里的跛足道人，疯癫落拓，麻鞋鹑衣，口内念着这样几句言词：

> 世人都晓神仙好，唯有功名忘不了！
>
> 古今将相在何方，荒冢一堆草没了。
>
> 世人都晓神仙好，只有金银忘不了！

终朝只恨聚无多，及到多时眼闭了。

世人都晓神仙好，只有姣妻忘不了！

君生日日说恩情，君死又随人去了。

世人都说神仙好，只有儿孙忘不了！

痴心父母古来多，孝顺儿孙谁见了？

跛足道人还对甄士隐笑着解释道："你若是听见了'好''了'二字，还算你明白。可知世上万般，好便是了，了便是好，若不了，便不好；若要好，须是了。我这歌儿，便名《好了歌》。"

妙玉也有句"妙语"："纵有千年铁门槛，终究一个土馒头"，意思是人不过是世间的匆匆过客，到头来人人的归宿都不过是一个像馒头一样的土坟包、最终还是化作了一抔黄土；曹操在《短歌行》中发出了"对酒当歌，人生几何。譬如朝露，去日苦多"的慨叹；苏东坡在《念奴娇·赤壁怀古》中吟唱出"大江东去，浪淘尽，千古风流人物……谈笑间，樯橹灰飞烟灭……人生如梦，一樽还酹江月！"的绝响；李白在《将进酒》中抒发了"君不见黄河之水天上来，奔流到海不复回！君不见高堂明镜悲白发，朝如青丝暮成雪。人生得意须尽欢，莫使金樽空对月"的豪情，这些作品都从某种意义上反映了虚无主义的主题。

按照史蒂芬·霍金现代自然科学的理论，绝对的永恒是没有的。因为宇宙有产生也有"湮灭"，人类唯一可以获得安慰的是，在宇宙"湮灭"后仍然是其中的一分子。因此，人类追求永恒、希望不朽及青史留名等，只不过是一种相对的寄托，那么寄托在哪里呢？想起了一个说法："书终以传世，人终为灰土"。

按照古人的见解，只有三件事可以使人名垂青史，那就是"立功，立德，立言"，有大功于世、有大德于世、有名作于世，或可为后世造福，或可成后世之范，或可为后世之学。据科学家计算，人类社会至今大概存在过850亿人口，但我们知道的仅仅是那些在政治、经济、文化、科学、艺术、军事等领域对后世有杰出贡献的一部分人，其他的大多数人只不过是一个理论数字，没有太多的意义。都说"人活一世，草木一秋"，把自己视如"草木"一样，或者正是大多数人面对"永恒"与"不朽"所产生的一种无奈情绪的表达。所以说，人只有进入历史，才会变成一个具有历史生命的人。书也一样，只有那些名著名篇才能流传后世，不能流传下来的其实也就等于零。人与书的历史生命，其实就是人们追求的历史价值。人类追求人生的意义，其实就是在追求自己在人类历史上的重要性，而衡量这种重要性的标准或检验这种重要性的尺度，就是人是否具有历史生命。但这也可能正是有些人推崇"不能流芳百世、也要遗臭万年"极端行为的原因之一。

"神"是什么？其实最重要的也就是"不死"，如果像人一样有生有死，那就不是"神"了。什么是"神品"？也就是不朽的作品，比如中国的"四大名著"，就可以说是"神品"，因为它可以流传万世。这些都不过是人类追求永恒价值的一种具体体现。

其实，现代宇宙学大科学家史蒂芬·霍金在《时间简史》里关于宇宙大爆炸的学说，用中国的四个字就可以概括出来，即"无中生有"，这似乎也表明现代科学关于宇宙起源的学说与中国文化关于宇宙起源的某些理念是不谋而合的。如果对"无中生有"再细化一下，我们就可以看出其中的原委，《易经》中有四句话可作参考："无极生太极，太极生两仪，两仪生四象，四象生八卦"，这描述的正是宇宙生成的过程。"四象"分别是春、夏、秋、冬；"八卦"分别是乾、坤、离、坎、震、巽、艮、兑，这八个字分别代表的是天、地、火、水、雷、风、山、泽；如果与史蒂芬·霍金关于宇宙起源的学说对照一下，其中的奥妙就可以显现出来："无极"的状态大概可以与宇宙起源学说中的整个宇宙处于一种基本粒子状态（即气雾状态）相对应，"太极"状态大概与宇宙起源学说中的产生原子的状态相对应，"两仪"状态即是有了正负电子碰撞发生了大爆炸产生各种星球实体的过程，"四象"就是"大爆炸"后产生了无数星球之一的地球上有了春、夏、秋、冬四季，而"八卦"则是更丰富的自然界的八种大的物象。人类社会所有的事情都不可能脱离"八卦"，除非你是外星人。

151

"天不言自高，地不言自大"，这就是"沉默是金"的理论根据。换句话说就是应该讲点"硬道理"，树立正确的价值观。因为人的意义不是吹出来或叫喊出来的，要使人的意义不仅仅是一个一般生物过程或者平庸的过程，只有经过历史的大浪淘沙沉淀下来并成为"金子"作为后世财富，才是有价值和珍贵的。

写到这里，想起电影《背叛》里一位诗人慷慨激昂演讲中的几句话：想做政治家吗？拿出纲领来；想做文学家吗？拿出作品来；想做诗人吗？拿出"金子"来……

"泡沫"现象，可能是历史发展过程与阶段中必然出现的一种现象，它不自今日始，也不自今日终。但泡沫终究是泡沫，它不会变成任何实质性的东西。它会产生，也会消失。

问卜中华汉字之神奇魅力

世界范围内，没有哪个国家的语言能比中国象形文字更加寓意丰厚、魅力无穷！传说黄帝史官仓颉造出字后，"天为雨粟，鬼为夜哭，龙为潜藏"。在中国人心目中，文字的力量惊天动地。五笔字画可谓"一点飞花轻似梦，横看成岭竖成峰。一撇一捺写人生，变幻莫测意无穷。"

近读冯梦龙《警世通言》，看到他对"酒色财气"的点评："酒是烧身硝焰，色为割肉钢刀，财多招忌损人苗，气是无烟火药"，禁不住背脊直冒凉气。但是，当读完"饮酒不醉最为高，好色不乱乃英豪；无义之财君莫取，忍气饶人祸自消"后，又不禁大为释然，吐出一口畅快之气。

人生在世，酒色财气四者脱离不得。若无酒，失了祭享宴会之礼；若无色，绝了夫妻子孙之事；若无财，天子庶人皆没用度；若无气，忠臣义士也尽委靡。世事成于这酒色财气，也败于这酒色财气；人间福自四字而生，祸亦由四字而起。

著名作家张恨水在寓言式长篇小说《八十一梦》中，用"酒色财气"四字讲述了一则无情鞭挞贪官污吏的精彩故事：话说玉皇大帝召集诸神将开会，关公应邀来到南天门，却受到四大天王的挡驾："不准进去！"关公听罢，面露愠色，说道："我有玉皇大帝请柬，为什么不让进？"天王道："今天开会有规定，凡沾染酒色财气的人一律不许入内。"关公说："我都没有啊！""哎呀，瞧你脸红红的，谁信你没喝酒呢！""那色呢？""你带着俩美妇人一路连闯五道关隘，这个有'色'的嫌疑啊！""那么财呢？""你在曹操那里，他每天对你上马一盘金，下马一盘银，说明你贪财嘛！""那气呢？""你过五关斩六将，杀了多少人呀！就连自己的头被人家砍了后，你还在空中怒吼'还我头来！'你脾气多大啊！"关公一听，这酒色财气自己全沾边了，看来没资格进去开会了。正当他闷闷不乐准备打道回府之时，忽然看到一部汽车从天宫后门开了进去，"咦，那个家伙，袁世凯，他怎么从后门溜进去了呀？""人家有银元啊，袁大头啊！""呸！"关公低头狠狠啐了一口，待抬起头，气更不打一处来了，但见蒋介石坐着一辆豪华车从前门长驱直入了，关公跺了跺脚，厉声质问天王："他怎么可以大摇大摆从正门进去了呢？""人家蒋委员长四个字都不沾呀！""怎么不沾？""酒嘛，烟酒公卖，可见他自己一点都不抽不喝；色呢，他与毛夫人都离了，跟宋美龄结婚，可见不好色；财呢，他办了四大银行，印了多少钞票给老百姓用啊！可见他不贪财。""那么气呢？""至于这个嘛，人家更合格了，中国那么大地方，三分之二都丢了，他也不生气啊！""这，这，这阳间什么世道啊！我还是回阴间去得了！"关公放声大笑，踏上了返回之路。

同是"酒色财气"，在开国领袖眼里，却变成了治国纲领。据一位文化界人物回忆，建国初，党和国家领导人都在琢磨着如何建国这件大事，在一次政治局会议上，毛泽东出语惊人："治国大计无非'酒色财气'四个字！"接着，他对四字作了逐一阐释：酒，乃粮食精也，这么大一个国家，粮食搞不好，人民没饭吃，就会出乱子；色，代表家庭，家庭是社会的细胞，家庭稳定是社会稳定的基础，所以要出台一部好的婚姻法；人常说，财乃润家之宝，当家都得理好财，况且治理一个国家呢，所以财政一定要搞好；气，为造命之由，"人是要有一点精神的"，一个国家、一个民族、一个军队，一定要有志气、民气、士气，否则，什么事也做不成。一席话，说得在场者无不佩服有加。

领袖人物的伟大之处，往往表现在他具有翻天覆地的气魄，善于化腐朽为神奇的非凡才能，毛主席堪称这方面的典范与楷模。

从"酒、色、财、气"所演绎的精彩故事、揭示的深刻道理、彰显的神奇魅力中，越来越多的人意识到，作为人类最古老、唯一流传至今的三种象形文字之一的方块汉字，与渐次衰亡的美索不达米亚平原上的苏美尔人创造的楔形文字和古埃及的圣书字的不同之处，就在于它超越了时空与方言的特长、有着拼音等文字不可比拟的古今信息储存量，并且富有极强的衍生演变能力，可谓字字珠玑落玉盘，句句寓意幽深长。《论语》开篇第一句话："学而时习之，不亦说乎？"其中的"习"字，就独具精致、微妙、传神之处，繁体字的"习"字上边一个"羽"、下边一个"日"，用象形的含义来理解，"羽"代表向上飞，"日"代表每天有新的收获。整个意思就是说：你只要学习了，并且注重结合实践，每天就会有新的进步，这才是人生中的快乐之事。著名作家苏叔阳用描写风景的联句道出了汉字的博大精深与美妙绝伦，显示出这位学者的如炬眼力和灵巧匠心：

　　白水'泉'边女子'好'，少女更'妙'；

　　山石'岩'下古木'枯'，此木为'柴'。

他不无自豪地说，方块汉字是中华民族修建的文化上的万里长城。并断言，随着电脑汉字信息处理技术的突破，汉字必将成为21世纪人类最科学的文字！

目前，许多西方科学家也心悦诚服地赞叹道：汉语的魅力就在于当你读着它时，脑子里就会随时随地引发联想，产生灵感火花，这种神奇效应是其他任何一种语言都无法比拟的，以中国文化为主体的东方文化必然会在本世纪有新的崛起，重新屹立在世界的东方，放射出灿烂的光芒！

目前全世界共有5651种不同语言，被确立为独立语言的有2790种，其中大语种有13个，在联合国6种文字印成的官方文件中，汉语是最为古老的一种，却往往是最薄的一本。有世界级专家预言，计算机语音输入最具有希望的是汉语，因为汉语是二维信息，所以是生动的、高效的，而拼音文字属于一维信息，因此它的密码型是枯燥的、低效的。在英文世界里，能读懂500年前的文学名著是件了不起的事，不是所有受过大学教育的人都能达到。可在中文世界里，又有谁会对仅有中小学文化的人能够流利读完500年前的四大名著而感到惊奇？在历史的长河中，汉语的文明史远比英、法、意大利、阿拉伯等语种源远流长，并将恒久保持着强盛的生命力。

为汉语骄傲吧，因为它是我们民族的瑰宝！

书径咀华
SHU JING JU HUA

阅读是闲庭幽径的怡情漫步，

阅读是琳琅风华的潜心品鉴，

阅读是烟水小舟的浅饮轻酌，

阅读是红泥炉旁的娓娓诉说，

阅读是仰望天空的心灵对话，

阅读是人生远航的指示罗盘。

——题记

西方思想大师曾主张"全盘中化"

  17世纪与18世纪之交，欧洲启蒙运动时期，中国儒家倡导的"性本善"、注重德治教化的"四书五经"被介绍到欧洲，很快在一些蓝眼睛高鼻梁的启蒙运动先驱者中间掀起一股影响深远的"全盘中化"潮流：孔孟老庄的哲学，成了高雅人士的谈资，他们从儒家思想中的尊重理性、道德，排斥迷信、暴力因素中得到启发和鼓舞。中国的诗歌、戏剧、小说被大量译介，在欧洲大陆广为传颂，就连中国的瓷器、茶叶、宫室也被不少人所喜爱推崇，法国的凡尔赛宫竟也模仿圆明园建造。被誉为"思想之王"的法兰西启蒙运动杰出先导伏尔泰，站在欧洲中世纪与近代社会的转折点上回望东方，发现中国先贤孔子早在两千年前提出的理想社会模式集中了人类智慧，由衷地发出"历史始于中国"的惊叹，极力推崇孔丘为天下唯一的师表，在自己的礼拜堂悬挂孔子像，写诗赞美，朝夕礼拜，甚至公然主张欧洲各国应当将中国作为典范进行效仿；德国哲学家和数学家莱布尼茨对中国文化特别是孔子思想中的理性救世精神深表景仰，认为中国以道德秩序治国的思想是治国的根本，也是西方落后于中国的原因，他写信给康熙皇帝，建议在北京开办科学院，主张将汉字作为世界文字。他的学生沃尔夫用德语在大学讲授儒家思想；百科全书派领袖狄德罗等人也对中国文化特别是孔子学说十分倾倒，认为孔子学说简洁可爱，不要暴力和迷信，强调以道德理性治国平天下，与教会的迷信观念完全不同。英国作家尤斯塔斯·巴尔认为中国在政治学方面超过了所有其他国家，而对于伟大的孔子所收集、整理和评论过的那些政治原理，怎么予以赞扬也是不过分的。

忽如一夜春风来，"泛中国化"的"梨花"在欧洲各国盛情开放，中国的政体被视为最佳政体，中国的皇帝被视为世界明君楷模，以仁义诚信治理国家的理念更被奉为圭臬，中国的道德被视为世界上最完备的道德规范，中国风格一时成为欧洲人追慕的时尚。

持续一个多世纪的中国热，对西方的哲学、政治经济学和政治思想都产生了莫大影响，进而影响了法国大革命和美国革命。

这种崇拜是当时特定时代背景下的产物。欧洲在经历了中世纪罗马教廷长时间的黑暗思想控制之后，终于迎来了宗教改革和新教崛起催生的调谐型"心态文化"大气候，灵性创造能力空前大解放，科学主义和人文思想蓬勃兴起，基于怀疑和批判的哲学思想大行其道。启蒙学者们一方面肯定基督教教义中理性的人本主义的道德观念，同时急切地希望从外来文化中汲取可以充实自身的营养。当时欧洲小国林立，法律没有普遍通用的效力，生产力水平相对低下，正处于即将到来的革命性起飞的前夕；对照中国社会的富庶景象，统一的政治局面，严谨的律法制度，以及悠久独特的文化，给他们思想上造成了震撼性冲击。中国皇权独尊儒术，标榜德政和礼治，使得反对欧洲教会和世俗二元律法制度冲突的思想界不胜向往，儒家学说中的仁爱和德政与启蒙学者所倡导的古希腊哲学，尤其是柏拉图、苏格拉底和亚里士多德的学说相通相融，这更引起了他们的兴趣，甚至导致作为法国宪法的《人权宣言》中出现了儒家的道德格言："己所不欲，勿施于人。"

然而，随着时光的推移，在这轮"各领风骚数百年"的东西方文化碰撞中，西方知识界终于对这股"全盘中化"的思潮提出了质疑和抵抗。杰出的启蒙思想家孟德斯鸠、卢梭、赫尔德、黑格尔等在对中国作了逐渐深入的了解后，指出在中国的繁荣背后潜伏着种种弊端和危机，如文化专制主义腐败、统治者倒行逆施、无力抵御外族侵略以及人民任由统治者生杀予夺的无权状态，更大的软肋则是重教化轻法制的文化传统，根本不如尊孔人士想象和描述得那么美妙。在黑格尔眼中，孔丘只是一个实际的世俗智者，算不得一个哲学家，"在他那里，思辨的哲学是一点也没有的……只有一些善良的、老练的、道德的教训，从里面我们不能获得什么特别的东西。"到了十九世纪，欧洲实现了从农业社会向工业社会的转型，资产阶级在经济和政治领域的变革已经完成，并开始发动对中国的侵略。自此，中国从泱泱天朝大国沦为俎上鱼肉，孔子的形象也一落千丈，"泛中国化"的乌托邦神话终于寿终正寝。

悲乎？憾乎？早已不重要了，唯有从厚重的历史中唤醒、唤起、焕发；唯有举国上下振奋、振作、振兴，我们应当清醒地走自己的路。

162

管理新知

　　20世纪，在世界范围内，流行一句口号："向军队学习管理"。从军队借鉴管理经验，是人类组织管理的普遍行为。我们甚至可以这样认为，商业改变了社会，军队的管理思想和方法改变了商业思维与习惯。

　　在美国访问时，听不少人说，美国最优秀的"商学院"不是哈佛，也不是斯坦福，而是西点军校。

　　据《美国商务年鉴》统计，第二次世界大战以来，在世界500强企业中，西点军校培养出来的董事长有1000多名，副董事长有2000多名，总裁、总经理、董事有5000多名。许多世界级企业家都是军人出身，如全球最大最著名的快餐服务集团麦当劳、肯德基的创始人，连续4年位居世界500强首位的沃尔玛，其创始人山姆·沃尔顿是拿着5000美元复员费开始第一零售帝国征程的。堪称汽车行业"百年老店"的福特公司，1945年，由于经营管理不善，企业出现了亏损。此时，老亨利·福特让位于孙子亨利·福特二世。亨利上任后大胆起用以查尔斯·桑顿为首的10位美军青年退役军官，这些退役军人为福特公司建立起了科学的管理制度，为企业管理注入了新鲜理念，后来，这10位退役军官被称为"蓝血十杰"。他们中先后出了两任美国国防部部长、两任世界银行总裁、两位斯坦福商学院院长、8位企业总裁。这些退役军人改变了二战后美国的商业管理理念。"蓝血十杰"成为美国现代企业管理之父。20世纪90年代初，通用公司董事长杰克·韦尔奇决定：每年选拔 200 名退役军官充实到企业中层以下的管理队伍中，并且要求通用的各级管理者要逐批到西点军校接受军训。

翻开中国企业近 30 年来的发展历史，我们可以看到，创造了这个繁荣时代的中国企业家中，有许多是转业军人：如联想的柳传志、海尔的张瑞敏、华为的任正非、华润的宁高宁、万科的王石、华远的任志强、科龙的潘宁、杉杉的郑永刚、宅急送的陈平等，可谓星光灿烂。据统计，在中国排名前 500 位的企业中，具有军人背景的总裁、副总裁就有 200 人之多。

探究一下潜伏在中外这两组数字背后的"运行规律"，颇有意义。

鉴古察今，自从人类社会诞生以来，便有了组织者、管理者、领导者。在我国过去的几千年历史中，多是以文章来取才，谁考上状元、进士谁就当官。结果如何？文章写得再好的人，不一定能做个好官，即使当了皇帝也概莫能外。比如宋徽宗，文章写得漂亮，画也画得非常好，如今他的一幅画能值几千万！但皇帝当得却太"水"了，靖康之变，被金兵俘虏到五国城，最后死在北国；南唐后主李煜，诗词写得妙极了，当了俘虏被人家用绳子捆了，还即兴做了一首《破阵子》："四十年来家国，三千里地山河。凤阁龙楼连霄汉，玉树琼枝作烟萝。几曾识干戈。一旦归为臣虏，沈腰潘鬓消磨。最是仓皇辞庙日，教坊犹奏别离歌，垂泪对宫娥"。你瞧！多可笑啊！成了"困兽俘虏"，还要教坊奏乐，这不是极大的自我讽刺么？所以说，把我国沿袭几千年的用科举制海选人才的方式和国外商学院更多地是教给学生专业商业知识的作法相比，前者是比较缺乏对一个人最基本的人文素质及意志体魄的培养锻炼的。相反，类似西点军校的教育则更注重塑造领导者的最基本素质——准时、守纪、严格、正直、刚毅；日本人在教育上强调先要"野蛮其体魄，强健其精神"，然后再增加其知识与智慧，这样才能造就杰出人才，也是十分有道理的。

正如火车有火车的轨道、飞机有飞机的航线一样，管理有管理的一套科学、领导也有领导的专门学问。

164

追根溯源，有学者研究指出，从管理对象来说，人类社会的管理体制大体经历了这样五个递进阶段：

第一个阶段是奴隶人的原始管理阶段。无论是奴隶社会、封建社会、还是资本主义原始积累阶段，劳动者都被当作奴隶人看待，那时候为了提高生产效率，管理者靠的是简单粗暴的强制手段。

到了第二个阶段，就是对经济人的科学管理的阶段。通过使用物质刺激手段，提高经济效益。随着大工业的发展，机器和技术越来越复杂，相应地要求工人的文化水平越来越高。工人的知识高了，文化水平高了，再用奴隶人的管理方式就不适应了。最后，泰勒研究出了科学管理方法，什么方法呢？定额奖惩制度，以物质刺激来提高积极性，你干好了我多给你钱，你干得不好我少给你钱；每天生产定量，多了就奖励你多少钱，少了就减你多少钱。

第三个阶段，是基于社会人的参与管理阶段。第一次世界大战后，社会主义运动风起云涌，资本主义面临空前的危机，这时候资产阶级的领导人觉得原先的管理方法根本行不通了，按照马克思的观点，资本主义的发展是社会主义促进的结果。像法国的里昂工人大罢工，把资本家的办公室都给砸了，政府用大炮对着游行队伍，用炮轰都没能镇压下去。资本家们看不行了，就开始学习社会主义的方法，他们派了位有名的专家凯恩斯教授到苏联学习了很长时间，才搞明白一个理：人不可被剥削得太过分，你要把他作为社会的人，给他一定的民主、自由和福利，给他在单位提意见的权利，这样才能充分调动他的积极性。后来，美国哈佛大学一位专家根据他的理论，进行了实验，得出结论：管理对象并不是把金钱利益当作唯一动力的经济人，而是受到社会、家庭影响的社会人，要调动被领导者的积极性，就必须建立领导者与被领导者良好的人际关系。让被管理者参与单位的决策，从而使领导科学有了新的发展。

第四个阶段，是基于事业人的价值观阶段。在西方资本主义国家，物质文明高度发达，那是由于他们已经发展了500年了，再就是当年他们对世界各国的掠夺。比如，近代中国自鸦片战争后100年签订了1000多个不平等条约，赔了1000亿两白银，基本上全流到西方七国去了，那多少钱啊！有人算了一下，平均每个中国人5万美元。现在每人5万美元，小康社会早过了。这些钱哪里来的？是我们中华民族5000年积累下来的，八国联军打进来，全叫他们搞走了。他们怎么富的，就是这么富的。在这种情况下，领导管理阶层感到靠物质刺激和感情笼络还不能完全调动大家的积极性，还有局限性，尤其是对于一些高智能的管理对象，像博士、硕士、专家，你用这些办法就不灵了，因为这些人看中的是自身价值的实现，看中的是成就和事业的价值。单位给他的待遇不一定高，但只要让他事业成功，他就感到很自豪。在这种情况下，就出现了以培养成就感、激发事业心的价值观的思想。最早也是美国人和英国人联合提出来的，一个是英国格林尼治天文台长，做了15年的台长，作出了很多贡献，对英国经济发展起到了举足轻重的作用，但他的职务相当于政府的一个科长，英国女王到那里参观时听说后十分感动，要给他提高待遇，要提高到咱们国家的部级待遇，他对女王说千万不要提高，正因为这个职务很低，待遇很低，没有人看中这个职务，我才能在这里作出这么多的成就，如果把这个职务提高了，好多人就来争这个位置，他争到了，可他未必有这个本事，结果就不会有人创造这么多的繁荣成果了。还有居里夫人，一生作了很多的贡献，发现了镭，但她也不要钱，只要让她把事业进行下去就可以了。

第五个阶段，是基于复杂人的权变管理阶段。随着管理科学的发展，人们发现，被管理者的需求和特点是具有多样性的，在基本需求得到满足以后，有的侧重于物质利益，有的侧重于情感需求，有的侧重于价值实现和事业成功，所以单一的管理模式不能满足复杂的管理对象，必须根据不同的对象，采取不同的管理办法，这样才能充分调动被管理者的积极性，这就出现了因人而异的权变管理思想。可见，对人的管理，就是这样经历了从低级、中级到高级的阶段，这是从管理对象出发而言的。

从管理单位来看，这类管理也经历了三个阶段：

一是家长制领导阶段。工业革命以前，生产规模比较小，生产单位以家庭手工业作坊为主，这些作坊都是一个师傅带一个徒弟，师傅既是技艺的传授者，也是生产的组织者，一个作坊就是一个大家庭，什么都是师傅说了算，这就是家长制阶段。

第二是专家领导阶段。工业革命之后，科学技术在各行各业中所占的比例越来越大，你不懂得技术，你就无法组织生产，由于当时的技术比较单一，专家既可以搞发明，也可以组织生产、当领导。于是，大批专家走上了领导岗位，比如爱迪生，一生搞了2000多项发明，生产了灯泡、钨丝，办了很多工厂，都由他来当厂长，不当不行，因为别人不懂。所以他获得了1300多项专利，赚了很多钱。这个阶段提倡专家当领导。

第三个阶段就是现在，叫领导专家阶段。进入20世纪，学科分支越来越细，科研和生产的社会化程度越来越高，社会组织结构也越来越复杂。过去三五个学科，现在少说也有上万个，分工越来越细，要把他组织起来，就要高度综合，这样就需要领导干部必须是领导专家，专门当领导的专家，说通俗了就是专门当官的专家。如：曼哈顿原子弹工程，为了谁当领导，谁来领导这几十万人争论得十分激烈。最初造原子弹是爱因斯坦提出来的，不少人认为应该由他领导，有人却认为不行，因为造原子弹涉及上千个学科，光是一个科学家的拿手学科，是不能覆盖其他学科的，爱因斯坦虽然是最著名科学家，但他研究的只是其中的一块。你要完成这项工程，领导人必须是能管理专家的专家，而不是哪一方面有专长的专家。爱因斯坦连生活都不能自理，回家连自家的门牌都忘了，这样的人怎么能领导几十万人参与的大工程呢？美国政府为此展开了大辩论，最后同意了罗斯福总统的意见，选择了学科能力一般，但能够善于团结人、组织能力很强、很有经营头脑的奥本海默，在他的领导下，美国成功研制出了原子弹，在日本长崎和广岛空投了两颗，瞬间夺去 10 万人的生命，日本随即宣布投降。从此人类进入核弹时代。

追忆一下这条漫长而崎岖的管理之"路"，我们会得到些许什么样的启示呢？

"桃李不言，下自成蹊。"从开国领袖毛泽东、"天下第一富裕村"村官吴仁宝，到马克思、列宁、华盛顿、拿破仑等一代风云人物，无不因非凡的外在业绩为后人所追捧；从"县委书记的好榜样焦裕禄"，到圣雄甘地、特丽莎修女，无不因拥有并实践了高尚的人格而令人景仰，以及许多被世人推崇为"内圣外王"理想人格的个人魅力型管理者、领导者，他们的与时俱进，他们的知行合一，他们的立德立功立言、为师为将为相，他们的知人之明，谋国之忠，同心若金，攻错若石，他们善于将威权、仁慈、德行熔铸一炉的领导行为，或许已经给出了我们答案。

以人为镜弃仕途

唐贞观十七年，著名谏臣魏征殁前，在病榻之上与管家卞思去有段精彩的诀别对话，读来令人感慨良多——

魏：二十年来，我受苦，你也跟着我受苦，我魏征对不起你呀！

卞：大人快别说了。

魏：你思去是个做官的人，你要是当官比我会当。前几天皇上来看我，我就向皇上推荐了你，皇上说，他已为你选了一个最好的州扬州，让你到那个地方去做司马，你今天就可以去吏部办关防了。去吧！

卞：大人，你一辈子都不替私人向皇上开口要官，这次却……你对我真是……

魏：去吧，去奔自己的前程去吧！

卞思去闻言，"扑通"跪拜在地，久久不肯起来。

魏：你怎么不去呀？

卞：大人，这官，在下不想去做了！

魏：为什么呀？

卞：其实，大人应该早看出来了，我当年投到大人门下，就是冲着一官半职来的！我出身卑微，之前在州县官署里打过多年的杂，虽然历练出一些见识，但是因为没有靠山，一直是个风尘末吏。后来痛下决心到京城来投奔权贵，可是别人的门坎太高，我出不起那份见面礼，只有魏大人因为穷，又正需要一个帮你撰写《隋书》的人，我才得以留下来。我原来想在府上奔走几年，得到你的青睐，就可以青云直上了，谁知你贵为天子第一倚重之臣，却从不以权谋私，这官邸里清静得像个土庙，说句心里话，我好几次都想弃你而去呀！

魏征微微一笑，说：没想到呀，你还有过这番心思。那你又为何没离开我这土庙而去呢？

卞：先前不走是因为我心有不甘，凭什么我卞思去跟你魏大人受了那么多年清苦，却一无所得就走了呢！后来不想走是因为日子久了，大人你的品行打动了我！就是再苦，我已经甘之如饴了。

魏征含着微笑，安详地走了。

卞思去呢，这位曾一门心思谋取一官半职的魏府管家，透过一代名臣这面清澈明镜，大概看到了商鞅被车裂、李斯被五马分尸、司马迁惨遭腐刑的结局，从中读懂了"贪欲是个日长夜大的巨人，对他来说'拥有'这件外衣永远太小"的深刻含义。给官不做为哪般？在他看来，做官无疑是一条流血的仕途。可是，从古到今，为什么又有那么多的人削尖脑袋、不遗余力、甚至不择手段、前仆后继往官场这条腥风血海里猛扎、狠趋、巧钻？想来，定是丢了"以人为鉴"这面古镜，或者说没有读懂写在镜子里的那句箴言："荣华梦一场，功名纸半张。"

罗斯福的"猫论"版本

1929年10月29日，纽约股市突发"10月风暴"，一天之内，55种股票指数平均下降40%，一时间，世界最大的股市宣布全面崩盘。于是，一场资本主义历史上最严重的经济危机像瘟疫一样迅速蔓延开来，各主要资本主义国家的工业生产一下子倒退到1906至1909年的水平，失业工人高达3000万，世界贸易锐减2/3，损失达2500亿美元，比第一次世界大战损失还多出一半。在美国，成千上万头生猪被抛入密西西比河，大批牛奶倒进大海，成熟的棉花全部销毁在地里，全国有1/4劳动力失业，大学毕业生能开电梯、当服务生已被视为幸运儿。当时苏联有家公司到美国招6000名技工，有10万人争先恐后报名，每天平均有300封求职自荐信飞往莫斯科，还有无数人要求迁居苏联。

危机时刻，新任总统罗斯福慧眼识珠，大胆采纳经济学家弗曼·泰勒在《社会主义国家生产指南》这篇文章中提出的建议：苏联社会主义国家的工业生产之所以能取得年均递增21%的高速发展、仅用12年就完成了资本主义国家50至100年才能完成的工业化奇迹，其秘诀就在于除了保留市场调节这只"看不见的手"之外，还增加了国家干预这只"看得见的手"，用国家计划进行调控。于是，他毫不犹豫地一鼓作气抛出了70多项"新政"法案。然而，"罗斯福新政"刚一出台，立即遭到不少大资产阶级的强烈反对，指责这一所谓"新政"太像社会主义了。面对舆论压力，罗斯福毫不妥协，依然我行我素，他是否信奉并遵循了"不管白猫黑猫，抓住老鼠就是好猫"的不二法门？我们虽然不得而知，但他的所作所为却是这种逻辑的体现。当时与总统私交甚好的人不无担忧地对他说："你的新政若能实施成功，你将成

为美国历史上最伟大的总统；如果失败了，就是美国历史上最糟糕的总统。"罗斯福回答道："如果新政搞不好，我就是美国的末代总统。"言外之意就是说，如果调控失败，美国的资本主义也就走进了坟墓。上帝保佑，罗斯福取得了成功，美国度过了危机，并走上了国家垄断资本主义道路。为此，罗斯福真的成为美国历史上最负盛名的连任四届的总统。

从某种意义上说，是社会主义的计划经济经验挽救了几近毁灭的资本主义；然而，更值得人们感慨和深思的是，正是有胆有识的罗斯福，跳出了左顾右盼的审慎防线，摘除"主义"的有色眼镜，巧借他山之石攻己之玉，才将国家从崩溃边缘拉了回来！

历史往往有惊人的相似之处。与罗斯福冲破阻力、"破天荒"地将社会主义计划经济成功引入资本主义一样，中国改革开放总设计师邓小平也摒弃紧箍咒、"破天荒"地将资本主义市场经济成功引入社会主义，可以说，计划对资本主义有"救命之恩"，市场对社会主义也有"借鉴之功"。两位敢为天下先的一代伟人，同属世界级思想大师。

"不管白猫黑猫，抓住老鼠就是好猫。"其实，这一论断在更深层次上和更广角度中隐含着一种历史的必然，也可以说是超越了某种有限的"政治"界限或"主义"层面，达到了一个真理的新的高度，那就是站在人类有史以来全部文明成果的制高点上，跃入"无限"真理的境界。

由此，我们似乎可以得出这样一个结论：在当前经济全球化、科技一体化、文化多元化、网络普及化的新形势下，国与国、人与人之间，更应该开

展"无国界"学习活动，相互借鉴，取长补短，共同推进人类社会的进步与发展。正如世界各国杂交水稻科研工作者心目中的"麦加"圣贤袁隆平所言："杂交"现象不仅在自然界存在，在人类社会、思维领域也都广泛存在。因此，国家间的相互学习和学科间的相互碰撞必不可少。我们在国际上率先实现了超级杂交稻育种目标，这只能说明在杂交稻育种领域，我国的综合水平处于世界第一，但并不代表每一个环节你都比别人强。如果你没有一个开放的心态，老是怕被别人超过，于是关起门来搞学问，那最后的结果只能是——别人都超过你！

载入"吉尼斯"的伟大批示

早就听说过"杯水主义"一词。但一直不明就里，也不知典出何处。最近从媒体上得知，原来此典出自前社会主义运动阵营中的"老大"之国，且有一段颇为有趣的故事。

据说，俄国十月革命胜利后，人民教育委员和人民外交委员（即教育部长兼外交部长）克伦特，主张妇女解放甚至主张性解放，提出了一种新的性道德理论，她随意说了一句话，很快成了广为传诵的名言并演变成了一种"主义"："男人和女人发生关系或满足性需要就像喝一杯水那样简单和平常"。而她本人性格也颇为开放，公开与

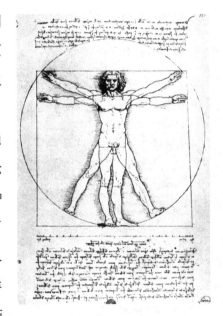

克里姆林宫的卫队长未婚同居。但当时俄国十月革命胜利后，国家百废待兴，工作千头万绪，二人感到"喝水"的机会太少，于是，私自跑到高加索疯玩了十多天。待两人"喝足"了玩够了，回来后却受到最高苏维埃委员会的"严厉"追查：托洛茨基提出将二人枪毙，最后上报给列宁审批。列宁沉思良久，在报告上作了以下批示：鉴于二人所犯的严重错误，给予枪毙的处理太轻，应该给予更重的处罚，干脆将他们打入风流恋爱的死牢——责成俩人马上结婚！

批示可谓不同凡响，英明，伟大，果敢，彰显出列宁这个"太阳"的光辉。如果要评选古今中外哪位伟人的批示可载入世界"吉尼斯"记录，我想，非这一批示莫属。因为这条批示太"人性化"了。

174

人类对于人性化的东西总是会有一种天然的认同。但批示归批示，列宁对这一理论在当时引起一些青年的思想混乱并导致性生活放纵也不满意，因此他又鲜明地指出："我认为这个出名的'杯水主义'完全不是马克思主义的，甚至是反社会的。"

想来，克伦特的"杯水主义"大概与马克思主义的"消灭一切私有制"是有联系的，即未来的共产主义社会是一个取消了政党、国家、家庭等形式的社会。正因为如此，在中国革命之初，国民党也曾污蔑共产党实行"共产共妻"等，以此制造群众的恐慌情绪。仔细想想，世界上的许多事情，不在于好不好，而在于什么时候出现什么事情才最好，或者说在恰当的阶段恰当的时机出现恰当的事物才最好。换句话说就是，随着社会发展必然要出现的正面事物才是"好"的。正像所有美好的事物一样，只有瓜熟蒂落、水到渠成才是完美的有意义的结果。比如说，共产主义社会虽然美好，如果试图在奴隶社会或封建社会里实行，则是不可思议和不可想象的，也是无比荒唐的，难免会在现实中碰得头破血流。列宁批示的伟大之处也许正在这里。因此，对倡导"杯水主义"的人，不能简单地枪毙了事，应该用现阶段应有的制度进行有效管理，让他们走进他们认为是"束缚"的婚姻"鸟笼子"里去，这才是最英明的决策，也是最圆满的结局。从这个故事里，我们也可以看到伟人处理问题的不同凡响与严密的真理性逻辑。

说到这里，似乎已经无话可说了。考虑到列宁的批示与性有关，又想到了一些多余的话，不妨说出来请大家指教，中国自古以来就有"食色天性"

的说法，"食"是为了自身的生命存在，"色"是为了未来的生命存在，这是上天或造物主的造化或者说是对生命所作的本能性的安排。否定了"食色"，也就从根本上否定了生命，从这个意义上说，"人伦"即"天伦"。中国有"天伦之乐"的说法，"天伦"之所以是"乐"的而不是"悲"的，在于"上天有好生之德"，这可能也是佛家主张"不杀生"的潜在理论根据，因此人类似乎应该"放下屠刀，立地成佛"、"苦海无边，回头是岸"。但在生物学家眼里，整个自然界就是一个维持所有生命存在的"食物链"，人则处在"食物链"的最高层，整个天下好似一场"大餐"：大鱼吃小鱼，小鱼吃虾米，虾米吃紫泥……物竞天择、优胜劣汰、弱肉强食的"社会达尔文主义"之所以被很多人信奉与推崇，大概这也是其中的原因之一。

《红楼梦》里有一句话，道是："千里搭长棚，没有个不散的筵席。" 如果说天下有不散的筵席，地球上这场巨大的生物与生命的筵席，倒可以堪称为"不散的筵席"，因为这种筵席是以生命的存在与进化为前提、基础及根据的。

"你肯定不是大教授"

　　历史是把尺子，能量出世人躯体的"高大"与"矮小"；历史又是面镜子，能照出人类灵魂的纯洁与肮脏。

　　在以各类名家、名师为代表的高层次人才队伍中，那些灿如明星的世界级大师，之所以流芳百世，万人景仰，无不源自"厚德载物"。伦琴发现 x 光，却不要奖金和专利；法拉第发明了发电机，却两拒"高官"；居里夫妇发明了镭，却不图金钱惜名誉；还有燃烧自己、照亮别人、甘为"人梯"的物理学家卢瑟福，也有放下权威架子、不耻下问求教"小人物"的化学家奥斯特瓦尔德。他们因为坦荡，所以真实；因为真实，所以恒久。

　　反观中外另类名家、名师，虽然著作等身、名满天下，有的也荣膺诺贝尔奖，但由于放弃做人良知、背离治学之道，偷偷摸摸干起违反科学精神的"勾当"，生前风光无限，死后遗臭万年。德国物理学家斯塔克获诺贝尔奖后蜕变为纳粹帮凶，锒铛入狱；美国生物学家丽塔行贿获取大奖，致使诺贝尔奖蒙羞。还有报刊揭露的形形色色、五花八门的由名家、名师们一手导演出的伪学术和"注水"成果现象：院士剽窃、校长抄袭、名师大盗，以及"水"博士、"冰"硕士、"雪"学士、"假"专家泛滥成灾。据说一个大学校长的司机竟被评为副教授，而一个大学的膳食科长已不稀罕做教授，而要当博导。某些功成名就、称得起一代宗师的大人物，不去躬身潜心做学问，而是热衷踩场企业，收取不菲费用，有的为社会浮躁风气推波助澜，睁着科学之眼说胡话，就连中西合璧的中医也说成是"伪科学"，个别人甚至利用公众的信任为假冒伪劣商品涂脂抹粉，高唱赞歌。"几只老鼠搅浑了一泓原本洁清的溪水"，从而导致专家、教授桂冠越来越贬值，以至于在普通老百姓眼里，越有名气的名家越有可能成为"假、伪、劣"的代名词，要是碰上一位"真"专家，竟然发出"你肯定不是大教授"的感叹！前几日，看到一篇题为"大师谈科学，不拿术语唬人"的文章，颇感趣味幽远，说的是诺贝尔物理学奖获得者费曼，平日十分讨厌"用难懂的术语和修辞唬人"，他阐述物理学现象的本质和规律时，总能找到口语化的表达方式，通俗易懂。一次科学会议间隙时，速记员问费曼："您肯定不是教授吧？其他人的话，我一句也没听懂。可你的发言，我句句全听懂了，我想您不可能是位大教授！"

此句评语，耐人寻味。

在部队这个武装集团，也有一位费曼式的"不是大教授"的军事干部，听他讲当今最难讲的政治课，不少军队同行叹为观止道："有如饮茅台酒之感！"

苏联解体、东欧剧变那阵子，在被誉为总参"黄埔军校"的山西忻州黄龙王沟，这位领导应邀去给刚从地方招收的大学生讲课，陪同前往的山西省委书记虽然嘴上没说什么，心底直捏了一把汗：当下，有的领导在与大学生对话时被尴尬地从台上轰下来了呀！实际上，他的担心不无道理，对话一开始，提问就像一排排连珠炮："早在100多年前，马克思和恩格斯就作出了"资本主义必然灭亡，共产主义必然胜利"的科学论断，可为什么100年过去了，我们亲眼看到资本主义不仅没有灭亡，反而还在不断发展？""社会主义比资本主义优越，为什么经济水平赶不上西方发达国家？""如何看待社会主义运动中出现的失误和挫折？""中国为什么不能搞多党制？"面对这些尖锐、敏感、热门、棘手的理论问题，但见站在讲坛上的他，方寸未乱，既不用大话施压、也不用官语唬人，更未使用"理解不理解的都要保持一致"的"政治撒手锏"，而是运用"理论联系实际"之法，一事一议，条分缕析，以理论道，娓娓动听，平等交流，亦谐亦庄，在如行云流水般的互动中逐一释疑解难。许多研究生、博士生听后感慨地说：上了十几年学，头一回听这么解渴的政治课，我们打心眼里信了也服了！事后，省委书记风趣地对将军说：三国时的"舌战群儒"是演义中的典故，今天的故事可是实实在在的佳话啊！

学习"三个代表"期间，将军去哈尔滨工程大学讲课，偌大礼堂座无虚席，就连过道和两侧都站满了闻讯前来自愿听课的大学生。校党委书记感慨地说："以前我们讲政治教育课，开始不久人就会走掉一半，今天的场面真是大出所料，课讲得让人大开眼界，更发人深思！"

追溯到 20 年前，将军还是一名普通机关干部。当时，部队正在云南前线轮战，每天，都有几封用罐头商标纸书写的鸿雁"飞"到他的办公桌上。这些以国为怀的战士，置身疆场，心系祖国，每日战斗之余，总要议论后方国事：纠正不正之风搞了好多年，为什么有的干部还是《准则》心中留，酒肉穿肠过呢？为什么不停地反对文山会海，会议文件却减不下来呢？为什么年年强调改进机关作风，推诿扯皮的现象还是层出不穷……读着这一封封从炮火硝烟中寄来的信件，一股崇敬之情油然而生，他想，我有什么理由不给他们分忧解难呢？于是，他利用业余时间，先后给前方战士写了二百多封解疑释惑的信件，有的短则几百字，有的长达万余言，效果如何呢？据《人民日报》报道：他的信从北京飞到老山前线，战士们你抢我夺，争相传抄，有的一边阅读一边手舞足蹈，大喊大叫："好！""说得对呀！""太解渴啦！"

五连指导员读后只觉得茅塞顿开，禁不住连声赞叹："好教材！好教材！"第二天便拿起电话，给猫耳洞战士讲了一课。"指导员，你这堂课讲掉了我们的疑虑，讲出了我们的信心！"有的战士说。

熟悉将军的人说，他有研究问题的嗜好，脑子总装着一箩筐问题，并且记忆力惊人。国家科技部有位朋友告诉我，有次，将军与时任部长的朱丽兰在出差期间同被邀请参加游艺晚会，要求献歌一首或舞蹈一曲，将军不会跳也不会歌，无奈，只好自报一节目：背诗。朱部长拿出《红楼梦》，连出几题：请背第几页第几行是什么诗？谁会料到，神了，将军背诵得一字也不差！这位朋友说，信不信由你！

信耶？非信耶？我只信我知道的，将军出身寻常百姓家，务过农，做过工，当过兵，至于那张大专还是本科文凭，也是提干部后读的函授，有一点，他肯定与费曼同出一辙，不是什么大教授，但却让人真真切切领略到一种"大师风范"。

不由让人想起元好问那句诗："一语天然万古新，豪华落尽见真淳。"

倡导"绿色思维"

　　绿色，代表着吉祥与幸运，象征着生命与希望，预示着和谐与和平；绿色思维，则是从人与自然的关系角度出发对人类行为方式和生产活动所进行的再思考。人的存在具有二重性，即自然性和社会性。作为自然的人，需要与自然环境和谐相处；作为社会的人，又要与社会的发展规律相一致。概言之，绿色思维必须顺应自然生态规律、遵循可持续发展模式、坚持以人为本理念。换句话说，一切"真、善、美"都是"绿色"的，一切"假、丑、恶"都是非"绿色"的。因此，倡导"绿色思维"，就是要具备正确的健康的积极的建设性思维。不言而喻，它的对立面是错误的病态的消极的破坏性思维。

　　这是一则寓意深长的外国幽默：假日，父亲正在家里忙碌，幼童却"闹"着要出去玩耍，父亲灵机一动，随手将一张世界地图撕碎扔在地上，说："宝贝，只要你把这张地图拼好了我就带你出去玩！"父亲原以为拼接完这张世界地图少说也得用两三个小时，没想到小家伙十几分钟就宣布"大功告成"。父亲大感意外，问道："你是怎么拼接的？"儿子轻松地说："这有什么难的呀！我发现地图的背面是一个人的头像，于是就先拼接出他的五官，然后再把头发放上去，呵呵，翻过来一瞧，不就是一张完整的'世界'了吗！"父亲大喜过望，快快乐乐牵上儿子的手出了门。

　　童言无忌，童心无惧。真可以说是一个儿童发现了一个成人难以发现的"真理"：只要人是正确的，世界就是正确的。而人的正确，首先是思维的正确。今天，人类已经认识到应该建设一个"绿色世界"，那么，我们似乎可以这样说，只要人的思维是"绿色"的，世界就会变成"绿色"。

绿色，代表着吉祥与幸运，象征着生命与希望，预示着和谐与和平；绿色思维，则是从人与自然的关系角度出发对人类行为方式和生产活动所进行的再思考。人的存在具有二重性，即自然性和社会性。作为自然的人，需要与自然环境和谐相处；作为社会的人，又要与社会的发展规律相一致。概言之，绿色思维必须顺应自然生态规律、遵循可持续发展模式、坚持以人为本理念。换句话说，一切"真、善、美"都是"绿色"的，一切"假、丑、恶"都是非"绿色"的。因此，倡导"绿色思维"，就是要具备正确的健康的积极的建设性思维。不言而喻，它的对立面是错误的病态的消极的破坏性思维。

那么，怎样树立"绿色思维"？想起一个富有哲理的故事：从前，有一位老奶奶，天天为两个儿子的生意愁眉不展：下雨了，担心开洗染店儿子洗的衣服没法晒干而影响生意；天晴了，又担心卖雨伞儿子的伞卖不出去而影响生意。一天到晚吃不下饭，睡不好觉……一位邻居见她日渐憔悴衰老，便开导她说："老奶奶，你好有福气呀！一到下雨天，你大儿子的伞就卖得特别好；天一放晴，你小儿子的洗衣店里就顾客盈门。你家是下雨发财，无雨也发财，多让人羡慕啊！"一席话，说得老奶奶高兴地差点蹦起来，对呀！我怎么就没想到呢！从此，老奶奶天天吃得香、睡得甜，逢人开口笑，没人偷着乐，好像一下子变了个人似的。这正是："思维不变原地转，观念一变天地宽。"

有这样一句国际流行谚语："乐观者发明了飞机，悲观者发明了降落伞。"人世间，乐天派总是向往到广阔的天空任意翱翔，而悲观者却总是担心一旦掉下来后果不堪设想。这说明，不同的思维方式，会产生不同的行为。

想起一个故事，说的也是"思维决定人生与命运"：上帝想改变一个乞丐的命运，就化成一个老翁来点化他，他问乞丐："假如我给你1000元钱，你如何用它？"乞丐马上回答说："这太好了，我可以买一部手机，方便同城市各个区域联系，哪里人多，我就到哪里去乞讨"。上帝很失望，又问："假如我给你10万元钱呢？"乞丐又说："那我就买一部车，可以开着车到很远的地方去乞讨"。上帝很悲哀，这次他狠了狠心说："假如我给你1000万元钱呢？"乞丐听罢，眼里放光："这太好了，我可以把这个城市最繁华的地区全买下来。"上帝很高兴，这时乞丐突然补充了一句："到那时，我把领地里的其他乞丐全撵走，不让他们抢我的饭碗。"上帝听后，只是摇头，连叹息的劲也没有了。这个故事说明，思维决定命运，"乞丐思维"决定"乞丐命运"。

自盘古开天地以来，这个亦圆亦缺的世界，从来不曾总是"正确"的，如果小小寰球从一开始就完美无缺，那么这个世界也就没有发展的必要了，人也就没有了"作为"的空间。大凡社会，无论实行什么制度，信仰什么主义，总会有这样或那样的问题和矛盾，关键是每个社会成员怎么去对待，怎么去解决，是不满、抱怨、指责、发牢骚、讲怪话？还是以主人翁的姿态，坚持一事一时从我做起、一点一滴严于律己？这其中就会表现出两种截然不同的思维方式。比如，面对当今社会转型期间出现的医疗、就业、社保问题及各种腐败与违法乱纪现象，如果十三亿民众个个牢骚满腹，人人动辄上街骂娘，或者都站在场外当"裁判员"、"评论员"、"批判家"，必然会引发人与人、个人与社会之间的情感"污染"，从而导致整个社会思想失调，其灾难后果不堪设想，恐怕连整个国家都会在相互指责的口水大战中被唾沫星子淹没，再牢固的社会大厦也必然在"愤青"、"泄私"的滚滚怒潮中轰然倒塌。"牢骚太盛防肠断"，须知，牢骚怪话无助于问题的解决，唯有以宽容之心待人、以"和为贵"的态度处事、以国事为家事克己奉献，同时以范公千古名句"居庙堂之高则忧其民，处江湖之远则忧其君"、"先天下之忧而忧，后天下之乐而乐"相互共勉，这个世界才能绿色常驻。

古语说："敲锣卖糖，各干一行"，"各人自扫门前雪，莫管他人瓦上霜"。从另外一个角度看，也是不无其合理性的。傅全有上将任总参谋长时提出一句治军名言："看好自己的门，管好自己的人，办好自己的事"。这句话后来之所以多次被党和国家领导人引用，说明此话虽简单扼要，却蕴含着丰富的哲理。试想，一个连自家门前雪也懒得扫除的人，有什么资格指责别人瓦上霜呀！"五十步笑百步"的人多了，社会问题只能积重难返；提倡"各人自扫门前雪"，社会各界人员各司其职，工人以做工为主，农民以丰收为荣、学生以"三好"为目标、干部以"为任一届、造福一方"为使命、科研工作者以出"两弹一星"成果为耀，整个社会就会步入繁荣、昌盛、富强、和谐轨道。开国领袖毛主席建国后先后推举出王进喜、陈永贵、雷锋、焦裕禄等工、农、兵、干楷模，影响和带动了几代人，无疑，这是一代伟人高超的治国方略和不凡的领导艺术。需要指出的是，永贵大叔当劳模时"粉丝"数亿，后来让他"坐火箭"做国家副总理却栽了跟头。无论谁，违背了"人尽其才"的规律，"绿色"也会褪色。但是，毕竟白璧微瑕、瑕不掩瑜。联想到当今媒体也宣扬了不少各类典型，为什么没"热"几天就变成了"晨露珠"、"流星雨"，颇值得宣传工作者深思。

东汉时期，有一个名叫陈蕃的少年，独居一室而醒醒不堪，其父之友薛勤批评他为何不打扫干净来迎接宾客，他回答说："大丈夫处世，当扫除天下，安事一屋？"薛勤当即劝驳道："一屋不扫，何以扫天下？"如今，非"绿色思维"的表现之一，大概就是对"扫天下"想得太多，对"扫一屋"想得太少，因而寻找不到平衡点。外地人进京，无不对首都出租车司机"眼观六路通国事、耳听八方明世事"赞叹不已，与此同时，他们也对见诸报端的"拒载"、"乱收费"、"宰你一刀没商量"颇感迷惑不解。有社会学者指出："世上只有三件事：自己的事，即自己应该干什么、怎么干，目标是什么等；别人的事，即别人怎么样、怎么做、做得如何等；老天爷的事，即刮风、下雨、地震、海啸等。人的烦恼就来自于：忘了自己的事，爱管别人的事，担心老天爷的事。要消除烦恼就应该：打理好自己的事，少管点别人的事，别操心老天爷的事。"与当今社会现实加以对照，此话堪称切中时弊、发人深思。

当然，提倡"绿色思维"，并非主张隐身世外桃源、"两耳不闻窗外事"，对社会上发生的诸如贪污腐败、坑蒙拐骗此类问题置若罔闻，关键是要采取什么样的方式，说到底就是要以"绿色"的思维善待自己、看待别人、对待社会，不去做那种"国骂师爷"、"牢骚大王"、"炒作高手"、"揭隐私斗士"以及搬弄事非的"长舌妇"、匿名诬告的"小人妖"。以"污染"对"污染"，只会导致"污染"的恶性循环。

进入 21 世纪的人类应该把树立"绿色思维"作为建设"绿色世界"的前提，这样才能逐步达到人与人的和谐、人与社会的和谐、人与自然的和谐。让我们把绿色的花雨播洒人间，让清新的空气润透心田，在生命的春天里领悟绿色思维的真谛，在绿色的思维中延续生命的春天。

官场"小丑"是怎样炼成"精"的

俄国作家屠格涅夫在那篇著名的《小丑》作品里，用传神之笔，塑造了一个活灵活现的小丑形象：那是一个"被公认为极其愚蠢、非常鄙俗的家伙"，却对于别人夸奖的著名画家、一本好书、一个好人，极力贬低毁损，借以显示自己高明。

随着时代变迁，小丑的演技也似乎"与时俱进"了。A甚至有点儿瞧不起屠格涅夫笔下的同伙："当众打击别人抬高自己，说轻点儿是低能儿！言重点儿属缺心眼！"公开场合，从未听他说过别人半句坏话。研究干部前，他却像上足了发条的钟表，挖空心思从大脑库存中搜索、编造竞争对手"吃喝嫖赌送"、"坑蒙拐骗贪"的斑斑劣迹，然后关上门，打开电脑，一封接一封地炮制匿名信。因为不用手抄，所以再高明的笔迹鉴定专家只能望洋兴叹；大凡重头信，邮寄环节也与众不同呢，老实人做梦也想象不出，A竟开出五十元邮寄一封的天价雇用进城打工者代劳。劳点神破点财，收效可不菲薄——两位想当副局的竞争对手被纪委查了多半年，虽然最后查无实据，却错失了提升时机，只好"哑巴吃黄连"，讨得了清白，但年龄已过杠，只得"灰头土脸"退了休。半年后，干部调配又一次拉开了帷幕，这回，A扔掉了"打击别人抬高自己"的小把戏，使出了"贬低自己抬高别人"新招数：给竞争对手写匿名"表扬"信，言辞句句真诚恳切，推荐理由条条是道，"一箭双雕"果然立竿见影。上级领导初看深信不疑，过后心惑未央：这个时候怎么会有这么多表扬这个人的信？莫不是自个儿为自个儿歌功颂德？"捧杀"功成，接下来，再不失时机"恶告"自己一状，胡编乱造几条"上纲上线"、确保领导压根儿不信的"违法乱纪"言行。就这样，上司原本一汪似水的明眸被搅浑了："诬陷！诬蔑！诬告！""满纸荒唐言，字字藏祸心！""这个同志虽然有点毛病，但不至于像信上所说的啊！""金无赤足，人无完人，为了树正气、刹歪风，建议这个位子就配他！"诸位领导意见空前一致，"渔翁"稳操胜券荣登副局长宝座。

清代著名小说家李汝珍在《镜花缘》中，以其神幻诙谐的创作手法，奇妙地勾勒出"两面国"人的两面脸：对着人是一张脸，背着人是另一张脸；面对"儒巾绸衫国"者，"和颜悦色，满面谦恭光景"，面对破旧衣衫者，冷冷淡淡，话无半句；一旦人们揭开他的浩然巾，便露出了狰狞本相。纯属杜撰的"两面国"故事，欲借海外奇谈暗喻海内做人，看似荒诞不经，却用意颇深，以两面暗喻人格，则隐含深意。

其实，《圣经》上早有记载：人类始祖亚当和夏娃因知羞而开始用无花果树叶遮盖身上"羞处"，可以说，人类取神圣之物装饰美化自己是一种文明的进化，表示了对自身的爱护和对他人的尊重，这是"美"的发生；而"两面国"里的"两面人"，纯属有意伪装，其背后包藏着不可告人的卑鄙目的，欲行伪事者必有伪态，则是"恶"的表现。

春节到了，B处长领上老婆孩子去给局长拜年，这是位脾气有点古怪的老头，曾将一名死皮赖脸送礼者的两瓶茅台酒在三拒未果后从十层楼扔了下去。所以他是空着手登门的，一阵寒暄过后，B突然对四岁的儿子说："还不快给爷爷磕头拜年？！"仅仅年长他七八岁的局长大为错愕，红着脸一步跨向前，拉住了准备下跪的孩子："别，别，地板不干净，别脏了孩子新衣裳！"回到家，当教师的贤妻，突然甩掉往日的"温良恭俭让"，用手指着B的鼻尖怒发冲冠："你好不丢人现眼啊！想当人家干儿子谁也不拦你，何必作贱我们孩子！""妇人之见吧！当年人家安禄山甘拜比自己小十多岁的杨贵妃为养母，汉朝韩信自愿承受胯下之辱，那个勾践若不能忍受喂马之苦、食粪之耻，又怎能卧薪尝胆、战胜吴王，成为霸主呢？"B不急不躁，耐着性子开导起妻子。

187

后来，他真的官升一级。不久，有群众署名举报他在负责单位信息化建设中收受了承包商的好处费，局长大笔一挥，作出尽快严肃查处批示。一阵惊惶失措后，B很快恢复了平静。与其坐以待毙，不如自己解救自己。他削足适履，在局领导之间打起了穿插战，今天跑到甲方面前指天发誓说乙方什么时候在什么地方说了你什么坏话，明天又到乙方面前对地赌咒说甲方什么时候在什么地方说了你什么不是；他佩服《官场现形记》中胡福挑拨离间之能量，认为唯有此举，才是取得"鹬蚌相争，渔翁得利"的捷径。很快，局座们相互"打"得鱼死网破，他呢，悄然从漏网之中一溜烟跑了。不久，一桩天外飞来的横祸，险些断送掉局长前程。那是一天深更半夜，值班室接到一个自称地震局的紧急电话，"几点几分有几点几级地震！"值班员不敢怠慢，马上向局长做了报告，睡意正酣的局座随口下了道稀里糊涂的命令："通知全局人员疏散！"数九寒天，全局大大小小二三十个单位数千男女老幼在屋外彻骨朔风中整整站了三四个小时。"恶作剧"惹怒了领导机关，追查无果，一顶"不讲政治"的帽子戴到局长有点秃顶的头上，虽然没丢乌纱帽，却被平调到无权无势的编研室。"地震"事件过去了很久，一条传闻突然在局里不胫而走：出事那晚，唯有Ｂ一觉睡到东方破晓。局长调走那天，他邀了几个好友喝得酩酊大醉，席间尽说疯颠话："谁……谁笑到了最后，谁才算真……英……雄！"

《二丑艺术》是鲁迅先生名作之一，说的是浙东戏班中有个"二花脸"角色，也就是"二丑"。他和小丑的不同，是既不扮横行无忌的花花公子，也不扮一味仗势的宰相家丁，他所扮演的是保护公子的拳师，或是趋奉公子的清客。总之，身份比小丑高，而性格却比小丑坏……鲁迅断言"世间只要有权门，一定有恶势力，有恶势力，就一定有二花脸，而且有二花脸艺术。"现代官场小丑的所作所为，当真被鲁迅言中了。当今，在某些地方，那些无德无才、没心没肺的官场"小丑"之所以飞黄腾达，且呈"野火烧不尽，春风吹又生"之势，就在于他们深谙二花脸艺术。

年底单位组织民主测评，Ｃ名列倒数第一，但上面却认为：什么事儿都得辩证看，Ｃ管审计，难免得罪人。前年，单位分来一位哲学系高材生，观察眼力特"毒"，他不无感慨地说：你们别看Ｃ文化素养不高，讲话念稿子闹了回"接下页"的笑话，但在其他方面，你们谁能与之相提并论？瞧Ｃ的"五官"吧，与众不同着呢，哪个部位都是"戏"，可以说比关汉卿大师写的戏剧还有戏呢，这就是"尺有所短，寸有所长"的哲学啊！

"太有才了！"大伙听罢，顿觉恍然大悟：人家Ｃ的五官确与自己迥然不同——

"耳朵长"，局里大事小事，再秘密机密甚至绝密的事，即使别人的隐私，他都会在第一时间打探出来，尤其对干部调配任免、领导变更等敏感点了如指掌。有人形象地说：Ｃ的两只耳朵就是一对窃听器。他呢，从不忌讳此类

188

贬语，坦然道："耳听八方，是适应信息社会，没有信息怎么闹革命？"

"嘴巴甜"，一次，C随领导赴宴，席间，领导不慎当众放了一响屁，尴尬之时，C不失时机作一打油诗："屁是一股气，憋在肚里不得劲，放出吹灭灯火苗，稍带五香味儿。"一阵哄堂大笑中，领导面子一分未丢。

"鼻子灵"，他的嗅觉十分灵敏，甚至能从领导一句话、一个眼神、一个动作中嗅出"名堂"。有次，领导在大会上批评了某人，表扬了某人，他马上预感到，前者要提拔，得靠上去；后者准倒霉，须离他远点。后来的事实完全验证了他的嗅觉。

"眼睛尖"，因为精通"不打勤不打懒专打不长眼"古语之道，所以养成"眼观六路"、"察颜观色"绝技，决不会弄出赴宴"四大傻"、处事"八大怪"之类笑话。从早到晚，他的眼睛始终围着上司转，"靠"、"贴"之功练就得几近炉火纯青。他信奉那句民间俗语："乌纱帽本来也可以给你，但是由于你离公仆太远，公仆够不着你，所以就落到了离他较近的人头上。"

"舌如簧"，如同唐代韩愈在《送李愿归盘谷序》中讽刺的那些以阿谀奉承为职业的帮闲文人，"才俊们"如同一根草一样，浑身没有骨气，轻浮得左右摇摆，仅有的一点本事不过是摇唇鼓舌，拍马溜须，讨得主子欢心罢了。"道古今而誉盛德"、"入耳而不烦"，仅此两句，便勾勒出无耻吹捧者巧舌如簧与接受吹捧者志满意得的丑态，无情鞭挞了得志小人的龌龊灵魂。如果时机成熟，这些帮闲说不定也会上演一幕"王莽篡汉"与赵高"指鹿为马"的政治闹剧，由"清客"摇身一变为"主人"呢！

尽管ABC们煞费苦心炼成了"精"，终归也是小丑，而小丑的最终命运，无一例外是以遭到人们的耻笑、社会的唾弃和历史的遗臭而收场。

中国民间俗语说得好："善恶到头终有报，只是来迟与来早。"

思想的力量

他像一颗灿烂的流星，划破阴霾密布的天际，坠落在巴格达的暮色苍茫中，那道美丽的弧线，留给我们太多的思索。

流星的灿烂在于过程，生命中有过辉煌的人是不计算结果的。即使死，只要燃烧过，这便是生命的尊严和价值。联合国秘书长在他不幸罹难后，饱蘸笔墨，深情地写下了"忠于职守，备受赞誉"八字盖棺定论。

在"和平卫士"郁建兴的人生长卷上，留下了一道锃亮而坚实的成长轨迹，那是一位能够"仰望天空"的人所具有的追求真理的勇气，正如他在日记中所说："科学的思想理论武器比化学武器更具威力，它所释放出的聚心、聚能、聚力'核聚变能量'，它所催生出的辐射力、渗透力、战斗力'核裂变效应'，都是化学武器无法比拟的，因此，要驾驭先进的防化武器，必须首先掌握科学的思想理论武器。"

哲学家说："人是靠思想站立起来的。"

追寻烈士成长轨迹中所展示出的"思想的力量"，或许对更多的生者有所启迪。

——

"问渠哪得清如许，为有源头活水来。"纵观郁建兴短暂而辉煌的38年，正是我国社会主义革命和建设渐次展开、不断进步的38年，是党的理论在探索中求发展、求飞跃的38年，也是中国人民摆脱贫穷、超越温饱、跨入小康的 38 年。可以说，郁建兴的思想正是伴随着社会变革的大潮，在真理的感召下，一步一步走向成熟的。

20 世纪 70 年代，少年郁建兴从课本中学到了《为人民服务》、《纪念白求恩》、《愚公移山》。那时，他虽然还不能完全读懂这些著作，但雷锋"毛主席著作就像'粮食、武器、方向盘'"的肺腑之言却在他幼小的心灵中打下了深深的烙印。

80 年代，中国农村在党的十一届三中全会精神指引下，实行联产承包责任制，贫困的家乡变得生机勃勃，乡亲们的日子开始过得有滋有味。步入军校的郁建兴从这一历史巨变中，看到了党的富民政策为广大农民带来的希望，感受到了邓小平理论对开创中国特色社会主义新道路所发挥出的巨大推动作用。

90 年代初，当东欧剧变、苏联解体，世界范围内社会主义出现严重挫折，当有人提出中国的社会主义旗帜还能打多久的时候，正在攻读药物合成博士学位的郁建兴，从中国共产党虽经"六四"政治风波，却没有随着"多米诺骨牌"倒下，不仅站住了、站稳了，而且更加强大了的事实中领悟到，同样的制度，之所以得出截然相反的结局，其根本点就在于"东欧和前苏联实行的社会主义改革，是对马克思主义思想的误解和扭曲，这些国家变色变质，是严重背离马克思主义基本原理的必然结果。中国共产党的成功经验说明，马克思主义是与时俱进的科学理论，是放之四海而皆准的真理，她的思想光辉永远不灭。"

90 年代末，"法轮功"事件发生后，身为副教授的郁建兴对知识分子的信仰问题进行了深入思考：一些同志之所以丧失基本的是非辨别力，被李洪志这个跳梁小丑牵着鼻子走，从浅层次说，就是没有反问一下"美国佬既然

192

认为他是神，为什么不把他请到国会里给议员们作报告、抑或允许为自己国民传授'法轮大法'呢?!"从深层次说，就在于对马克思主义科学的世界观"学"而不"信"，政治信仰发生了偏差；而另一些同志之所以能够实现从"魔窟"重返"人间"的艰难转变，彻底摆脱了邪教的精神桎梏，同样得益于真理的力量。看来，一个知识分子，业务上不过硬只是一个次品，政治上不合格，就是危险品。

"理论只要说服人，就能掌握群众；而理论只要彻底，就能说服人。"生动活泼的社会实践，一次次提升了郁建兴的思维层次，他从中真切感受到科学理论的真理力量，心中，树立起一个坚定信念："把学习运用科学理论作为人生第一需要！"

党的十六大召开后，他做了近两万字的学习笔记，担任系主任后，他"烧"的第一把火就是下大力气抓好全系的政治理论学习，通过制定《系党委中心组理论学习规定》，要求大家把自己摆进去，真正用党的理论武装思想、指导工作。当一些在读研究生认为政治理论学习挤占专业学习时间、要求"减负"时，郁建兴拿出积攒多年的理论学习笔记，语重心长地告诫学生："马克思虽远离我们已有150多年了，仍然在'千年思想家'的评选中高居榜首，甚至连敌视和诽谤者都投了他的票。而像牛顿、笛卡尔这样的科学泰斗，搞了大辈子的科学研究，晚年却陷入了有神论，走向了科学的反面。这说明，知识分子，如果没有科学世界观和方法论作支撑，纵然学历再高、专业再精，也是难当重任的。"赴伊拉克前，郁建兴除了给学生留下专业上的思考题外，还要求每人必须撰写两篇学习科学思想理论的体会，并相约回院后一起交流。在郁建兴的影响带动下，工程系出现了自觉学习实践"三个代表"、积极向党组织靠拢的好现象，一名老教授向系党委递交了第五份入党申请。在伊拉克执行核查任务期间，他仍然坚持自学，围绕"举旗帜、做模范、树形象"撰写了六篇学习体会。在遇难的前一周，他还专门打电话向政治部领导索要下一步理论学习计划。

二

生前，郁建兴特别钟情他的苏北同乡郑板桥的一句诗："咬定青山不放松，立根原在破岩中。"他说，根深才能叶茂，听起来虽然通俗，但实践起来却不易。

早年同耕同酬的田园生活和纯朴的启蒙教育，培养了他勤劳善良的性格和追求和平安宁的志向。

"爱我亲，敬我邻；爱我民，忧我国。"中学时期的爱国主义教育，使郁建兴萌生了振兴民族的朴素情感。当他了解到侵华日军无视国际公法，使用化学武器屠杀中国军民，战败后又把大量化学武器遗弃在中国，至今依然威胁着同胞生命的事实后，心灵受到了巨大震撼，他下定决心学好化学，用自己的知识来破解化学武器、消灭化学武器。高中毕业时，他的高考成绩虽达到北大清华录取线，却毅然走进了军校，开启了铸造防化盾牌的和平之旅。

进入军校后，通过全面系统地接受党的理论教育，他的世界观、人生观、价值观实现了质的跃升。他把对家乡的热爱、对党的热爱、对国家的热爱、对军队的热爱统一起来，聚焦在研究防化、献身和平事业之上。他认真研读党的三代领导人的著作，形成了对军人、战争、和平三者之间关系的理性认识，在读书笔记中，他这样写道："军人是战争的主体，但中国军人决不为了发动战争而存在。研究化学武器，是为了破译它的密码，从而有效地防护它、抗衡它，最终消灭它。"

郁建兴把对世界和平的热爱，铭刻于心头，融化为热血，又最终落实在行动上。为了和平,1998年,当联合国邀请他参加核查工作时,面对海湾紧张局势,他坚定地向院党委表示:"作为一名军人和科学工作者,如果能够以自己的渊博学识和公正立场避免一场战争,就是对人类和平的贡献。"为了和平,2002年岁末,他第二次赴伊参加核查,连续三个月没过一个休息日、行程10万公里、进行了60多次设施检查、撰写了60余份核查报告,为联合国监核会提供了大量翔实可靠的数据。联合国十分看重郁建兴对维护世界和平的强烈责任感,迫切希望他在合同到期后继续留任。为了和平,在危机不断升级、战争一触即发、西方核查员纷纷撤离的情况下,他毅然与监核会续签了三个月的合同。郁建兴置个人的生死安危于不顾,用生命诠释了追求世界和平的深刻内涵,在世界人民心中矗立了一座雄壮巍峨的奉献和平丰碑。

三

翻开郁建兴的生平履历表,我们看到,他22岁成为学院第一批本硕连读生,25岁被保送到北京医科大学攻读博士学位;29岁破格晋升为副教授、研究生导师;32岁成为全军重点实验室的设施代表;33岁担任教研室副主任;34岁被推荐担任国际化学武器核查员;36岁由教研室副主任直接提升为系主任。可以说,他是党的群众路线和人才战略的直接受益者,因而对党的具有创新意义的"尊重劳动、尊重知识、尊重人才、尊重创造"方针,有着发自内心的亲切感。这种亲切感又促使他在走上领导岗位后,自觉地发扬民主、尊重人才,从而成功地引领了一支高素质的防化专家群体。

郁建兴所在的工程系,前身是有着"红色工程师摇篮"之誉的哈尔滨军事工程学院化学系,拥有国家和军队级重点学科和实验室,高学历、高职称、高水平人才云集。如何带好这个集体,郁建兴与系党委一班人形成了共识:从凝聚人心这个基础工程抓起,运用"专家治系、专家治学"的新思路,打造一支团结和谐的集体。在郁建兴的提议下，系党委在全院率先成立专家组，负责审定科研项目，开展科研预测研究，充分发挥专家教授的"酵母"作用。继而，系党委又打破奖励"齐步走"，实行奖优罚差，鼓励"冒尖"；废除教材、教案一用多年的"一贯制"，提出了出精品教材，出精品课程，出创新人才的目标；纠正科研"向钱看"的偏向，立足军事斗争准备选课题，立足形成战斗力搞科研；大胆放权给室、所，形成责、权、利相统一格局……在这一系列体现尊师重教政策的作用下，三系一下子沸腾了，从白发苍苍的老教授到新上岗的毕业生，心往一处想，劲往一处使，全系呈现出团结协作、争先创优的良好局面，涌现出一批先进集体和个人，陈海平教授受到时任军委主席江泽民的通令表彰，荣立二等功，钟玉征教授获全军"人梯奖"，徐敏教授被评为全军"优秀中青年专家"，还有四个教研室分别被评为院、系先进单位。

四

郁建兴自幼天资聪颖，从小学到中学，从中学到大学，从本科到硕士，从硕士到博士，学海无涯，知识的魅力和难题的挑战，使他养成了审思好问、深钻细研的求学精神。读本科时，他发现老师发明的化学估算模型有数据误差，便斗胆进言，并同老师一起修正了偏差；读研究生时，他的毕业设计独辟蹊径，立意新颖，论文获得院学术年会一等奖，试验成果获全军科技进步二等奖；攻读博士时，他发明了合成糖苷及寡糖的新方法，攻克了导师们没有解决的难题，成果获得了轻工业部光华奖。

就在郁建兴陶醉在接踵而来的鲜花、掌声和荣誉之中时，党的理论的第三次飞跃，又一次涌动了郁建兴的心潮。江泽民同志提出"创新是一个民族进步的灵魂，是国家兴旺发达的不竭动力"的新论断，并要求全党同志：用马克思主义宽广眼界观察世界，用当代最新的科学知识丰富自己，勇于站在

195

时代前列，站在实践前沿，始终保持与时俱进的精神状态。党的创新理论和创新实践使郁建兴顿然醒悟，"为了党的事业和军队的发展，永立潮头，不懈探索，这是党的科技工作者的最高境界。"

志存高远必致力于新。郁建兴瞄准世界军事化学的最前沿课题，向某化学防护试剂的研究发出了挑战。为得到第一手资料，他带领几名研究生跑遍了北京的大小图书馆，查阅了世界各国相关的网上资料，手抄笔记达800多万字，足足可装一麻袋！他常冒着生命危险进行各种实验，身上留下了许多被毒剂灼伤的疤痕。经过上万次的实验、分析、计算，终于在关键性技术问题上取得重大突破；他怀着对国家高度的责任感，承受着"零误差"的压力，担纲起筹建我国第一个"10Kg附表一化学品合成实验室"的重任。他带领课题小组日夜奋战在实验室。一天夜里，由于身体严重"透支"，身体一歪，触到了电源插头，被强大电流击倒，昏迷在地上几个小时，与死神擦肩而过。经过120个昼夜的鏖战，圆满完成实验室的建设任务，经联合国化学武器专家视察组检查，评价该实验室是高专业水平的设施，郁建兴由此成为我国第一位经联合国批准的设施代表。与此同时，郁建兴还先后申报了多项科研课题，完成了两项国家标准课题，参与编写多部近百万字的防化专著，创下了4项中国"第一"：中国第一位10Kg化学品合成实验室设施代表、中国第一批受聘于联合国特委员的化武视察员、中国第一位受联合国之邀赴伊拉克执行任务的化学专家、中国第一位国际化武核查小组组长。

走上领导岗位后，他以党的创新要求为指导，着眼于军事斗争准备和反恐斗争的发展，以"围绕中心、学科牵引、教研相长"的创新思路，打破"沿袭制"，以学科群为基础纵向划分教研室，整合教学科研力量，形成集团优势；选准"突破口"，申请将所属全军重点实验室提升为国家级重点实验室，直接参与反恐斗争；超越研究开发"分界线"推进科研成果转化。创新的思路、创新的措施，使三系在一年多时间内，承担了近百项军内外科研课题，获19项军队科技进步奖和多项军队级以上教学成果奖。其中，两项研究成果达到国际水平。一是"消毒、滤毒新型纳米材料研究"，成功解决了对炭疽杆菌等生物战剂消毒的难题；二是某化学试剂，其水溶液可有效洁净染毒防化服，创造了"防毒服再生"这一世界奇迹。郁建兴和党委一班人以令人信服的成绩，实现了"三个月有想法、六个月有办法、一年有说法"的郑重承诺。

197

五

早年的郁建兴，家境贫寒，父亲早逝，母亲残疾，是村党支部、老师和同学们的无私援助，帮助郁建兴顺利幸运地读完了小学和中学。在党的温暖怀抱里，郁建兴享受到无尽的关爱，这种爱又使他萌生了感激乡亲、回报恩人、奉献社会的强烈愿望。正如他在自传中所回忆的："如果没有村党支部和父老乡亲的帮助，我走不出偏僻的农村，更不可能上大学、读博士、当教授。回报他们是我当时读书求知的唯一动力。"

走进绿色军营，郁建兴师从我国第一代防化专家。他们中间，有为保守国家秘密、隐姓埋名从事国防科研工作20年的周廷冲院士；有在抗美援朝战场上建立第一个防化化验室的赵国辉教授；有以身试毒的陈效祖教授；有勇闯我国第一颗原子弹爆心核准数据的王坚教授；有率领中国防化专家组在国际化武联试中荣获"三连冠"、虽已年过花甲却毅然坚持战斗在科研第一线的钟玉征教授；有功勋卓著，却默默无闻奉献一辈子，令外国专家心悦诚服的陈海平教授……。这些德学双馨的老专家们，不仅传授科学知识，还以高尚的师德风范和人格魅力影响着郁建兴。

毛泽东说："感觉到了的东西，我们不能立刻理解它，只有理解了的东西才能更深刻地感觉它。"通过学习党的科学理论的先进性要求，郁建兴对老一辈共产党人"视名利淡如水，看事业重如山"高尚情怀有了更为深刻的理解。在日记中，他这样写道："世界和平丰碑的基石是无数人的牺牲和奉献，我愿做这样一块纯洁无瑕的基石。"

1988年，郁建兴因出色的学术成就，本可以作为访问学者，免费到波兰著名的有机化学研究所进行深造，但名额却被他人顶替了。在老师们纷纷为之感到遗憾和惋惜的时候，郁建兴却镇定地说："自己的路自己闯"。翌年，他以优异的成绩走进了北京医科大学药学系，攻读博士学位。

郁建兴取得博士头衔后，"药剂合成"专业潜在的巨大经济价值，使他成了社会各界争抢的"香饽饽"，一些地方高校许以帮助其出国留学、高级职称条件，想邀他到校工作；一些地方公司以高薪、汽车、别墅为价码，千方百计诱惑他加盟。一位民营精细化工厂老总专程来北京，开出年薪加股份300万的天价，但他却不为所动，平静地说："美好富裕的生活人人向往。但作为军人，祖国的需要、军队的需要、和平的需要，永远是我唯一的选择。"这位老总不死心，下榻学院招待所，想知道郁建兴到底需要什么？当他走进郁建兴的宿舍，简直不敢相信自己的眼睛。"不足40平米的屋子里，除了桌和床，没有一件像样的家具，这哪是一个有着博士头衔的师职领导干部的家啊？"郁建兴却笑着说："房是御寒的、粮是裹腹的、床是用来休息的，这就是家的最高境界。"临别时，老总动情地说："这次来，没'挖'走你，我一点也不遗憾，可以说，不虚此行，因为从你身上，我真正明白了'人是要有一点精神的'，带回这种精神，我的企业必将更加兴旺发达。"

郁建兴从事的科研项目多属国家和军队的重大课题，出于保密原因，研究成果不能公开发表，无法参加军内外各种奖项的评比。为此，他的教授职称由副转正用了整整七年时间，直至牺牲前也没能成为博士生导师。这一切，郁建兴的老师和同事看在眼里，感慨在心："他研究的是世界尖端技术，成果具有很高的学术和应用价值，甚至可以跟诺贝尔某些获奖成果相媲美。论实力，他早该晋升教授、当博导了，可这么多年来，他没有一句怨言，毅然忘我工作，承担了从研究生到士官生多个层次的专业课程，每年的课时达二三百之多；他诲人不倦，对学生高度负责，就是在伊拉克执行任务期间，仍通过电子邮件关心学生的开题报告；他甘当人梯，真诚地推荐年纪轻、资历浅的同事晋升高级职称，超越自己。在社会风气仍未得到根本好转的今天，这种奉献精神实在难能可贵！"

郁建兴把全部精力投入到防化事业中，但对老母妻儿却欠下一笔永远无法偿还的感情债。他结婚16年，夫妻两地分居竟达14年。即使爱人随军到了北京，离他工作的单位只有30公里，他也因为忙于工作，很难回家，有时一两个月，夫妻也见不了一次面。他学识渊博，桃李满天下，却难以顾得上教育自己的孩子。儿子跟着他只短短一年，学习成绩由原来班里的前几名落到了后几名。这一曲曲感人至深的奉献之歌，为我们树立了"参加革命为什么、当官干什么、身后留什么"的光辉榜样。

一个民族的振兴，需要千千万万仰望天空的人，而只有用科学理论武装起来的人，才具备仰望的能力。郁建兴就是这样一位目光如炬的优秀仰望者，他的成长历程，无不印证着科学理论的无穷魅力。

诗人说，这些用象形文字书写的一颗伟大灵魂成长轨迹中所展示的思想力量，"是数九寒天的一束艳阳，给人以温暖；是生命沙漠里的一丛绿草，给人以希冀；是人生雨季里的一把小伞，给人遮挡冷风阴雨；是徘徊歧路时的一弯路标，给人指点前进方向"。

思想碎片

当一个人的生命之歌曲终人散退出这个喧哗尘世的舞台,其思想——奔流在血液之外的又一条河流仍将涓涓不息,思想是生命中唯一能穿越时空的东西,清新甘泉般的思想活水能恩泽后人,光明如炬般的思想火花有助于人们在黑暗中找到光明,大智若愚般的思想韧度能帮助人们走过茫茫沼泽地,从而到达希望的绿洲。

一

"人类一思考,上帝就发笑。"这句广为流传的犹太谚语道出了"物质人"自身的渺小。

据科学分析,人体的化学成分,不过是由80%的水和20%的碳水化合物组成,经分解与提炼,其脂肪相当于10多块香皂,骨磷可制成2000多根火柴,全身铁的含量最多只能打根寸钉,硫磺也只有一小匙,含量最多的焦炭不到20磅,其石灰还不够粉刷一间小屋,这就是一个人骨灰盒内的全部"内容",其价值至多不超过150元,与一颗宝石相比,未免相形见绌。

但人体却拥有最复杂的结构、最精确的联系、最协调的配合以及最完美的功能,较之其他生命体的最大区别就在于人具有强大的认知能力和创造能力,正是这种深刻存在的精神化资本,使人类在地球上所有的生命群落中凸现卓尔不群。所以我们说人是伟大的,永远不会说宝石是伟大的。由此想到一句箴言：草木有命没有灵，动物有灵没有性，只有人是有命有灵又有性的。
我们应该从中对人的伟大与渺小有一些新的感悟——

高歌"先天下之忧而忧，后天下之乐而乐"者，生命因此而拉长；奉行
"毫不利人，专门利己"者，活着也是苟且。

二

如果爱一个人，就须做到：要了解，也要开解；要道歉，也要道谢；要
认错，也要改错；要体贴，也要体谅；是接受，而不是忍受；是宽容，而不
是纵容；是支持，而不是支配；是慰问，而不是质问；是倾诉，而不是控诉；
是难忘，而不是遗忘；是彼此交流，而不是凡事交代；是默默祈祷，而不是
动辄祈求。

三

在人类居住的这个蓝色星球上，谁也不能决定自己生命的长短，但完
全可以扩展命运的宽度；谁也无法改变自己的容颜，但完全可以时时展现可
掬的笑容；谁也不能预见谜语般的明天，但完全能够抓住今天；谁也无法把
事情办得尽善尽美，但完全可以做到尽心尽责。

四

浴不必江海，要之去垢；马不必骐骥，要之善走；食不必精细，充饥即
可；衣不必华美，御寒则可。做人贵在普通，志存贵在高远；身处逆境不气
绥，需有坚强不屈之心；居住闹市莫媚俗，要有品格高尚之心；事业滑向低
谷不退却，必须有积极进取之心。

五

予人玫瑰之手，经久犹有余香；泼向别人一盆污水，首先弄脏的是自己

的双手。乐于助人也利己，无处不是光风霁月；热衷损人也贬己，无处不是阴云淫雨。

六

看大海，不仅要静观如歌拍岸浪花，还要极目它的辽阔、雄浑、悠远、深沉；

看高山，不仅要欣赏如画唯美景致，还要眺望它的巍峨、雄峻、坚毅、磅礴；

看男人，不要总盯着他的外表是否帅气，更要洞察他的心灵、意志、理想、胸怀；

看女人，不要总迷恋她的脸蛋是否靓丽，更要在乎她的内涵、善良、温柔、素质。

七

走出影院，耳际传来纷纷议论：

"一个年轻美丽的女猎手，凭什么爱上人到中年的猎物？就凭那颗六克拉的肉色大美钻？"

"如果一个女子，爱一个人爱到跟他要零花钱的地步，那真是最严格的检验。"

"在那个温情缺失的混乱的孤岛世界，她宁愿一厢情愿地视钻石为爱的象征，哪怕一丁点温暖，一丁点怜惜，一丁点在乎，一丁点柔情，也能拨动她脆弱的心弦，让她乖乖地缴了械。"

"这天下'治'起来虽难，'乱'起来却很容易。历史上，一个苏妲己几个媚眼，就断送了商朝数百年基业。如今，一部《色·戒》的几个勾栏动作，不也使得芸芸众生蠢蠢'骚'动起来了吗。"

"《色·戒》是将革命与性放置于一个暧昧的空间，以一种温情的方式瓦解了革命，瓦解了政治，瓦解了历史，泯灭了历史真实与大是大非。是通过身体欲望叙事戒掉了历史，戒掉了鲜血，戒掉我们本不该遗忘的颜色——那是'一寸河山一寸血，十万青年十万军'的悲壮景色！"

"当初，八国联军是真刀真枪地劫掠，如今，艺术家们'搞'的表演，却是要教坏儿女子孙数典忘祖，背信弃义，去当叛徒和卖国贼，这可就关系到中华民族几千年的传统美德了。"

……孰是孰非？莫衷一是！猫与鼠，是天敌，也是嬉戏的伙伴。如若此猫与彼鼠还未必称得上是天敌的话，影片的动因又是什么呢？

八

人生在世，兜里没钱是不行的，但金钱却不是万能的。

金钱可以买到豪华的别墅，但买不到温馨的家；金钱可以买到奇珍异宝，但买不到华贵气质；金钱可以买到高级补药，但买不到身心康健；金钱可以买到阿时趋俗，但买不到信赖支持；金钱可以买到敬谨如命，但买不到忠贞不渝；金钱可以买到书籍，但买不到智商；金钱可以买到官位，但买不到美名；金钱可以买到献媚，但买不到敬仰；金钱可以买到一时享受，但买不到一生快乐。

为什么？玩味一下"钱"字结构，颇受教益。明人郑暄有言："金旁着戈，真杀人之物，而人不自悟也。"其实，钱本身是单纯的，复杂的是如何对待金钱的人。一只器罐一旦存满了钱，早晚会被人敲碎；若没有投进去一分钱，一直瓦全到今天，它就成了价值连城的古董。

九

岁月如白驹过隙，时光似羽箭飞逝。当生命的脚步踩着时钟的滴答声走过了不惑之年，蓦然回首，不由得感悟良多：

人的一生，总在不断地通过奋斗获得，又不断地忍痛失去。但不少人时不时违背这一自然规律，总渴望索取和占有，却忽略了放弃和舍得。其实，有时生活会逼迫你不得不交出权力，不得不丢失机遇，不得不抛弃情爱，不得不拒绝华丽……有部美国大片，说的是一位富翁给后代留下了一笔巨额遗产，衣食无忧的子孙们后来全变成了吸毒的、蹲狱的和精神病患者。无独有偶，某对有亿万家财的港商夫妻为了弥补离婚给子女造成的心灵创伤，每日给爱子1000美元零花钱，结果弄出了轰动全球的"艳照门"丑闻。为什么？其实道理很简单，当一个人什么都不缺的时候，他的生存发展空间也就被剥夺掉了。

人生的"舞台"其实也就如同巴掌大，容不得一直横冲直撞，孙悟空一个跟斗倏然翻腾了十万八千里，最后还不是落到如来佛的掌心。由此可见，只有放弃对权力的角逐，才能摆脱私欲的纠缠；只有放弃对金钱的贪婪，才能求得清白的人生；只有放弃对名利的争夺，才能追求淡泊的心境；只有放弃失恋的痛楚，才能获得情感的释然；只有放弃屈辱留下的愤恨，才能实现更大的抱负；只有放弃仇恨埋下的报复，才能享受快乐的生活；只有放弃随心所欲，才能不断完善自我；只有放弃崇尚时髦，才能张扬独立个性；只有放弃悲观颓废，才能变得睿智豁达；只有放弃牢骚抱怨，才能风物长宜放眼量。风恬浪静中，见人生之真境；味淡声稀处，识心体之本然。安然一份放弃，分享一份快乐；固守一份超脱，获得一份幸福。

记得有这样一首哲理诗："有一种相识总在偶遇时，才相信什么是'缘份'；有一种感觉总在难眠时，才知道什么是'思念'；有一种目光总在别离时，才看见什么是'眷恋'；有一种痛楚总在失落时，才明白什么是'珍贵'；有一种追忆总在泪水中，才懂得什么是'遗憾'；有一种际会总在风云里，才承认什么是'缥缈'；有一种重逢总在凯旋时，才珍视什么是'友谊'；有一种配合总在竞技时，才理解什么是'默契'；有一种幸福总在蜜月里，才体味什么是'陶醉'；有一种阳光总在风雨后，才彻悟什么是'希望'"。

这，大概就是"失之东隅，收之桑榆"的妙谛吧。

十

一年轻人某日听说名利是个年轻漂亮的美人，谁找到了她谁就会变成天下最幸福的人。于是他发誓即使花上一生一世也要找到她。

他先跑到图书馆，结果发现任何一本书籍都对名利持否定与排斥态度——名利不在书籍里；

他又去宗教里找寻，但宗教宣称，名利是一个人死后才能得到的，他再次失望了；

不甘心的他又到自然世界去东奔四找，每到一处江河山川，遇见一只飞禽走兽，便急切发问："你们知道名利在哪儿吗？"

"是的，名利她来过这儿呀！可不久她又走了，没人知道她去了哪儿！"每次，他得到的总是这样的回复。

渐渐地，日子一天天过去了；渐渐地，年轻人一岁岁变老了，最后，他走到世界的尽头——那是一个黑暗的山洞，里面坐着一个又老又丑的妇人。一个声音告诉他："这就是名利！"

他捶胸顿足，老泪纵横道："天哪，为什么让我翘首以待等白了头的却是这个样啊？"

他怒发冲冠，却强装笑颜，想用花言巧语把这个祸害了自己一生的丑女人带出山洞"暴暴光"，让那些还在做名利美梦的人赶快苏醒，都死了那份"泡美妞"之心吧！于是诚挚乖巧地对老妇人说："哎，美媚，这儿又黑又暗，我带你回到光明人间去洗桑拿、吃大餐、游名川吧！"

名利默不作声。

"你不走可以，但得答应我一个请求，给我一口信吧，好证明我确实找到了你！"他近乎央求道。

她呲牙咧嘴窃笑道："好吧，看在你花了一辈子时光的份上，告诉他们，我年轻又漂亮。"

十一

登上云雾山，望着眼前一垅垅绿油油的茶田，心里忽生感念：早在千百年前，便有"神农尝百草，日遇七十二，得茶而解之"、"茶之为用，味至寒，为饮，最宜精行俭德之人"的说法。"酒壮英雄胆，茶引文人思。"古往今来，不少文人雅士与茶结下不解之缘，或借茶抒怀，或以茶寄寓，并在茶中找到一方清雅脱俗的精神家园。浮生若茶，这片片青翠欲滴的茶叶，不正是人生的真实写意么？

看！这片至真至纯、青涩味醇的雨前茶，多像一位初识情怀的十八岁小伙儿；这片精气十足、清香袭人的碧螺春，恰似一位英姿勃发的二十八岁青年人；这片成熟高贵、形态完美的龙井，真像一位壮志凌云的三十八岁成年人；这片气色沉稳、真情涌动的乌龙茶，正是一位气概旺盛的四十八岁壮汉子；这片历经沧桑、滋味浓厚的祁门红，诚如一位满腹经纶的五十八岁年长者；这片调和悦色、飘香身外的银白毫，不就是一位将浓情淡意融为一体的六十八岁老人吗？！

208

十二

"我处处都在竭尽全力彰显自己的才华，可为什么总没有博得人们的仰慕与拥护呢？"年轻人不解地问上帝。

上帝不语，随手捡起一块石子抛向远方，然后对年轻人说："你能把它捡回来吗？"

"不能！"

于是，上帝又从衣兜里掏出一块金子抛了出去，说："这次能找回吗？"

只见年轻人拔腿便跑，像离弦之箭。

上帝捋捋胡须，开怀大笑道："他，终于找到了答案！"

十三

英国《太阳报》曾以"什么样的人最快乐？"为题，举办了一次有奖征答活动，最后从八万多封来稿中评选出四份最佳答案：

1.刚刚完成了一部杰作正吹着口哨欣赏自己作品的艺术家，工作着的人最快乐；

2.正在全神贯注用沙子构筑城堡的稚童，快乐隐藏在无限想象中；

3.笑容可掬的母亲正在为婴儿洗澡，普天下最快乐的心境莫过于无私的母爱；

4.放下手术刀，正用衣袖擦拭额头细密汗珠的外科医生，具备救死扶伤技能的人才是世间最快乐的天使。

异域访鉴
YI YU FANG JIAN

飞机迎着冬日暖阳一跃直上万仞高空，望着机舱外那奇幻的景色，我的心在享受了片刻的辽阔和自由之后，又如鹏翼翔云般磅礴起来：这次，我有幸作为中国人民解放军军官培训管理考察团一名成员，前去造访当今世界唯一超级大国，围绕军官培训管理问题与美军进行专题交流。美军究竟强大在哪儿？世界警察为什么能够称雄全球？太平洋彼岸这座兵营现代化建设的内核是什么？我们如何借它山之石以攻玉，"师夷长技以制夷"？带着一连串萦绕在心中的疑问，经过十三个小时的漫长飞行，终于降落到纽约肯尼迪国际机场。

　　步出纽约机场，映入眼帘的是直耸云霄的帝国大厦、克莱斯勒大厦、洛克菲勒中心等摩天大楼群。这里被称之为"站着的城市"，不仅是国际经济、金融、艺术、传媒之都、联合国总部所在地，而且还有众多世界级博物馆、美术馆、图书馆、科学研究机构和文化艺术中心，在这块309平方英里的土地上，有来自180多个国家的移民，因此这个城市也被亲切地称呼为"大苹果"。置身于世界上第五大都市，给人的第一印象是东西方文化存在着巨大的差距。美国虽然是个自由社会、娱乐天堂，但大街小巷不见歌舞厅和休闲中心；在美国做官，报酬远没有干公司那么实惠，所以人的官本位思想比较淡薄，对做官不那么着迷。前一段时间，美司法部长主动辞职，报纸对他的辞职原因作了这样那样的分析报道，但真正的动因是，他的两个孩子都考上了大学，凭他当部长的薪金却无力资助，于是就辞去公职，到一家公司为儿子赚学费去了；美国的法律多如牛毛，有的也很让人不可思议，比如，大白天阳光灿烂，可街上的汽车都开着大灯；双休日不上班，各办公楼白天晚上必须灯火通明，关了就是违法。

这次考察原定于3月，但一直拖到11月，主要是中美关系摩擦不断，美国国会和国防部内的保守派认为以往的中美军事交往"不对等、不透明"，中美军事交流不符合美国利益。特别是中美撞机事件发生后，两军基本暂停了交流活动，直到"9·11"事件发生后，经过两国领导人的共同努力，情况才有所缓和。即便如此，美方对我军事代表团入境也是百般刁难。出发前经外交部多次协商，我军事考察团成员免于入境时按手印备案。总部首长指示，如果美方执意要让按手印，宁肯不去，这是关乎国格的原则问题。可是当我们抵达后，机场人员却把我们列入重点检查对象，让考察团每个成员都要按手印，否则禁止入境。后经多方交涉才答应考察团团长免于按手印，其他成员必须按手印，最后经我驻纽约联合国军参团出面干涉，折腾了好长时间，才全部免于按手印入境。在美国境内转机，我们的机票都有4个"S"的标志，把我们与中东国家一样列入重点检查对象。

　　十多天来，访问团转辗于纽约、华盛顿、洛杉矶、夏威夷等地，先后访问了美军参谋长联席会议教育训练局、联合部队司令部、陆军人力资源司令部、太平洋总部等六个部门，以及国防大学、联合部队参谋学院、陆军军事战争学院等三所院校，还参观了西点军校、战争学院学员教室、图书馆、体能训练中心、传统教育中心等，重点围绕军官培训管理问题与美军进行了广泛交流，对美军既灵活而又刻板的特点有了初步的了解和认识。可以说，所到之处，令人感慨，引人思考，催人奋进。

美军联合作战的灵感来自《孙子兵法》

联合，联合，联合！无论在五角大楼领帅机关还是在军事院校、联合部队司令部，介绍情况的不管是将军还是校官、尉官，张口论联合，闭口讲联合，"联合"是我们在这次考察中听到最多的词语。看来，它已经深入渗透到美军各级指挥官的心中。

所谓联合，就是1986年由美国国会通过的国防部所提出的军事转型法案，即诸军种联合作战思想。这种联合，不仅仅局限于陆、海、空、陆战队之间，而且扩展到军队与地方的联合、美军与盟军的联合。

有意思的是，五角大楼一名上校向我们介绍情况时说，美军的"联合"作战思想，是在学习继承世界军事文化遗产特别是中国《孙子兵法》的基础上，结合新的作战任务和形势提出来的。参观军事战争学院时，博士院长不无幽默地说："孙子，了不起！他在我们国家是伟大的战略家！"在国防大学、联合部队司令部、太平洋舰队，无论将官、校官，都将那句"知己知彼，百战不殆"的名言奉为圭臬。

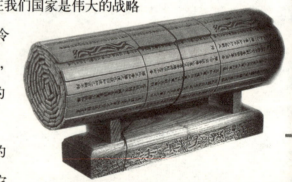

看来，被誉为"兵学圣典"的《孙子兵法》，已是世界文化遗产，它

的影响早已超越出国界。置身世界军事强国，作为一名中国人，倍感自豪。

考察交流时，我们代表团有的同志想请美军一位将军介绍一下他们的信息化、数字化部队建设情况，这位将军皱了皱眉头，表现出一副不可思议的傲慢模样。原来，他们许多年前就已经完成了信息化、数字化的建设任务，目前正全力以赴进行联合作战训练。

进入信息化时代，美军以及社会各行各业早已高度信息化、网络化，建成了全国范围的发达的"信息高速公路"。美国各级政府各部门办公、行使职能，都依靠电子邮件；各商业、企业进行商务活动，全依托电子商务；网络纳税、购物等数字化生存样式，早已进入普通居民的日常生活中；各州、各市、各行各业也都建有局域网。军队早在20世纪90年代就开始组建信息网络战部队：陆军建立了计算机应急反应分队；海军在"舰队信息战中心"成立了"海军计算机应急反应分队"；空军除了已建的第九航空队609信息战中队外，还在其他4个海内外基地组成了计算机快速反应分队。2002年，布什总统签署了一项密令——"国家安全第16号总统令"，要求由国防部牵头，组织中情局、联邦调查局、国家安全局等政府部门制定一项计算机网络战战略。如今，美军通过在国内外招募计算机高手，已经组建起一支黑客部队，随时可侵入别国网络，进行破坏、使之瘫痪甚至将其控制。

五角大楼是我们在华盛顿访问的第一站。它建成于1943年1月，是一座5幢5层楼连接而成的五角形建筑物，初看起来并不显眼，然而，它却是美国最高军事统帅机关——国防部的所在地。美军正是通过这个指挥机构不断地向140万陆、海、空三军官兵以及数十万名文职人员下达着各类指令。进入这个世界上最庞大的军事迷宫，但见楼内各项设施高度现代化，电话星罗棋布，电脑数目惊人，办公全部实现自动化。一名空军上校手握电子按纽，十分熟练地操纵着电子大屏幕，向我们津津乐道地介绍国防部颁布的联合作战条例，以及院校依据条例对军官进行培训的方法和途径，讲得眉飞色舞。电子屏幕上演示的图文，声情并茂，参观者如同在欣赏一部引人入胜的动画片。

在联合部队参谋学院，我们看到，校方把艾森豪威尔的一句名言庄重地镌刻在一面雪白的墙壁上，那句话气势磅礴，寓意明了，正好诠释了"联合"的重要性：一支军队必须讲联合，没有联合就不要上战场。

中午就餐时，一位美军教授对我军代表团身穿清一色的陆军服装不理解，疑惑地问道："你们中国军队讲不讲联合作战？"代表团张团长一看他的眼神，一听他的问话，就明白了这位教授肚里的"小九九"，他笑了笑，平静地回答说："我们中国军队当然讲联合作战，代表团成员中，陆、海、空三军都有，只是为了统一，都穿了陆军的服装而已。"言毕，双方均报以会心的笑声。

军事战争学院在学员编班上就体现了联合，陆、海、空、陆战队学员混编一个班，他们说，这样便于互相学习，取长补短。

在去太平洋总部参观的路途中，一位少校参谋陪同官与张团长交谈了十多分钟，光"联合"一词就使用了十多次！

"联合"一词的确成为考察团所到之处出现频率最多的词。在美国最高军事学府——国防大学，一位副校长一提起"联合"，便滔滔不绝，娓娓道来：国防大学不但招收部队学员，还招收地方政府官员、盟军学员。用他们的话讲，国防大学既培养将军，也培养国务卿和部长，诸军兵种和地方高官中都有自己的同学，在未来作战中一旦遇到困难，便可找自己的"哥们"解决。从这点足以看出美军的长远目光。

事实上，早在1986年，美军就对部队普遍大规模地实施联合作战教育训练，各院校都把联合作战作为主干课程，所有军官都必须接受联合作战内容培训。训练时间分别为：少校至上校10个月，准将6周，少将2周，中将1周。美军的联合作战训练以联合条令为依据，以具体作战任务为牵引，以实战为基础，以加强联合作战为根本目的，促使军官与士官之间、军兵种之间、军队与政府之间、美军与盟军之间的紧密联合协同。从2002年开始，美国国防部制定了军队转型的一系列计划和措施，美军认为，军队转型的关键一步是训练方式的转型，要着力培养军官善于联合作战的思维方式，提高应对处理复杂多变情况的能力。美军还不满足于现状，对未来几十年军队联合训练进行了规划，争取在2030年前把美军建成联合作战水平较高的军队。

　　"知己知彼、百战不殆"。美军从我国古代军事典籍《孙子兵法》中得到启示，并发展成为以信息化、数字化为支撑的联合作战思想。作为孙子的后来者，我们必须善于学习与继承民族优秀的文化遗产，以开放、包容、扬弃的态度吸纳一切先进的思想和经验，努力建设高效、合成的人民军队。

名副其实的"竞争上岗制"

在陆军人力资源司令部和太平洋总部，我们有幸目睹了美军的"竞争上岗制"流程。从选人到用人再到管人都有一套严格的考核、选拔和晋升制度。

没有规矩，不成方圆。国会对美军各级军官数量进行了严格的立法：武装部队编多少上将、中将、少将、准将，编多少上校、中校、少校，都有明确的规定，不能超编；各个岗位编什么级别的军官，也有准确的限定，不能超配。立了法，就是法律，超编超配都属违法。

力求在最大范围内选拔最优秀的人才，是我们访问期间感触最深的一点。比如，如果某个岗位缺一个上校名额，人力资源司令部便将选拔条件在美军网上公布，无论所缺员额属于哪个军兵种，全军几千名中校军官都可以报名竞争，自我推荐，各级组织也可以按程序向上推荐优秀人才，然后由人力资源司令部将每个人的材料转交评估团进行比较评估。这个评估团由专家级别的人员组成，负责对符合晋升条件的军官进行分组，按资历和实绩等情况综合排序，谁排第一谁就当选。任何人打招呼也没用，即使打招呼的是总统或国防部长。

陆军人力资源部校官局局长是个黑人，而且还是一个女的，非常年轻，显得特别精干、利索，她告诉我们，在人才管理上，美军以考核为杠杆，本着"全面、准确、客观"的原则，每年都要对军官进行一次考核，考核官一般为被考核者的"顶头上司"。我们看到，考核表上密密麻麻地写着履行职责情况、个人素质和发展潜力三个方面，共 27 项具体内容，这张表格并非年终填写，而是逐月填写，年底汇总上报。而且允许被考核人在考核结束后查阅考核报告表，发现失实之处可以提出申诉。待女局长介绍完情况后，我们代表团团长在致词时特意给她送上了两顶高帽，称赞她精明、能干，是个女强人。她听后神采飞扬，不住地说 Thank you! Thank you! 看来，外国人也喜欢"戴高帽"。

当我们正惊叹于美军考核的严密时，陪同官又告诉我们，各级军官到了一定服役年限，都要参加晋升选拔考核，少尉晋升中尉只有一次机会，一些从地方入伍的初级军官因为不适应军队环境，在第一任期就被无情地淘汰了，但其他级别的军官也只有两次机会，如果第一次考核不合格，只有一次"补考"机会，"补考"不及格立即被淘汰，不能再在原岗位干下去。

在美国，无论尉官、校官，还是将军，每次军衔、职务晋升之前，都必须经过院校培训。

走进联合部队参谋学院，映入代表团眼帘的是主楼上飘扬着一面缀有两颗将星的旗帜，美方陪同官告诉我们，少将院长今天在家。第二天，去国防大学访问，未见麦克尔·顿中将的三星旗帜，第一副校长向我们解释说，校长去外地出差了。

这是一道很有意思的风景线。

据介绍，美军有一套完善的院校培训体制。通常，少尉军官要经过 3 至 4 次专业培训，上校军官要经过 5 至 7 次专业培训，将官所受的培训次数更多。累计起来，军官四分之一服役时间在院校。现役军官中几乎百分之百具有大学本科以上学历，硕士以上学历达 60%。

从总体上来说，美军军官培训分授衔前和授衔后两个阶段。授衔前教育又称军官培养训练，即基础教育；授衔后教育又称现役军官深造教育，即晋升深造教育。军官基础教育主要分为各军种军官学校基础教育和后备军官训练团基础教育。现役各级军官在晋升前，均需要进行相应级别的院校学习。这种深造教育一般分任职专业训练，初级、中级、高级、联合军种以及到地方院校培训和出国进修等不同层次的晋升深造教育。这一切似乎都显得太"苛刻"了，但正是靠这种"苛刻"，美军才把最优秀的军官选拔任用到重要岗位。

美军对任职期限和服役年限也有严格限制，即使官至四星上将，任期也不能超过5年，而且服现役满35年必须退休，从而保证了各级岗位上军官的有序流动。军官退出现役后，全部由社会保障，被大公司企业聘用。美军没有转业干部，也没有老干部，军队就是集中精力进行训练和作战。我们代表团有的同志，原本想问问美军是怎么搞转业干部和老干部工作的，去了一看，美军没有这方面的问题，也没有这方面的部门，只好把问题装在兜里又带了回来。

富有的美国人　富足的美国兵

　　访问中，美方陪同人员向我们介绍说，美国一个家庭年收入平均在4万美元左右。可以说，是相当富足的。这主要是美国的人口少，才2.9亿，不到我们人口总数的一个零头；同时，得益于他们占了一个好的地理位置，东临大西洋，西依太平洋，属海洋性气候，风调雨顺。另一个重要原因是历史上遭受战争损失比较小，由于两个大洋把美国与欧洲和亚洲相隔开来，使好战的欧洲轻易到不了那里，亚洲的战火一般也烧不到那里。美国南北邻国都比较弱小，不用担心来自他们的侵略。这种状况，使19世纪年轻的美国能够免去常备军的负担而专心发展经济。美国立国二百年来，除发生过4年南北战争、2年抗英战争，以及珍珠港被炸外，本土基本没有受到过战争破坏，尤其是外敌入侵。近百年来，美国多次参与的战争，都是在领土之外进行的，不但未受战争破坏，反而靠战争发了大财。第一次世界大战，美国置身战争之外，靠卖军火发了大财；第二次世界大战，给其他国家带来的是贫穷和毁灭，而对于美国人来说却是10年经济衰退后千载难逢的机遇，在这次大战中，美国通过"租借法案"，使其成为"民主军火库"，不但发了军火大财，使经济迅速走向繁荣，而且获得国际控制权，开始称霸世界。

　　据纽约大学统计，美国的百万富翁常年保持在一个可观的数目，近年来这一群体呈不断膨胀之势。

　　有人说，纽约是"首富"和"名人"的诞生之地，最著名的莫过于洛克菲勒家族与创作"华尔街铜牛"的迪莫迪卡。

第二次世界大战的硝烟刚刚散去,以美英法为首的战胜国商议在纽约成立一个处理世界事务的联合国组织。可是,当计划拟定之后却遭遇到无地无钱的尴尬。一筹莫展之际,洛克菲勒家族慷慨出资870万美元为联合国买下一块地皮,以每年收一美元的代价捐赠给这个刚刚挂牌的国际性组织。当时,不少人认为洛克菲勒家族脑子一定"进了水"。然而,精明老道的投资者在买下捐赠给联合国的那块地皮时,也买下了与这块地皮毗连的全部地皮。等到联合国大楼建起来后,四周的地价立马一路飙升。没有人能够计算出洛克菲勒家族凭借毗连联合国的地皮获得了多少个870万美元,一直憋着看笑话的人这才见识了这个家族独特的发家敛财目光。时至今日,洛克菲勒家族成为美国名副其实的首富,比尔·盖茨之辈只能望尘莫及,屈居其后。

坐落在纽约曼哈顿区南端的华尔街,虽长约仅500米,但这条狭窄短街却因集中了多家重要金融机构而成为美国金融和投资高度集中的象征。1987年秋,纽约股市遭受重创,道琼斯工业股票指数在一天内下跌22.6%,这给美国金融界带来几乎毁灭性的打击。正是在这样的背景下,做梦都想一炮走红的意大利人迪莫迪卡却看到了成名机遇,他不惜卖掉家乡西西里的祖传农场,筹得36万美元,花去两年时间,创作出一尊身长5米、体重近6300公斤的"华尔街铜牛"。很快,这件"牛气冲天"的雕塑品成为纽约人不可缺少的精神支柱,似乎只要铜牛在,股市就能永保"牛"市。不仅如此,几乎每一位慕名而来的游客都要伸手触摸一下它,盼望能从铜牛身上沾点好运气。从此,迪莫迪卡与有着213年历史的纽约证券交易所一样闻名于世。

在美国,最富的"天堂"城市要数洛杉矶,这里商贾云集,汇聚了各路世界级影星、歌星。同时，这儿还是爱国者导弹、波音飞机和好莱坞电影的产出之地，好莱坞电影的票房在世界电影市场上占据 9 成份额，好莱坞就是美国人的一个梦，也是美国文化和西方价值观的代名词。

221

在洛杉矶，我们听到这样一个有趣的故事。施瓦辛格当州长后，有位制片商请他拍摄 007 续集，施瓦辛格感到自己年纪大了，腿脚也不利索了，想借口推掉，于是他狮子大开口，一拍桌子，开出 2000 万美元的高价，以为如此就可以把那位片商吓回去，可没想到余音未落，片商就拍响了"成交"的巴掌！可没过多久，这一纪录就被人打破了，有个名叫汤姆的影星身价更高，应邀在一部片子里担当主角，片酬竟高达一个亿。在这座影城里有一个毕福里山庄，每栋别墅都在七八千万美元以上，在此没有别墅的就不算世界级明星。参观游览时，导游指着两栋别致的别墅告诉我们说，这是中国影星成龙、李连杰的，现在价值已过亿！世界各名牌公司都在毕福里山庄开商店，那些大牌明星购物不叫"买"，而叫"买断"，看好的品牌只要是一物一件，立即连商标一起买下，从不讨价还价，这样自己购置的宝物便天下独一无二。美国人富得流油，但大街上也有乞丐，有天中午，我们刚从中餐馆出来，有一上年纪的白人乞讨者可怜巴巴地朝我们伸出求助之手，我当即慷慨地掏出一张美元，递过去时给身边的姜主任使了个诡秘的眼色，随着"喀嚓"一声，一幅"东方雷锋捐助富国乞丐"的图片永恒定格在洛杉矶街头。有人说，美国人的财富鼓在口袋里，但美国人的智慧却在犹太人的脑袋里，据说现在的美元汇率制就是犹太人的主意，也就是说真正操纵美国经济的是犹太人，这也就是奥尔布莱特能跻身做国务卿的原因所在。有人预言，总有一天，犹太人要登上美国总统的宝座。

在这样一个大环境下，美军认为，薪金是军人物质保障的补充来源，是使军人签订合同继续服役的促进因素。美军的薪金数额由军兵种和服役期决定，包括月薪金、基本津贴及各种特殊津贴和奖励津贴，有50多种，而且每年的薪金都根据物价上涨指数进行调整。他们介绍美国大兵的待遇时，都高傲地讲："我们是世界上最富足的兵"。

　　太平洋总部一位少校向我们介绍说，在美国，一个士兵的薪金能够养活全家，如果去阿富汗、伊拉克作战，还会得到一大笔国外勤务津贴、危险生命勤务津贴、冒险勤务津贴。美军军官工资普遍高于地方同级人员15%～25%，而且依据联邦政府工资对比方案，每年要与政府雇员和私营企业中从事同等工作人员的工资进行对比，使军官薪金保持同比增长，除了实行高薪，美军还有比地方价格低廉的军中商店、超级市场和免费医疗等，在子女上学等方面也有特殊政策。据统计，军人每年享受的福利项目总计价值1.5万美元。另外，美军还设有多种项目的奖金，以保留专业技术人员，如科技军官奖和勤务奖等，这些岗位的人员在服役期满一定期限后，如果想继续留在部队工作，每年可获得三千至三万美元不等的奖金。

　　同时，美军也注意通过其他形式表示对军人的关心，比如把每年的5月23日定为"军人配偶节"，每年11月24日至30日定为"全国家庭周"，期间军地双方都要开展庆祝活动，让全社会更好地了解和认同军人及其家庭为国家安全作出的牺牲与贡献。在如此丰厚的物质利益诱惑下，美军兵员充足，素质高，服役期间能够尽职尽责，并坚持干到退役前一天。

"国家、荣誉、责任"

　　过去我们曾误认为，美军不设政治机关，恐怕不重视人的思想教育。其实恰恰相反。战争学院院长的一席话正好一语中的，"美军的强大不是最先进的武器装备，也不是高科技，而是人，是官兵的素质和觉悟，正如中国的毛泽东所言，决定战争胜负的是人，而不是物。在任何时候任何情况下，人的因素总是第一的。"

　　殊不知，美国人过去可不是这么认为的，那时，他们总爱狂傲地说："就让坦克大炮评理去吧！"直到在朝鲜战场、越南战场上吃了败仗后才悟出了这个理。

　　美军虽然坚持物质利益原则，但更重视做好人的工作。在参观太平洋总部时，听到这样一个故事：一位高官，私自让几个士兵为他搬家，结果，事情被揭露出来后，军方以侵占士兵的利益为由将他弹劾了。从中看出，美军很重视官兵关系教育，奉行"士兵第一、士兵至上"的口号，要求军官必须尊重士兵的人格和权利。同时，强调对士兵的职能教育，从点滴出发培养士兵做到五个"不"，即：永不放弃、永不后退、永不叛逃、永不欺骗，永不让一个战友掉队。

　　美军院校非常重视对学员进行品格、品质、品德的"三品"教育。从入学开始，贯穿军旅生涯的全过程。军事战争学院第一课通常由总统或国防部长、参联会主席讲如何做人做事，激发军官献身国防的热情；陆军军事学院专门成立了陆军传统教育中心，收集、保存了1400万件收藏品，该中心主任说：我们的座右铭就是要向大家解说陆军的职责和发生在陆军官兵身上的故事，告诉公众，陆军对国家和战争所作出的突出贡献，使之成为陆军历史教育的重要基地，成为美国博物馆的组成部分。

考察期间，我们看到，美军不仅有思想政治工作，而且形式多样，方法灵活，寓教育于活动之中，通过潜移默化逐步渗透到军官内心和整个部队工作、生活的方方面面。军营办公区走廊里到处张贴着领袖和英雄人物画像，会议室悬挂着工作标兵照片，食堂里也有战争宣传画和军事领导人画像，名言警句更是随处可见。这些都潜移默化地影响着美军军官的思想，对提升部队战斗力起到了重要作用。

闻名于世的西点军校，尤其让我们感触深刻。在美国第一大城市纽约的北部，有一条大河由北向南奔流而下，它的气势锐不可当，它的力量无比强大，大地被它冲刷成了沟壑，山脉被它切割成了断面。正当这条名为哈得逊的大河汹涌不可一世地向纽约、向着大海袭来的时候，突然，其腰间被一个三角形地带如同一把利剑插入，哈得逊河从此不再嚣张了，打从这里起，它变得温顺平缓起来，这块降服哈得逊河的三角形地带就是著名的西点。

西点以其地势险要闻名于世，更以美国陆军军官学校雄踞这里而扬名天下。由于西点和这所军校有着共同的历史和辉煌，人们早已习惯将其合二为一，称之为"西点军校"。

西点军校占地面积很大，四周山梁绿树红叶，一条大河穿过其中，青山绿水，环境优美，现在已辟为一大旅游区。在近200年的历程中，西点为美国培养出了无数的军事帅才和管理人才，其中有3700多人后来成为了将军。南北战争中的北方军总司令格兰特和南方军总司令李将军、第一次世界大战中的美国远征军总司令潘兴、第二次世界大战中的太平洋盟军统帅麦克阿瑟、欧洲战场第3集团军司令巴顿和中印缅战区司令史迪威，以及上个世纪90年代海湾战争中的美军驻海湾总司令施瓦茨科普夫等，都出自西点军校。西点军校的卓越贡献不仅仅限于军事领域，它还为美国培养出了众多的政治家、企业家、教育家和科学家等各类人才，其中著名的有美国第18任总统格兰特、第24任总统艾森豪威尔、第59任国务卿黑格、国际银行主席奥姆斯特德、军火大王杜邦，甚至首度登陆月球的三位太空人当中，就有两位出身西点。

西点军校之所以能够培养出众多的高素质人才，一方面得益于他们的严格训练和要求，另一方面得益于灵活多样的政治教育和思想素质的培养。

在西点军校校园的北端，有一个特别的去处——特罗菲角，这里安放着一段巨大的铁链，这就是美国独立战争期间用来在哈得逊河上阻止英军进攻的著名的马钦大铁链。铁链围成一圈，安放在铁柱上，圈内是缴获敌军的五门早期火炮，不远处树立着一根高高的旗杆，杆上的旗标能使人回忆起1898年沉于哈瓦那港的缅因号战列舰，再稍远一点，有一座高高的用巨大花冈石砌成的纪念碑，碑顶雕塑有3名向前冲锋的战士，碑身上刻着2230名在南北战争中阵亡的陆军官兵的名字。

特罗菲角是西点学员学习美国军事史和缅怀烈士的场所之一。每年新生一入学，都要到这里接受传统教育。为了培养出勇于为国家献身的军事指挥官，西点军校确实费尽了心思：用美国历史上著名将领的名字来命名校内的建筑物、广场和街道；把著名西点人物的塑像树立在校园的各个角落，让学员心中始终有英雄有榜样可学，甚至在学校的教堂内，校训被醒目地镶刻在橱窗上，在千人餐厅内挂满美国国旗和各州州旗，以此让每一个学员清楚地意识到自己肩上的责任。

为了激发学员的进取精神和竞争意识，校方在对外开放的西点博物馆内

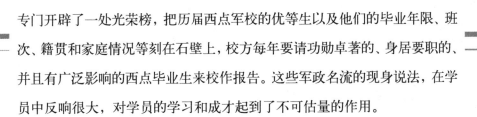

专门开辟了一处光荣榜，把历届西点军校的优等生以及他们的毕业年限、班次、籍贯和家庭情况等刻在石壁上，校方每年要请功勋卓著的、身居要职的、并且有广泛影响的西点毕业生来校作报告。这些军政名流的现身说法，在学员中反响很大，对学员的学习和成才起到了不可估量的作用。

西点在新生入学第三天，就郑重其事地介绍荣誉守则，其实，荣誉守则非常简短、温和而直接："西点学生绝不说谎、欺骗或偷窃，也不容忍他人如此的行为。"荣誉守则与校训是紧紧联系在一起的，1962年6月，麦克阿瑟在西点发表演说，清楚说明了他53年军旅生涯中一贯秉持的信念：国家、荣誉、责任。他说，诸位是维系全国国防体系之经纬的酵母，西点所培养的伟大将领，肩负着战时全国命运。这一长列穿着灰色制服的军士，从没有辜负过国人的期许。倘若你们辜负国人的期许，立刻会有上百万的军魂，穿着草黄色、棕色、蓝色、灰色军服的军魂，从白色十字架下翻起身来，齐声高喊：国家、荣誉、责任。

在每年6月的毕业典礼大会上，校长把沉甸甸的西点军校的校徽庄严地颁发给每一位毕业的学员。校徽上醒目地写着六个大字："国家、荣誉、责任"。铭记住西点军校的校训，毕业生将满怀信心和激情，奔赴各自的岗位。

离开西点军校，代表团的同志们心潮澎湃，无不感慨万端，我也在腹中酝酿出一首诗：

> 将帅摇篮地，桃李二百秋。
>
> 雄才奋虎旅，良冶铸风流。
>
> 今古能并蓄，东西贵兼收。
>
> 六字治学魂，陶塑品格高。
>
> 远访文武道，明鉴助运筹。

务实而又刻板的作风

务实，是美军最显著的特点。在参观战争学院和西点军校时，我们一看到两所院校的"寒酸"大门都感到很奇怪。西点的校门像个独立的雕堡；战争学院没有大门，办公楼前的一块长方形石头独立正中央，上面写着校名，外面竟是一块坟地。如此名校，没想到门面一点儿也不体面！校舍也大多是老房子。但参观结束后，我们都不约而同地达成一个共识：美军不追求形式，把财力和精力更多地用在提高人才培养的质量上。访问国防大学时，我们又有了一个新发现，堂堂大学也只有两台公车，一台轿车中将校长用，另一台是面包车作为公用，其他人员平时无论是公事还是私事只能坐出租车和私家车，就连刚刚从美国驻坦桑尼亚大使位置上卸任的中将副校长也是如此。说到校长，还有一个小插曲。西点军校校长的军衔按美军法令规定最高是中将，美军有关方面推荐上将古德帕斯特担任西点军校的校长，由于与编制军衔发生矛盾，结果古德帕斯特只好由上将降为中将才当上校长一职。他本人呢，竟然毫无怨言！这足以说明美军制度完善，执法严格。

你再看看，开车外出过马路，谁也不敢闯红灯，闯了红灯一旦被抓，不只是罚款的问题，还得进班房坐牢；军营里的落叶，不能用火烧，用吹风机弄成一堆，再用粉碎机粉碎，埋入地下。夏威夷海岸是非常美丽的，碧水蓝天，白沙椰林，是度假休闲的好去处，比我们的海南三亚更显自然，这恐怕要得益于他们的环境保护。美国政府规定：不许在海里用网捕鱼，只能垂钓，海洋生物链因此保护得好；另外，东西海有丰富的石油资源，但美国人却坚持从国外进口，自己不开采，留给后人；在美国，无人敢卖假货，一旦查出来，罚得你倾家荡产，顾客购物尽可放心！

229

接待活动都有明确的时间，精确到分，既不能提前，也不能推后，美军的"守时"早就有所耳闻，这次算是真切体会到了。当我们到五角大楼参观时，整整提前了半个小时。按说接待我们这样的代表团，应该有人提前在门外迎候，可见不到一个人，我们只好开车围着五角大楼转了两圈。约定时间一到，迎候的人准时出来。在陆军司令部访问时也是同样。我算了一下，身材魁梧的黑人司令先后出来两次，前后没超出五六分钟。第一次出来与代表团握了一下手，照了一个相，就回办公室办公去了，由局长给介绍情况。我们告别时，他出来参加互赠礼品仪式，最多三分钟。我们送他一个长城纪念瓷器，他们呢，就把见面时照的合影像作为精美礼品回赠给我们。

考察中，我们还发现，美国军人不露富、不显富，吃的简单，穿的也简单，十分节俭。在参观五角大楼时，我们惊奇地发现，国防部长、副部长、参联会主席办公室就一个单间，一张三角桌；高级将领与普通参谋午餐是一个标准：一套盒饭；太平洋总部司令的办公室也不大，电视机仅仅是一台14寸的。在接待我们的会议室里，只摆了两三大杯冰水，自己喝自己倒，谁也不管谁，没有水果、鲜花，更没有香烟；在美国，办公室不准吸烟，饭馆不能吸烟，住宾馆也不准！美军军事学院的院长去年曾访问过南京理工大学，他对中国人很是友好，以最高的礼仪，把我们作为贵宾专门接到家里款待了一番。代表团的同志都以为能美美地吃上一顿可口的中餐，结果只是简单的三菜一汤：第一道是一盘生菜和沙拉，第二道是稍欠火候的牛排，切不动，第三道是甜食。所谓的汤根本就没法喝，我很礼貌地尝了一小口，实在难以下咽，只好偷偷地吐在手绢里。就餐行将结束时，院长说按照美国的礼仪，请大家站起来，感谢为我们服务的厨师，结果出来的几位炊事服务人员中，有一位80岁左右的老太太，我们以为是院长的母亲或丈母娘，院长介绍说，这是他们那个地区最有名的大厨师，请大家向他们表示感谢。我们虽然没有吃饱，但还是很礼貌地以小费表示了感谢。

说到小费，美国人很有意思，心里想要，却羞于当面索要。我们刚到美国，参加了一个晚宴，结束时，大师傅和服务员出来与客人见面，我们只鼓掌言谢没掏腰包，结果，人家满脸不高兴地扭身就走了，弄得我们很尴尬。后来，经人指点迷津才搞明白。所以这次到院长家吃请，我们提前作好准备，把钱叠成小块，送时放到手心，与服务员握手时悄悄递过去，对方抱以会心的一笑。

在这样友好的气氛中，我即兴赋诗一首，邀请博士院长再次到中国一游：

万里飞渡饮君酒，

紫金波水情谊重。

待到来年秋月景，

醉卧丹枫不思蜀。

"打得赢"与"遏得住"

美军一方面指责我军"不透明",还常常以"对等"、"透明"为借口,要求我军开放更多的军事单位和港口,另一方面他们在接待我代表团时却避重就轻。

在陆军军事学院参观时,校方带我们看了学院的体能中心,这个中心的设施和功能恐怕是世界上最先进的,各种智能型的器械一应俱全。这里负责高级军官的体能训练,一般为三个月,受训人员进入中心的第一件事就是全面体检,然后将数据输入电脑,制定每个人的训练计划,包括运动项目、运动量和饮食标准。经过三个月的训练,受训人员基本能够达到精力充沛,体重适度,所以,美军上校以上高级军官很少有将军肚的。但在参观战争学院和联合部队司令部时,我方提出要看其战役模拟训练中心,他们却不安排,婉言拒绝了。

我们考察团的最后一站是美军太平洋总部,该总部有一个亚太安全中心,每年都要接收亚太地区各国学员在此培训。2000年和2001年都招收中国的学员,从2002年开始,美国国防部打出"一中一台"两张牌,也就是说今年招收中国大陆的,明年就招收台湾的,隔年轮换。我外交部在多次与美交涉无果的情况下,果断中止选送学员到亚太安全中心学习。该中心主任在与我们座谈时,既对美国防部的做法表示遗憾又感到无奈,同时非常希望我国再派学员来,认为中国的学员表现突出,如果没有中国的学员,亚太中心名不副实了。

令人更加气愤的是,太平洋总部一位中校在向我考察团介绍情况快结束时,公然讲,中国与台湾存在领土之争,一旦中国方面向台湾动武,美国已作好了保护台湾的准备。这是对我方的公然挑衅,我代表团团长当即给予了有理、有利、有节地驳斥,严正指出:台湾是中国神圣领土不可分割的一部分,不存在什么领土之争;台湾问题是我们的内政,任何国家无权干涉。如果陈水扁执意搞"台独",我们决不放弃使用武力的承诺。团长的一席话,驳得美方人员面面相觑,哑口无言。真可谓是:

> 中流击楫泛太平,
>
> 不畏浪谷与波峰。
>
> 阅尽天下兴亡事,
>
> 何曾螳臂阻归程。

事后,美方陪同官反复向我方代表团解释说,这并不是那位中校的意思,而是老板(意指国防部长)早已审定过的解说词。这两件事充分说明,美国政府实际上一直在玩弄"一中一台"的花招,美军也一直把我们视作"潜在威胁"和战略对手。

中美关系,用一个形象的比喻,就像一杯"温开水",既不冷、也不热;亦如我们头顶上的天,也有风雨也有晴;好也好不到哪儿去,坏也坏不到哪儿去。一方面,中国是联合国常任理事国,在反恐、朝核、伊拉克等棘手问题上,美国有赖于我们的支持与合作,在双边贸易上,美国更是离不开中国这个庞大的市场。但另一方面,美国一直不断地在台湾、人权、防扩散、西藏等问题上遏制中国。因此,中美两国就呈现出合作与较量、友好与敌视的互动关系。

232

在台湾问题上，美国虽然仍会坚持"一个中国"政策，适度约束"台独"步伐，但美台实质关系还可能进一步发展。从美推行其亚太战略和对华政策的总体需要来看，今后美仍将奉行基于中美三个联合公报和《与台湾关系法》的台海政策，继续玩弄"双向施压、保持平衡、维持现状、两面渔利"的策略手法。一方面鼓励两岸恢复对话，力求缓和台海局势，另一方面适度约束和控制"台独"冒险行为，防止因陈水扁当局铤而走险而使台海局势失控。但布什政府不会改变"以台制华"的既定战略，还将不断加强美台军事合作，售台武器的数量、质量可能出现新的升级。

我们对此要有一个清醒的认识，认真落实反"台独"军事斗争准备，真正处理好"打得赢"与"遏得住"的关系，既要打造出一支"打之必胜"的利矛，也要锻造出一支"遏之有效"的坚盾。

转眼间，十多天的访问划上了圆满句号，当飞机越过太平洋上空，我想起参观世贸大厦遗址和五角大楼时的情形，世贸大厦被撞击，实际死了两千多人，在我们抵达之前，美国政府刚作出发给每位死难者200万美元的决定。五角大楼被撞的那一角，"9·11"事件前两个月，国防部要员还在那办公，不知什么原因，他们搬到了另外一角，要是恐怖分子掌握了这一情报，那就是另外一回事了。

当时，我们代表团成员就此事，集体酝酿了一首打油诗：

轰隆一声震天响，

大楼一角变瓦当。

自古六六方大顺，

初建五角多愚昧。

百年相安无大恙，

当今频遭咒与创。

二千冤魂鼓与呼,

白宫霸权何时休?

234

感恩节遐想

离开夏威夷那天，恰逢一年一度的感恩节。乘车赴机场途中，但见各条大街上，涌满了狂欢游行的人流，有的放声高歌，有的翩翩起舞，有的抱着各种乐器演奏得如痴如醉，年轻人则举着各式各样的火鸡画像在人群中来回奔跑，使人感受到感恩节的隆重喜庆气氛无处不在。都说法国人是浪漫的，霸气傲慢的美国人在休闲时刻也潇洒得蛮可爱呢！

驻美大使馆林武官介绍说，美国感恩节的由来，颇有点意思。早在 1620 年 11 月，102 名英国清教徒为逃避英国教会的迫害，乘"五月花"号木船渡过大西洋，漂流到美国马萨诸塞州普利茅斯，上岸后，正值隆冬，面对饥寒交迫，102 名清教徒死亡过半。后来，在心地善良的土著印第安人帮助下，他们学会了狩猎、捕鱼和种植，并于翌年获得大丰收。为感谢上帝的眷顾和赏赐，回报印第安人的慷慨解囊，这些欧洲移民始祖用猎取的火鸡、自种的南瓜、玉米、红薯、果品等制成丰盛的佳肴，大摆宴席，邀请印第安人共同庆贺丰收。后来，这一庆贺丰收的纪念日逐步演变为感恩节。据说当时有家妇女杂志的创始人拉·J·黑尔写信给林肯总统，要求将感恩节正式定为全国性节日，林肯总统在 1863 年发表一项公告，将每年 11 月最后一个星期四定为感恩节。从此，历届总统在每年感恩节前，都会照例举行一场"赦免火鸡"的活动，被赦免的那只幸运火鸡便逃过被烧烤的宿命，可以颐养天年。感恩宴进餐火鸡前，各家各户都要依照惯例，进行感天地、谢上帝的祷告。具有讽刺意义的是，始于被感恩对象的土著印第安人却莫明其妙地被排除在感恩的范围之外，愤怒的马萨诸塞州普利茅斯的印第安人，在1979年感恩节这天，以集体绝食行动抗议美国白人对印第安人的忘恩负义。这就是标榜"自由、民主、公平"的美国社会的一个缩影！

听了林武官绘声绘色的介绍，置身异国盛大的感恩节氛围之中，不由得令人感慨万端！感恩节在美国文化中的意义，绝非仅仅只限于美食，而是一条凝聚力量、团聚人心、培养仁义和回报上苍的和谐纽带。我们国家虽说没有感恩节，但炎黄子孙更懂得"投之以木桃，报之以琼瑶"、"衔环结草，以报恩德"、"有恩不报非君子"的千年古训，把知恩图报作为一种道德规范，早已成为中华民族传统道德的重要组成部分。汉字中的"恩"字，从结构上就很讲究，上面是一个因果的"因"，下面是一个铭记于心的"心"。这就是说，"恩"是一种需要用心牢记的原因。有因才有果，知恩方图报。传统中国家庭长期流行对"天地君亲师"神位的祭祀，把这五种对象并列作为永远感激的恩人。祖先所作的归纳是有道理的，西方的上帝不过是神化了的天地，而天地的造化、领导的关爱、亲人的养育、老师的教诲，是永远不能遗忘和辜负的。因此，有识之士建议重建公众对"天地君亲师"的景仰，只需把其中的"君"改作"国"或"民"就可以了。回报父母的养育之恩、老师的教诲之恩、领导的培养之恩和环境的营养之恩，乃是一种人生必须履行的责任。"谁言寸草心，报得三春晖。"作为小草，尚且懂得以岁岁年年的尺寸新绿回报哺育它的阳光和大地，更何况是有血有肉、有情有义的人呢?！

我们这一代人是唱着"天大地大不如党的恩情大"长大的，从中小学课本中读到的是张思德为人民服务的英灵、雷锋"把有限的生命投入到无限的服务人民大众"的情操，看到的是董存瑞托举炸药包的臂膀、黄继光堵敌枪眼的胸脯、刘胡兰慷慨就义时高傲的头颅、方志敏写在牢狱中那悲壮的诗行；上大学研究的是先圣名贤"刻民以奉君，犹割肉以充腹"、"先天下之忧而忧，后天下之乐而乐"、"顺民心为本"、"横眉冷对千夫指，俯首甘为孺子牛"等谆谆教诲的丰富内涵；走向工作岗位后，以人为镜的是焦裕禄的忠肝赤胆、孔繁森的鞠躬尽瘁、"和平卫士"郁建兴的忠于职守、任长霞的执法为民，追求的是执政为民、为官清正，是自重自律、品行端庄。我们能不感恩那些雕刻在人民英雄纪念碑上先辈先烈的英灵吗？我们能不牢记使命、承前启后、业为人师、行为世范吗？

飞机跃上蔚蓝色的太平洋上空，我忽然想起儿时在"六一"节前母亲坐在油灯前给我缝那条蓝色裤子的情景，清楚地记得母亲的面容，那种对儿女的舐犊之爱，世间没有什么能与之相比，那种博大深沉的情怀，值得我们用一生去珍爱！许久没见到母亲了，想她两鬓的青丝中又增添了不少白发，我这做儿子的，能给她些什么回报呢?！一想到这里，忍不住泪水浸湿眼眶，情不自禁地吟咏起中唐诗人孟郊的那首《游子吟》：慈母手中线，游子身上衣。临行密密缝，意恐迟迟归。谁言寸草心，报得三春晖？父母的养育恩德，博大如天，我们无论怎样做都实在难以回报，唯有常存感恩之心。实际上，普天下父母都不图儿女为家作多大贡献，一辈子不容易，就图个平平安安。对于"一日为师，终身为父"的老师，也应懂得感恩。永远忘不了我的那位语文课陈老师，是他，在我跌跌碰碰的人生道路上，一次次地为我指明了前行的方向；是他，给我插上了展翅高飞的丰翼，让我"一去渡沧海，高扬摩碧穹"。几十年后，当我加入中国作家队伍那天，我给他寄去了一首勿忘绿叶恩情的小诗。老师很快回赠来一首"飞越、跨越、超越"的嘉勉长诗。

飘洋过海的飞机这会好像遇到了强大气流，感觉一会儿沉入海底，一会儿抛向峰颠，机上出现片刻的躁动，我却若无其事地笑了，心想，虚虚实实、上上下下、真真假假的物体飞行运动不正如这万花筒般的现实社会吗？同在这个蓝色星球上，有感恩知报的人，也有忘恩负义、过河拆桥甚至恩将仇报、落井下石的势利浑浑之辈。但我们大可不必由此哀叹世风日下、人心不古，知恩不报毕竟是少数人的行径。还有一种人，不仅淡忘了感恩之情，反而滋长了贪求之欲。他们与人交往，只有索取的欲望，从不想付出多少，至于无私奉献，他们耻笑道：那是痴人说梦！对于别人的滴水之恩，他们认为要是涌泉相报了，岂不亏死了亏大了！他们要的是涌泉之恩、滴水相报或不报。对这种人可是要注意呢！

　　曾听一位领导讲过一则"升米恩，斗米仇"的故事：从前，有两户人家是邻居，平时关系还不错。其中一家人因为能干些，家中要富裕得多。这两家本来没有什么恩怨的，可是，这一年，老天爷发怒，降下了灾祸，田中颗粒无收。这穷的一家没有了收成，只好躺着等死。这个时候，富的一家买到了很多粮食，想着大家邻居的，就给穷的一家送去了一升米，救了急。这穷的一家非常感激富人，认为这真是救命的恩人呀！熬过最艰苦的时刻后，穷人就前往感谢富人。说话间，谈起明年的种子还没有着落，富的一家慷慨地说：这样吧，我这里的粮食还有很多，你就再拿去一斗吧。这穷的千恩万谢地拿着一斗米回家了。回家后，他的兄弟说了，这斗米能做什么？除了吃以外，根本就不够我们明年地里的种子，这个富人太过分了，既然你这么有钱，就应该多送我们一些粮食和钱，才给这么一点，真是坏得很。这话传到了富人耳朵里，他很生气，心想，我白白送你这么多的粮食，你不仅不感谢我，还把我当仇人一样忌恨，真不是人。于是，本来关系不错的两家人。从此成了仇人，老死不相往来。

这则故事算得上中国特色的"感恩"版本，人世间的一切，都是对立的统一，感恩谢恩报恩与恩爱恩赐恩惠也不例外，任何时候任何情况下，两者都要协调对应。中国佛学讲：感激斥责你的人，因为他助长了你的定慧；感激绊倒你的人，因为他强化了你的能力；感激遗弃你的人，因为他教导了你应当自立；感激鞭打了你的人，因为他消除了你的业障；感激欺骗了你的人，因为他增进了你的见识；感激伤害了你的人，因为他摩擦了你的意志。生命中的每个人都是擦肩而过，珍惜那些慷慨施恩人的情谊，原谅那些随沙飞扬人的无奈，宽容那些落井下石人的糊涂，理解那些散布流言蜚语人的妒忌，盼望那些背信弃义人的回头是岸。人生在世，我们每个人都应该学会知恩、感恩、施恩，轻松地与他人交往，快乐地享受生命的每一天！

飞机在太平洋上空展翅翱翔，电视里忽然响起那首脍炙人口的陕北民歌《就恋这把土》，那深沉高亢而又撕心裂肺的天籁之音，强烈扣击着我的心扉，似乎将人们带入一种至高至远的博大境界。随着音乐韵律的跌宕起伏，身在异国他乡的我，禁不住勾起了一股浓浓的思乡之情，生我养我的那片黄土地哟，是你赋予了人文初祖开天辟地的英武锐气，是你孕育了秦皇汉武睥睨六合的盛世气象，是你滋养了千古名臣先忧后乐的广袤胸襟，是你启迪了当代"安泰"立足大地奉献大爱的无悔信仰。

听！万米高空波音777客机引擎的轰鸣，与机舱内高唱入云的旋律编织成一曲动人的交响乐章：

就是这一溜溜沟沟，

就是这一道道坎坎。

就是这一片片黄土，

就是这一座座秃山，

239

就是这一星星绿，

就是这一滴滴泉，

就是这一眼眼风沙，

就是这一声声嘶喊……

拴着我的心，

扯着我的肝，

记着我的忧虑，

壮着我的胆。

就恋这一排排窑洞，

就恋这一缕缕炊烟，

就恋这一把把黄土，

就恋这一座座青山，

就盼有一层层绿，

就盼有一汪汪泉，

看不到满眼的风沙，

听不到这震天的呼喊……

暖暖我的心，

贴贴我的肝，

抖起我的壮志，

鼓起我的胆

…………

2004 年 11 月 24 日美国感恩节草就于太平洋上空

汉城风骨

　　从仁川机场入境时，代表团一件行李箱遭遇上"麻烦"。原来有位老兄在夏威夷狂购了两纸箱深海鱼油之类的保健品，出美国海关平安无事，进韩国海关却被疑为异物，既要开箱检查，又要送有关部门化验，这一折腾，少说也得半天！我驻韩国大使馆武官上前交涉，无意中说了句"这都是美国货，应该没什么问题吧"，不料，正是这句话，却触动了对方的敏感神经，只见他的头摇晃得像拨浪鼓似的，那意思是说，越是美国的东西越得严查。代表团不少人好生奇怪，你们韩美不是关系户吗？哥们儿间怎么也互不信任呀！无奈，最后这两纸箱美国货果真被查了个底朝天，"害"得我们两个多小时才出了关，到宾馆已是月升中天。当时，我们无不抱怨"韩流"太死板，可事后一想，人家严得有理呀！那年，不正是美国海关的疏忽，才使恐怖分子阴谋得逞，最终酿成了"9·11"惨剧。

　　汉城（现更名首尔）街头警察多如牛毛，而且大多数都是身背机关枪的防暴警察，尤其是在美国驻韩大使馆，停靠着好几辆装有铁丝防护网的大型警车，很多黑衣警察佩戴着长长的警棍和防暴盾牌来回巡逻，其他国家使馆门口只有一两名哨兵。参观中，无意间听到韩国导游在对另一拨游客解释这种现象时不无幽默地说：我们对他们可谓"食之无味，弃之可惜"。显然，"离不开"的是保护伞，"讨人嫌"的是所谓"朋友"的霸道。此刻，我却想起"老鼠过街，人人喊打"这句俚语。世界警察可谓"长臂猿"，全球角角落落都派有驻军，到处炫耀武力，称王称霸，他们在汉城虽然受到重点保护，但当美国大兵欺凌了当地女学生，举国上下顿时"寒流滚滚"——"美国佬，滚回去！滚回去，美国佬！"的愤怒声讨响彻半岛云霄。

　　站在青瓦台总统府前，随着导游的娓娓解说，耳际骤然回荡起那一场场惊心动魄的反腐风暴，在家族主义根深蒂固的韩国，虽然国家"清廉指数"不及芬兰和新加坡，但人民群众敢对总统及其家眷子女腐败行为"说不"的大无畏气概，却令人刮目相看，1995年底，全斗焕和卢泰愚两位总统一起被送上了"世纪审判"的被告席，全斗焕夫人李顺子同时受到警方查处，这一回，汉城想不让人注意都不能了。接下来，金大中政府不仅把前任总统金泳三的贪赃儿子送进监狱，还毫不留情地将自己涉嫌腐败的两个儿子判了刑，世界为之震惊。为了防止总统亲属与腐败有染，政府还设立了由反腐败委员会和警方组成的一个独立机构，对总统所有远近亲属实施24小时监控，此举更是了得！

　　"车如海，人如潮"，是汉城的形象写真，全市人口约1000多万，几乎占了全国人口1/4强。这是一个高收入、高消费的都市，人均月收入230万韩币，家家户户都有汽车，人均拥有2部，这对于中国老百姓来说，简直是梦寐以求的神话。我们看到，满街跑的大小轿车、救护车、工具车和大中型卡车基本都是国产的现代、大宇、起亚，偶尔可见几辆欧美车，但绝无一辆日本车。韩国人非常支持自己国家的民族工业，除了汽车，市场上的手机、电器都是国产的现代、三星、LG，外国货几乎看不到，就连肯德基、麦当劳这样的洋快餐店也寥寥无几。韩国人的向心力是很强的。1998年，受金融风暴影响，国民经济处于崩溃边缘，听说国家准备向国际货币基金会借钱以度难关，全国男女老少居然人人自觉向国家捐款。韩国人的爱国热情并不只是口上说说，而是付诸实际行动，正是这千万颗忠诚之心凝聚起的力量，才使国家走出了危机的阴影。

汉城四周群山环抱，一条汉江将城区一分为二，用山青水秀描述这座现代化都市，颇觉贴切。生活在这里的人也如出水芙蓉般美丽，但这种美多数不是天生丽质，而是人工雕饰之美。韩国整容术全球知名，汉城大街小巷，各式各样的美容店和护肤产品展示店鳞次栉比。女性如果不化妆出门，会被认为不礼貌、没素质的表现，所以不少女同胞以化妆为荣，很多人拿到薪水后第一件事就是去整容，如果看自己哪个部位不顺眼，都会大大方方地去美容院修饰一下。有人说，韩国美女都是整容整出来的，走在街上一看，所言非虚，女同胞美得千人一面，个个都像"金喜善"。不少男人也喜欢去专用美容院，传说，有好几位总统都整过"龙"颜呢！追求美的生活，享受生活之美，讲究生活质量，这就是富足韩国人的高尚品位。

这天，我们来到了汉城旅游盛景之地——景福宫参观，这座具有六百余年历史的朝鲜王朝宫殿，大约于我国明朝时代建成。传说当年朝鲜国王为选定首都地址大费思量，后从中国请来一位风水师，经测定风水龙脉，最终定都汉城，并从《诗经》中得到启发，为宫殿取名"景福"。风水师预言："定都汉城，虽不能统治千秋万载，但维持516年是没问题的。"景福宫于1394年建成，到1910年日本攻陷，正好516年。韩国人不无幽默地说，中国风水师真是诸葛亮再世！受中国古代文化思想的影响，韩国城镇处处映现着中国的影子，房子像中国风格，不少楼台宫殿上也镌刻着醒目的汉字，中国的《四书五经》是中小学生的必修课，当我们自豪之余，也不由得对当下国内所出现的"重英语、轻母语"现象而倍感不安。

晚秋，汉城街上一排排巨大的银杏树已经攒足了它的金黄色，在阳光照耀下，分外摄魂夺魄。漫步银杏树下，头顶一簇簇云伞般的顸枝，脚踩一叠叠金片似的落叶，让人好生惬意！尽管在这儿也能看到如血的枫树、青翠的松柏、或像撒娇似的拧着脾气不肯褪色的柳叶，可是，这种种颜色都已不能不向那笼天罩地的黄色退让，以致被它吞没。这银杏树的极致辉煌，无疑是汉城之秋的主题色调，这层层叠叠的金黄色，不正是这座城市的灿烂写照吗？

心仪汉城，由来已久。一个只有9.9万平方公里的半岛国，何以雄踞亚洲"四小龙"之首长达多年？又何以因1986年亚运会、1988年奥运会、2002年世界杯足球赛而闻名于世？耳濡目染了韩国人的骨鲠，让人深切地感受到，一个国家和民族的崛起，离不开千千万万民众的鲠正风骨。

神岭鹰扬
SHEN LING YING YANG

站在巍峨壮观的八达岭长城上眺望西南，一条挺立着诸多碧峰的奇特山脉映入眼帘，这些奇形怪状、参落叠磊、峰岭纵横、妙趣天成的峰峦，有的酷似盘龙柱、卧山虎、降魔杵；有的神若番天印、望天吼、玉佛头；有的如同蛟龙出海、悟空受戒、元帅升帐，更加惟妙惟肖的是，那逶迤的主峰，以其势如万笏朝天之状，故名"神岭千峰"。

　　何谓"神"？据考，"神"从"申"引伸而来，象形天空中的闪电，古人以为闪电变化莫测，威力无穷，故称之为神。《说文》释为："天地万物的创造者或主宰者"；《广韵》解"神"为灵，如：合契若神，用兵如神；余以胡林翼注释最为精致："世治正神为人，世乱正人为神"。

　　在"神岭千峰"龙首，有数百块巨石天然组合成一个形似回眸凝望的神鹰，目睹这一栩栩如生、天然浑成之奇观，不禁令人感叹大自然的造化之工。这一独特景致，绝非人力所能企及，必是天公神灵所造设。

　　千百年来，许多封建帝王和达官显贵、文人墨客频频光顾"神岭"、"神鹰"景地，留下了不少珍贵石刻，其中最著名的有金章宗的自题遗墨"驻跸"、"栖云啸台"；有明代的"神山拱佑"、"神岭千峰"；有清圣祖康熙的御笔"石鼓传声"；有民国时期的"灵秀独钟"。古往今来，普天下英雄豪杰、仁人志士无不对"鹰"情有独钟，顶礼膜拜。《诗经》曰："维师尚父，时维鹰扬"；《左传》说："见其无礼于其君者，诛之，如鹰鹯之逐鸟雀也"；杜甫在《画鹰》中咏道："何当击凡鸟，毛血洒平芜"；晋代孙楚在《鹰赋》中赞叹："有金刚之俊鸟，生井陉之岩阻，超万仞之崇巅，荫青松以静处，体劲悍之自然"；明朝李梦阳赞鹰"草间妖鸟尽击死，万里晴空洒毛血";百余年前,"戊戌变法"领袖康有为在居庸关前极目眺望昌平山川,写下了"云垂大野鹰盘势,地展平原骏走风"的壮美诗句;清代武乡试揭晓翌日,随即举行盛大的"鹰扬宴";在古罗马,雄鹰被看作至高无上的上帝的象征;美军、德军、俄罗斯军队甚至将鹰的图腾镶嵌在军徽上;革命导师列宁在演讲中总喜欢使用:"长空的雄鹰,决不因暴风雨而收起它的翅膀";毛主席在那首气势磅礴的《沁园春·长沙》中写道:"鹰击长空,鱼翔浅底,万类霜天竞自由"……由此可见,鹰以其志存高远、搏击碧空,不飞则已、一飞冲天,不鸣则已、一鸣惊人而著称,咏鹰励志成为奋发有为者的不懈追求。也许是历史老人的刻意安排或大自然的眷顾,中华人民共和国建立后不久,伟大领袖毛泽东亲自批准,在"神岭千峰"之首的"神鹰"栖息之地,组建了中国人民解放军防化兵学院。半个多世纪以来,这所军事院校的广大官兵沐神岭之灵气、纳神峰之魂魄、励神鹰之伟志,弘扬"学纳百川、德积千仞、拱卫九鼎、致力和平"之神气,培养和造就出一大批德才兼备的降魔神兵。近年来,在被称之为国际间军事化学"奥林匹克"比赛的"联试"中、在突如其来的"非典"一线、在硝烟弥漫的维和战场、在反恐除疫的边防口岸,写下了一篇篇驱妖降魔、出神入化的壮丽诗篇。

身着迷彩服的"普罗米修斯"

春天本是生命的代言人，春风荡漾着，一路欢歌，播撒着希望的种子。而 2003 年的春天是缺席的，一种不明原因的 SARS 病毒诱发的传染性疾病，隐身于无骨的风中，幽灵般地在我国及世界范围内肆意游走。

病毒的历史远远长于人类的历史，自史前以来，人类就饱受病毒的困扰。但这次从潘多拉魔盒中飞出的 SARS，其传播速度之快、传染性之强，是地球上现有的 4000 种病毒所无法比拟的。

广东告急！香港告急！！北京告急！！！从南到北，感染者的数量以几何级数攀升。

中华民族又一次面临危难时刻，战争的警报已经拉响，不闻硝烟，却是十万火急；不见战火，却是分秒必争。这些显微镜下才能看得见的敌人，正通过空气飞沫，在毫无设防的人群中蔓延。

面对疫情，无所畏惧的华夏儿女，兵分三路送瘟神：科技人员只争朝夕研制攻克 SARS 的克星；白衣天使全力以赴夜以继日抢救感染患者；再有一路就是——"擒贼先擒王"，切断 SARS 传染途径的消毒铁军！

依托科学的力量，总参防化部队前瞻性地提出了"预见在先，预防在先，备战在先"，并临危受命，组建应急消毒分队，担负首都重点地区的地面消毒任务。

他们，也是血肉之躯——

上等兵夏海东的父亲去世，作为儿子，悲痛透彻肌骨。但当得知连队执行消毒任务的消息后，未等丧事办完，就星夜返回部队，积极请缨，战斗在消毒战场第一线。失去亲人，才更加体味到拥有生命的珍贵，决不能让SARS再使我们的同胞失去亲人。"老吾老以及人之老，幼吾幼以及人之幼"，这是怎样一种博大的胸襟！父亲若地下有知，定当含笑九泉。

分队副指导员牛晓红刚刚领取了结婚证，原计划回老家度蜜月，连队受领任务后，他带领小分队成员准备洗消装备器材，通宵未眠。"洞房花烛夜"本是人生的一大快事，而他的新婚第一夜，却让娇妻独守空房。"昔我往矣，杨柳依依"，折柳相赠，生离死别，新婚夫妻以"不控制住首都的疫情，我们就不度蜜月！"作为临别赠言，悲壮而又决绝。这不由得令人联想起世界名片《卡萨布兰卡》的经典结尾：他目送着心爱的人离去，目光温柔蚀骨，此一别可能就是永诀……在这非常时刻，谁又能否认这不是现代版的另一段爱的传奇？

士官崔鹏执行任务前，刚刚做完包皮切除手术，伤口虽已愈合，但下身长时间处于高湿高温的环境，伤口开始化脓，步履维艰。难言之隐，被这位军中男子汉默默地隐瞒着、承受着，每天像没事一样，奋战在首都市区消毒第一线。在如今充满了诱惑的温室化生存面前，他使我们领略到什么叫铮铮铁骨，什么叫大爱无声。

他们，又是铜墙铁壁——

防核生化专用消毒剂对病毒具有极大的杀伤力，但这把双刃剑亦具有高度的腐蚀性。天天、时时、刻刻与消毒液打交道，刺鼻的气味使官兵的鼻子、喉咙奇痒难忍，嗅觉和味觉大大减弱，无论多么香甜的饭菜，都变成了消毒剂的味道。作业时，尽管小心再小心，谨慎复谨慎，官兵的面部、耳部和手上都脱了几层皮，就是套在厚厚靴子里的脚趾也在糜烂。身上的汗毛，轻轻一捋，便全部褪落。漂白的氯，让斑斓的迷彩服颜色脱落。当喷射着强腐蚀消毒液的水管像蛇一样在地上到处乱跳，又有战士怕伤及战友，如剑般出鞘，用身体死死压住舞动的水管……

这又让一颗颗拳拳赤子心，益发的鲜明。你听："我是防化战士，我不入地狱，谁入地狱？！"

曾记否——烽火连天的朝鲜战场上，是他们，将凶险嚣张的化学武器摧毁；惊天动地的唐山地震里，又是他们，将一触即发的瘟疫消灭在萌芽状态；劈波斩浪的抗洪救灾中，还是他们，将随波逐流的流行病拦腰斩断。

医院，曾是救死扶伤的圣地，现在沦为高危重疫区，一度成为人们惶惶然避之而不及的场所。"生存，还是死亡？"（To be, or not to be？）哈姆雷特在悲怆地向我们发问，面对肆虐的毒魔，有人选择离开；而防化战士，一群降毒神兵，选择的却是直面而上，隐忍而又坚定。在病房，甚至在太平间，这些病毒高密度聚集的危险地带，穿梭着他们无畏的身影。消毒车开不进，就连接加强管，用喷枪扫；喷枪连接不到，就端着脸盆消毒。每天，他们驾驶喷洒车，身着防毒衣，穿大街，进小巷，上工地，闯疫区，连续作业20多个小时。厚厚的防护服内摄氏60度的高温使不少人虚脱，突然失灵的喷枪又将他们一次次灼伤，与病毒的零距离接触，更是残酷的搏杀。但他们，无怨无悔，甘愿用自己的生命去呵护别人的生命。只因为，军人的襟抱，是与和平、安宁和幸福共存不朽的。

难怪她，一位俏丽而又疲倦的护士，穿梭于病人之间，目睹着阴阳两界，早已将人间的生生死死视为风轻云淡，面对着这样一群钢铁战士，忍不住对姐妹们耳语道：真想献给他们一个纯洁的吻。为了他们的勇气和牺牲，也为着自己的感动和良知。

在弥漫着病毒的城市上空，有一种久违的精神在凝聚，凛然而又温柔，闪烁着人性的光芒，这种光芒穿透了绝望和恐惧，不仅温暖着世界，也震撼着我们因为物化而趋于冷漠乃至麻木的心灵，唤醒了一度沉睡的高贵品格——

生命无论长短，在有限的时间里打垮死亡才能体现生命的尊严。是的，生命尽可以脆弱，尽可以微茫，但，不可亵渎。

"背后有个神秘的黑影在移动，一把揪住了我的头发，往后拉，还有一声吆喝（我只是挣扎）：'这回是谁逮住了你？猜！''死亡。'我回答。听啊，那银铃似的回音：'不是死，是爱。'（Not death, but love）"（白朗宁夫人）

是爱——纵使生命有了短暂的休止，以科学的护佑和爱的救赎为两翼，生命也就有了获救的依靠和支撑，直至，恢复欢乐的跳动。

盗火的普罗米修斯为了人间的温暖和光明而舍身，成为"哲学日历中最高尚的圣者和殉道者"（马克思）。身着迷彩服的"普罗米修斯"，为了驱逐和消灭SARS病毒，他们甘愿将自我奉献。

何曾不知晓？生死契阔，茫茫两不知。

此情为谁浓？万劫不灭，耿耿炎黄恋。

2003 年 5 月 30 日

每个人的背后，
都有让你动容的灵魂

北京西北郊，居庸关长城下。

中国人民解放军防化指挥工程学院静谧的校园里，一幢外形酷似"老K"牌图的小楼，门前高高飘扬着三面旗帜：一面鲜红的五星红旗迎风招展，一面蓝色的联合国旗猎猎作响，一面绿色的世界环保组织旗恣意飞扬。

三面非同寻常的旗帜，为这幢小楼披上了一层神秘的面纱。楼房内虽然只有二三十名军人，却是代表中国履行国际《禁止化学武器公约》和处理日本遗弃在华化学武器的技术核心机构。非凡的使命、特殊的任务，造就了一支群星灿烂、享誉世界的"降魔神兵"。

这是一群热血青年的正义呐喊，这是一群爱国将士的光荣宣言："为了捍我金瓯至高尊严，我们愿化作一柄刺破青天锷未残的戈戟；为了履行维护世界和平神圣使命，我们须铸成'首身离兮心不惩，终刚强兮不可凌'的特殊性格。"

和平年代，即便是一束阳光也是鲜花唇边的一抹微笑，战争离我们似乎很遥远，遥远到我们几乎可以将之忘却。然而，有谁知道，在和平的平静波面下，涌动着不安的潜流。曾几何时，一种无色气体、核子辐射和白色粉末——这些恐怖袭击的魑魅魍魉，犹如一柄达摩克利斯剑，高悬在人类的头顶。

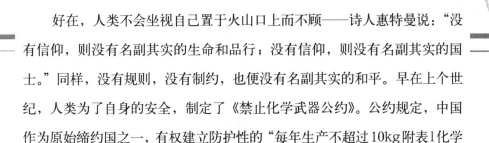

好在，人类不会坐视自己置于火山口上而不顾——诗人惠特曼说："没有信仰，则没有名副其实的生命和品行；没有信仰，则没有名副其实的国士。"同样，没有规则，没有制约，也便没有名副其实的和平。早在上个世纪，人类为了自身的安全，制定了《禁止化学武器公约》。公约规定，中国作为原始缔约国之一，有权建立防护性的"每年生产不超过10kg附表1化学品设施"，即"10kg化学品合成实验室"，每年向有关单位提供10kg高纯度的化学试剂，仅仅用于教学、科研、医疗等公约不加禁止项目的研究。

建立这个实验室，关乎泱泱大国向世界证明维护人类和平、立足防护的信心和实力，关乎中国军人在世界维和舞台上的地位和作用。"10kg化学品合成实验室"，因其科技含量高、技术标准严、操作规程复杂、涉外性极强，备受世人瞩目。实验室建成后须经联合国化学武器专家视察组的多次核查，对精度要求更是"零误差"，即便是万分之一的误差，也会造成天大的漏洞。因此，国家决定，将这个重要而特殊的实验室交由解放军防化学院建立。

当年，西方发达国家为攻克这一难关，曾动员十几个国家的数百名科学家，耗资十几亿美元。目前，只有少数科技大国掌握了这一高精尖技术。

养兵千日，用兵一时。

白手起家，自力更生。

履约事务办公室一批三十几岁的青年专家被院党委提名担纲此重任，他们用30万元起家，向这一世界特殊高科技领域发起冲击。

"这是一场国际考试，我们保证考100分！"这声音凝聚着青年军人赤诚的报国之心，高翔的万仞之志。

既然许下了庄严誓言，就得用生命履行和平之约，矢志不移无怨无悔；既然挑起了这副重担，就要竭尽全力往前走，任凭道路崎岖荆棘丛生。

时不我待！

实验室设施无法引进，没有任何参照系数，他们集思广益，联合攻关；实验程序没有借鉴资料，他们"摸着石头过河"，缜密论证，不懈求索；毒剂合成、分装、加热、冷却、搅拌、萃取、提纯，失败了，心不恢，重新干，不少项目反复几百次甚至上千次，每一次实验，每一道程序，稍许不慎，都会看见死神朝自己狰狞而笑。

每天，他们都沉浸在这样两个灰色字眼中——极限。生理的极限，心理的极限，智慧的极限……

这群有着钢铁般性格的团体，挫折于他们，就像给好钢淬火，只会让其更加坚韧。经过120个昼夜的艰苦孕育，项目组终于趟过"死亡之旅"，一个堪称一流的10kg综合实验室呱呱坠地，它包括两个合成室、一个分析室、一个清洗室和一个临时保存库。

走进10kg实验室，令人眼界大开：一排计算机转瞬之间把化学毒剂种类变成信息模块；质谱仪大屏幕上，公约禁止的毒剂分子结构变幻尽收眼底……实验室的成功实践，记录着这支降魔劲旅的光荣使命与和平梦想，实现了中国防化兵的历史性跨越。

这是亚洲第一个10kg实验室，也是国际禁止化学武器组织170个缔约国建成的17个10kg实验室之一。为了向国际禁止化学武器组织提交初始宣布，履约事务办公室老中青三代专家运筹帷幄，心意传薪，推敲再三，十易其稿，终于拟制出严谨可行的宣布方案，很快得到总参谋部和外交部的批准，经原化工部核准后，送交国际禁止化学武器组织"OPCW"备案。在国际禁止化学武器组织进行的严密核查中，面对不同肤色视察员的反复盘询，百般挑剔，代表祖国接受国际核查的青年专家以过人的专业功底和娴熟的公约知识，沉着应对，据理力争，成功地通过了三次苛刻的核查挑战。

新千禧年夏令。

又一轮核查正在如火如荼地进行，突然，视察组长认为我方宣布资料有误，要求更改宣布，察看宣布范围以外的实验室，并表示如不能就上述问题达成一致，将作出未决结论。这是一个关系到国家和军队形象的重大原则性问题，处理不好，会给我军控外交带来被动。胸有成竹的首任设施代表郁建兴博士淡淡一笑，用流利的英语作了不卑不亢地回复："组长先生，十分抱歉，对于已宣布设施的例行视察，仅限于我宣布范围，视察组无权进入本设施以外的实验室。这一点，《公约》核查附件第六部分 E 节有明确规定。设施的宣布，已得到过前几次禁止化学武器组织视察团的充分认可，我这里有他们签字的视察报告。如果组长先生感兴趣，我可以就这个问题与您进行深入讨论，但这绝不是什么未决问题！"毋庸置疑的慷慨陈辞，博得了多数视察员的频频点头，蓝眼黄毛视察组长虽然脸色一阵红一阵白，但也不得不俯首称臣，最后只好乖乖在视察报告上签字。"中方专家具有高超的专业水平！"最终，联合国化学武器专家的检查评价是："无悬而未决问题"、"高专业水平的设施"。

中国化武专家又一次在国际上树立了诚信履约的光辉典范。

站起来的中国人，不仅能造出"两弹一星"、建立高精尖"10kg化学品合成实验室"，而且有能力履行维护世界和平的神圣使命。

首任设施代表郁建兴受联合国监核会聘请，两次赴伊拉克执行核查任务。

他匆匆穿梭在战争的阴影中——封闭在高危高爆高毒的环境里，只为了真实的求证。如果能阻止战争的爆发，那么，就是呕心沥血又何妨?！

暗藏战事的巴格达忧心重重，伴随着重重夜幕，郁建兴和 13 名中国军事专家的工作室常常闪烁着一盏不眠的灯火，只为了，科学正义的核查能阻止战争的脚步。

"壮志未酬身先死"，核查途中一场意外的车祸将英雄的生命定格在 38 岁。38 岁，韶华岁月，如日中天！

郁建兴是自 1991 年联合国对伊拉克进行武器核查以来第一位因公殉职的优秀核查员。

联合国秘书长安南先生给予这位中国军人八字盖棺定论："忠于职守、深受赞誉"。据说，这是他在任期内对军人所作的唯一最高评价。

郁建兴，中国履约队伍的杰出代表，他站着，是巍巍高山，铁肩担大义；他倒下，是峨峨丰碑，挚爱恒久远。

古印度史诗《摩诃波罗多》对战争的描述读来令人胆颤心惊："太阳似乎在空中摇曳，这种武器发出可怕的灼热，使地动山摇，大片地段内，动物倒毙，河水沸腾，鱼虾烫死。敌兵烧得如焚焦的树干"。这些悲惨的描写不过是"带诗意的夸张"。然而，在处理日本遗弃化学武器的现场，与毒魔面对面交锋，那是战争在穿越遥遥时空后与无辜者的相遇，那是毛骨悚然的人鬼遭逢，而一种叫做修炼的人生境界，也同时君临。

拂去半个世纪的尘埃，展现烽火硝烟的历史。自 1931 年"九一八"事件起，日本军国主义对中华民族进行了大规模的武装侵略、经济掠夺和精神奴役，开始了对中华民族主权和民主的野蛮践踏。战争期间，侵华日军曾在我国发动 2000 多次毒气战，战败后又把大量化学炮弹和几百吨毒剂遗弃在中华大地，仅已查明的化学弹就有 200 万枚以上。对于没有任何防护知识和经验的中国老百姓而言，化学武器犹如潜伏的狰狞恶魔。目前，至少已造成上千起中毒事件，伤亡超过 2000 人。

日本遗弃化学武器数量之巨、种类之多、分布之广、危害之猛，都是人类战争史上所罕见的。要全面彻底销毁并非一件容易之事，必须有一整套完善的销毁设施，销毁过程也相当复杂，需要花费巨额费用。有专家计算过，销毁日本军国主义的遗弃化学武器，需耗资数百亿人民币，而且至少要用十多年的时间。

这恐怕是世界反法西斯战争所遗留下来的最难解决的一大难题。

中国防化兵临危受命，投入到这场"未闻硝烟炮火声、历尽千辛万般苦的后抗日战争"第一线。

踏进履约事务办公室，你就能和一种叫做"紧张肃穆"的气氛撞个满怀。这里，既看不到时髦的办公设备，又看不到奢靡的装饰物品，唯有一个个与众不同的旅行箱被擦拭得干干净净，特别引人注目。专家们常年处于战备状态，每人的办公室或实验室都有一个装备齐全的旅行箱，做好了随时受命出征、处理日本遗弃化学武器的准备。一年365天，他们有近300天奋战在擒魔的作业现场。为了祖国大地山清水秀，他们选择了无怨无悔的奉献，每个人的心中，只有一个执拗的信念：多挖一枚化学弹，就多清算日本军国主义一份罪行；多清除一袋污染土，就多净化一寸国土；多销毁一件日本遗弃化学武器，就多带给人民群众一份应有的安宁！

处理日本遗弃化学武器，危险系数之高，令人震惊：小米粒儿大的高纯度"vx"微粒沾上人的皮肤，便可立即致人死亡；水果香味的沙林初生云只要吸上一口，便会达到致死剂量；处理毒剂弹药，稍许不慎，就有被染毒的危险。在那些靠人的静电就随时可能引起爆炸的遗弃炮弹面前，谁不提心吊胆？在那些正在泄露着足以使人全身糜烂的毒剂面前，有谁不望而却步？在那些可能一刹那间就粉身碎骨的高危防爆墙里作业，又有谁不毛骨悚然？常年与毒魔面对面交锋，犹如骑在猛虎的脊梁上。一次次作业，等于一次次与死神擦肩而过。但他们从没有后悔过自己当初的选择。支撑他们一路走下来的，除了作为一名军人保家卫国、服务人民的神圣天职外，还有就是在降伏毒魔过程中所锻造出的"诚既勇兮又以武，终刚强兮不可凌"的品质。

对于有的人，这也许会成为以后借以夸耀的资本、索取名利的筹码；对于有的人，这也许只会在过后留下难以平复的余悸和无法修复的创伤；面对危险和死神的考验、面对生与死的抉择，这些以"降魔神兵"著称的英雄群体，却把战国时代尉缭子的一首千古绝唱挂在嘴边，镌刻在心坎："将受命之日忘其家，张军宿野忘其亲，援桴而鼓忘其身"，在降服毒魔、净化国土、造福子孙、雪我国耻中争显身手。

赤橙黄绿青蓝紫，这七色彩虹本是营造着大自然的斑斓秀色。然而，在这些降魔神兵眼里，那些深埋于地下，弹体上涂着各种色彩的日军遗弃炮弹，却是恶魔的象征、死亡的请束。该怎么形容呢——那一刻的感觉？石建华主任说：那是一个无法解释的时刻，长久地凝视着那些锈迹斑斑的炮弹，色彩近乎诡异，黑，黑得沉厚；白，白得邪恶；红，红得滴血；绿，绿得令人发毛。而一种叫做修炼的人生境界，也同时君临。有勇气并不表示恐惧不存在，而是敢于面对、无所畏惧。作业中，每当发现化学弹时，大家都进入一级戒备状态，作业人员用塑料铲和竹片清理土壤，直到露出炮弹。先对炮弹进行科学检测，确认无毒剂泄漏污染后方可处理，再用竹片小心翼翼地取出炮弹，在检查有无引信、有无苦味酸泄漏后，才进行相应的安全处理。在炮弹清理和鉴别的操作台上，他们先初步清理挖掘出来的炮弹，带引信弹、毒剂泄漏弹等化学弹经过处理。在密封包装帐篷，经确认的化学炮弹，先用一个白色布袋将毒弹包起；然后，用铝塑袋进行第二层的防护，压出袋内的空气，进行密封真空包装；再将密封好的毒弹套上专业缓冲材料，用胶带缠好放进特制的绿色专用木箱内，编号后送到临时存放点……

260

春去秋来，八载寒暑，他们步履匆匆，从白桦荫蔽的雪国到烟雨蒙蒙的江南，从流光溢彩的粤海到牛羊遍野的草原，哪里有毒魔，专家们就到哪里鏖战；哪里发现险情，哪里就会成为他们的下一个人生驿站。在沼泽密布的丘陵，在蚊虫肆虐的密林，在淤泥深厚的码头，在骄阳似火的江滨，在热闹非繁的市区，在书声朗朗的校园……他们先后60多次出征，挖掘处理日军遗弃化学武器40000多枚。

他们的无私无畏，他们的剑胆豪气，就像古印度史诗《摩诃婆罗多》之句："甚至在烈火中能种植金色的莲花。"

传说，在茫茫沙漠中，有一种应天地灵气而生且十分喜火的神鸟，为了表达忠贞不渝的爱情，衔来枯枝堆积在太阳下面。太阳点燃了枯枝，它就在火里翩翩起舞，洁白的羽毛烧得通红，而枯枝被炼化成鲜红的相思豆。于是它就披着一身火红的羽毛，将那串红豆珠链送给相爱的人。有人说，用生命履行和平之约的中国专家不就是这只神鸟的化身吗？！

一个没有英雄的民族犹如一座没有鲜花的园林。不错，在我们这个日新月异、经济腾飞的时代，英雄辈出。

这群英雄，却是无名英雄。

也有流泪。副教授周黎明在东北某地作业中，被查出转氨酶升高，被迫离开工作战场时，他眼含热泪，一步三回头；

也有惊悸。枯井里那枚带有引信的毒剂弹让只身下井的周学志不禁倒抽一口凉气。当一枚毒剂弹因锈蚀而发生泄露，淌出的毒剂像酱油，王学峰教授闻讯，冒着被染毒的生命危险冲进防爆壁，降服了这个毒魔后，大汗淋漓的他，脸色苍白，双腿发软，颤颤微微地对大伙说："大胡子马克思前辈对我说，你这么年轻，跑我这儿干什么？快回去吧！"

也有牵挂。他们不无幽默地说："我们是不回家的丈夫，愧对妻子；我们是说话不算数的父亲，愧对孩子；我们中的年轻人是顾不上谈恋爱的小伙和姑娘，愧对青春……"面对亲人，有谁的双唇衔着荣誉，渴望平淡？面对家庭，又有谁不企盼与妻儿团圆？青年专家王宁的妻子怀孕后，一直呕吐不止，隔三岔五就得上医院，家中无人照顾，可他一走就是好几个月；管英强生病的妻子尚未康复，他从服务社扛回两箱方便面，就踏上了挖掘化学武器的战场。人非草木，孰能无情？他们又是多么思念千里之外的亲人啊！

也有险情。这不是虚构，东北深山老林乱草丛中的"草爬子"一口咬下，能让人患上神经性脑炎；张文丽被战友从沼泽地中拽出，而她的一只靴子，则永远地留在了哈尔巴岭的荒野中；一次，外交部领导在作业现场问石建华主任："同志们经常与毒剂弹打交道，究竟对身体有没有影响？如果有，到底会有多大的伤害？""短时间内，化学毒剂的伤害不会有明显的反应，但从长远看，毒剂对人体的积累危害不可低估。曾经有一位化学专家在全身严密防护的情况下，由于长时间用芥子气实毒做实验，他的双手发黑，生下的孩子像个非洲人。"石主任笑了笑回答说。人们从这淡淡的笑意中，似乎一下子读懂了"苟利国家生死以，岂因祸福避趋之"的全部含义，他们以忧心天下之慷慨、唯独忘却自身的满腔赤诚，将自己锻造成为风骚独步的时代骄子和国格化身。古人的这首题诗述怀，或许会被后人吟咏成篇献礼给他们！

也有神奇。核探测专家钱建复教授用他的"金手指"往哪儿一指，哪里就埋藏着废弃的炮弹，一挖，一个准；在履约办公室取得的40多项科研成果中，1项荣获国家科技进步二等奖，2项军队科技进步一等奖、1项二等奖、

6项三等奖。另有，还有12项环保标准已通过国家环保总局颁发。这些成果已成功应用于60多个日军遗弃化学武器点的安全回收工作中，为150余次中日磋商提供了有力的技术支持，切实维护了国家和人民的利益。

　　也有奉献。出于为国家安全保密的特殊原因，他们还有许多科研成果不能参评申报奖励，虽屡建奇勋却只能作为无名英雄。钟玉征女将军20世纪90年代三次率团参加"国际实验室间化学裁军核查对比测试"荣获三连冠，被业内誉为国际化学裁军技术领域的"居里夫人"，西方大国科学界无不惊叹：中国的军事化学分析水平已遥遥领先！陈海平教授早已成为闻名遐迩的处理遗弃化学武器技术权威，国际禁止化学武器公约组织"指称使用"专家，他们，本早应戴上院士桂冠，然而，一个却拒绝申请："把名额留给年轻点的同志去争取吧；我一个老太太，要那顶乌纱帽干啥用？！"质朴的语言，从钟玉征的嘴里说出是那样的坦荡；一个仅因几票之差而与院士失之交臂，当众多有识之士为此种"吞舟是漏"的选举结果扼腕叹息之时，老教授却舒卷如云淡然一笑。人有性格，放大至民族，则成文化。中国人民，中国清贫的知识分子，历经坎坷与磨难，却依旧秉承坚韧顽强、淡泊人生的心态，对于多灾多难的祖国母亲，依旧怀着一股深沉的爱。正是这些中国的脊梁，挺立着这个古老之国屹立不倒。"心有所系毫发重，心无旁骛一身轻。"以钟玉征、陈海平、郁建兴为代表的这支履约队伍，就是这样亦重亦轻地运行着他们的人生。

　　…………

　　老子曰："甘其食、美其服、安其居、乐其俗。"安居乐业，是每一个人所追求的理想境界。生命，哪怕千疮百孔，以正义的护佑和爱的救赎为两翼，生命便有了获救的依靠和支撑，直至，恢复欢乐的跳动。

试问：哪一类事业能让人如此牵肠挂肚、滴血流泪？是军事科学；哪一类事业能让人怀着如此宗教般虔诚的心去探究？是军事科学；哪一类事业能让人激情澎湃、荣辱与共，有如此强烈的社会责任感？是军事科学；哪一类事业能让人如此襟怀坦荡、相互鞭策？是军事科学。

"不言愁恨，不言憔悴，中怀寄相思。"这哪里是危情四伏的作业，这分明是在从事一项高尚事业；这哪里是命悬一线的测试，这分明是在进行一场旷日持久的和平之旅。有纯真的爱就有沉沉的责任，有无言的爱就有默默的期待。

尽管这个时代的精彩与躁动，文明与落伍，和谐与争端，早已超越了一切想象。但是，在这个风云际会的年代里，这群防化专家以"不畏艰险、顽强拼搏、团结协作、无私奉献"的博大情怀和"横扫虏廷、雪我国耻"的慷慨气概，忠实履行公约使命，把人生的舞台定位在核化生武器防护与反对恐怖袭击的特殊"战场"上，他们的工作，充满了开创性、挑战性和风险性，他们所弹奏的，是这个时代的最强音。

2006 年 4 月 28 日，新华网传来一则令世界为之叹为观止的新闻：日本外务省今天凌晨宣布，有关日军遗留在中国的化学武器处理问题，由于无法在《禁止化学武器条约》中规定的 2007 年 4 月这一期限前完成处理工作，日本已向禁止化学武器组织提出申请，要求将期限延后 5 年。

公约组织权威兮？当事之国诚信兮？

路漫漫其修远兮，吾将上下而求索。这就意味着，履约事务办公室的战斗任务仍未有穷期，专家们将继续奋战、鏖战、苦战下去，直到目标的终点！

"八一"前夕，中国作家协会一批作家在参观了履约事务办公室工作成果展览后，不少人在留言簿上欣然题写诗文：

和平使者礼赞

为了人间的温暖和光明

普罗米修斯不惜舍身去盗火

成为哲学日历中最高尚的圣者和殉道者

为了驱逐和消灭核生化武器

你们以高山般的坚强意志

以大海般的深沉情怀

以天空般的宽广胸襟

不求闻达

甘愿默默地为和平

奉献着自己的青春、才华和热血

正因为有无数个像你们这样的人的存在

才矗立起令世界肃然起敬的钢铁长城

我是履约人 我是中国人

白天，狠毒的太阳，把我晒得漆黑；

晚上，温柔的月亮，把我洗得净白。

南海，把我的汗水烧到沸腾；

北国，把我的汗水冻成冰块。

五月端阳，暮春初夏的鲜花，我来不及陶醉；

八月中秋，早晨傍晚的清风，我来不及体会。

已经久违了，那亲人团聚的笑声；

已经久违了，那夫唱妇随的浪漫。

流汗，辛苦，我一个人担待；

流血，风险，我一个人承载。

……

265

我，就是履约人；

我，就是中国人。

今年20岁，40岁，60岁，70岁。

老中青三代，一样的风采；

老中青三代，一样的胸怀。

写在国门口岸的诗笺

来到国门口岸，站在五星红旗下，眺望国际物流"高速"路上千帆竞发、风驰电掣的繁荣景象，我欲击节抚琴，吟颂那些协助国家出入境检验检疫部门除疫灭菌的降魔神兵，伴着《国门卫士之歌》的经典旋律缓缓跳跃，多少感动与动感的故事，漫溢在叠翠流金的夕阳余辉里，串缀成梦一样的情愫，装订成厚厚一本诗笺，在心中激荡起一曲琴箫和鸣的交响乐章……

人的一生，注定会进进出出许多门。童年的门，你必须走出去；成年的门，你必须踏进来。既然昂首阔步跨进了防化兵军营，就意味着选择了终年累月要与核化生魑魅魍魉打交道。为了防止外来有害生物的侵入，拱卫祖国生态环境安全，官兵们用无私战胜恐惧，用信念书写忠诚，高举科学盾牌，在边境口岸与地方检验检疫部门强强联合，优势互补，共同构筑坚不可摧的绿色屏障。

面对形形色色的外来生物疫菌，熏蒸消毒稍有不慎，轻则诱发火灾，人员中毒，重则危及生命，长期接触易燃、易爆、剧毒物质，表面看似乎对人体并无多大影响，但婚后所生的子女中不乏畸形、弱智和痴呆者。从事这项工作，"看似寻常最奇崛，成如容易却艰辛。"这，分明是在与死神酬唱，与风沙做伴，与寂寞共舞。然而，苦，你不言；累，他无语；直面凶险，坦然笑对。八年前，初到满洲里、绥芬河、二连浩特口岸安营扎寨，吃饭，没食堂，要乘车到地方检验检疫局的食堂搭伙；睡觉，无住房，哪里有业务就在哪儿搭顶帐篷凑合一宿；夏季，沙漠"火炉"高达60多度，即使坐着不动，身上汗涔涔粘糊糊，没有地方冲澡，加上蚊虫叮咬，压根儿无法休息。如果遇上下雨天，天上大下，屋里小下；天上不下，屋里还在"哭泣"。

面对艰难困苦、危机四伏，未见抱怨、懊悔、退缩身影，却闻锵锵有力之声："但使龙城飞将在，不教胡马度阴山。"官兵们心头，长鸣着声声环保警钟：这个亦喜亦悲的诺亚方舟，尽管大自然中已被鉴定的生物达170多万种，但今天正以平均每小时消失一个物种的速度减少着；尽管世界森林覆盖面积有40多亿公顷，但正以年平均损失2000万公顷森林的速度消失着；尽管全球有广袤的土地资源，但正以平均每年沙化100万公顷的速度被吞噬着。与此同步，各种境外有害生物以几乎同样的速度疯狂涌入地球的各个角落。一次次飞机航班、一艘艘远洋轮船、一位位在各大陆之间跋涉的旅行者，都可能是口蹄疫、疯牛病、禽流感、艾滋病的传播源头；松材线虫、湿地松粉蚧、松突圆蚧、美国白蛾、松干蚧等入侵害虫每年危害我国森林面积达150万公顷左右，豚草、紫茎泽兰、飞机草、薇甘菊、空心莲子草、水葫芦、大米草、巴西龟、福寿螺等肆意蔓延，已经到了难以控制的局面。外来入侵物种给我国造成的经济损失平均每年达574亿元人民币。触目惊心的生态癌变，向新时期中国防化兵提出了使命拓展的呼唤，条件再苦，困难再大，也要在国门口岸构筑起防疫灭菌的钢铁长城！

心中若无灰色，面前便是晴朗的天空。与苦相伴中，他们用心弹奏出了一曲曲欢乐之歌："系列套餐"、"活动房"、"天然浴"、"铁皮别墅"、"天然冰淇淋"、"火塘浴"出神入化般相继涌现，破旧的工棚挡不住草原上的沙尘暴，他们干脆住进闷罐车；天寒地冻水龙头冻结了一时无法取水，他们就嚼冰解渴或化雪煮水；工作后汗水浸透了衣衫，寒风袭来，浑身冻得瑟瑟发抖，他们三五成群围聚一起，点燃一堆篝火，有的翩翩起舞，有的高吟放歌，条件虽苦，环境虽劣，人人感觉其乐融融，别有一番生活情趣在心头。

军人生来为战胜。

"非典"期间，人人谈"非"色变。每天，几百架次飞机出入各地国际机场，除疫消毒不亚于参与一场实战。

"乌龙作浪三千尺，正是利剑出鞘时。"危急时刻，一支支全副武装的队伍快速登上了来自境外的各次航班，面对猛于虎的"非典"疫情，没有胆怯、退却、躲避，凭着强悍而不妥协的个性、超越自我的韧性、护佑生命的责任，无畏主宰消毒行动，为抗击"非典"作出了军人应有的奉献……

在中蒙边界二连浩特口岸，新疆地区的少数民族商人从疫区国家购进价值亿元的一批牛皮、羊皮，因疫情滞留口岸，等待处理。当时，二连浩特受沙漠气候影响，气温骤然升高，牛、羊皮开始腐烂，臭气熏天，蚊蝇成群。少数民族进口商担心利益受损，集体进京上访请愿。国务院指示想尽一切办法妥善处理好此事。十万火急。防化官兵接到求援指令，连夜赶赴口岸，迅速展开消毒，经过一个多月奋战，消毒处理25万张牛皮、100多万张羊皮、3000件羊毛、近百节火车车箱和40000平方米的污染场地，圆满完成了任务，避免了事态的恶性发展。国家检验检疫部门在发来的慰问电中赞誉有加："解放军在危难中见真情，在急难险重的任务中见真功，为维护人民群众利益、维护社会稳定作出了贡献。"

几年前，在震惊中外的"多佛惨案"中遇难的58名国内偷渡者尸体被运回国，防化兵接受任务后，没有丝毫推托，面对一具具惨不忍睹的尸体，他们用超人的坚强意志，克服了巨大的心理障碍和恐惧反应，慎重制定消毒方案，精心进行处理。一面面锦旗送到了部队驻地，当地政府赞扬道：解放军为消除"多佛惨案"的不良影响立了大功；检验检疫部门赞誉道：解放军同志在关键时刻，召之即来，来之能战，战之能胜；死难者亲属含着热泪说：解放军不愧是我们老百姓的亲人！

270

同生大千世界，共存茫茫宇宙，头顶一片蓝天，心沐一轮清辉，只要你珍惜生命价值，披肝沥胆，勇于拼搏，那么，你就没必要去仰视别人。你，就是一道风景！

欲穷千里目，更上一层楼。新的突破点在哪儿？他们说：只有敢于挑战过去，超越常规，突破极限，才能在新的起点上走向更大的辉煌。

熏蒸消毒所使用的有些药品，属于剧毒高危化学品，污染环境，危害人体，世界发达国家早已停止使用，发展中国家也已经列出了限期停止使用的时间表。熏蒸消毒研究所官兵开动脑筋，查找资料，实地考察，调查论证，从维护生态环境和人民的利益出发，投资400多万元，与地方检验检疫局合作，共同开发了XMG—35"环保型智能熏蒸库"。在常规情况下，熏蒸货物须要24个小时，而用XMG—35"环保型智能熏蒸库"熏蒸仅用4个小时；常规熏蒸药剂不能再利用，而用XMG—35"环保型智能熏蒸库"，药剂可重复使用，既节约了药剂，降低了成本，又利于环保，目前是世界领先的现代化熏蒸设备。

随着我国林业资源危机和"天然林保护工程"的实施，进口原木逐年递增，国外有害生物和疫病也乘机搭车而进，仅从俄罗斯入境原木中就检出了多种检疫性害虫，口岸生态环境岌岌可危，农业、林业受到了严重威胁。国家五部委立即联合发出了"2号公告"，果断决定由境外进口的原木必须经过除害处理后方可入境。一石惊涛，方方面面拍手叫好。然而，作为我国原木最大进口国的俄罗斯却没有除害处理的条件。也就是说，我国五部委"2号公告"提出的要求，在出口国俄罗斯境内进行原木除害处理后再出口的措施将无法实施。

怎么办？问题棘手。在入境口岸对进口原木进行除害处理是一个新课题，铁路敞篷车车载原木熏蒸技术在我国是一项空白，一直无人问津。对进口车载原木进行除害处理应该采用什么办法？谁来承担这个新课题的研究？谁有能力担当此重任？几经选择，国家质检总局把信任的目光投向了防化兵，部队领导当即立下军令状：一个月之内破解这道难题！

军中无戏言，承诺重千钧。韩东军少将立马调兵遣将，运筹帷幄，组成课题科研攻关小组，指派秦长畦部长挂帅担任攻关小组长。领命后，秦部长率领技术人员火速赶赴绥芬河口岸，在绥阳小车站安营扎寨，一场艰巨的攻关战斗拉开了帷幕……

铁路敞篷车车载原木熏蒸除害处理史无前例。以往传统的做法是让原木落地，再进行密闭熏蒸，对场地的要求高，时间要求长，这种方式在口岸现场肯定行不通。科研攻关组根据实地考察结果，最终确定了攻关的思路：原木不能落地，就在列车上进行熏蒸除害处理。

思路有了，具体的困难却接踵而来。

封闭敞篷车车体是第一道难关。一开始，他们用特制聚氯乙烯塑料薄膜将整个车体裹起来，再用胶带纸在外面粘上。然而，软软的塑料布被硬硬的原木上的铁丝和钉子一扎就是一个窟窿眼儿，铁道线上狂风肆虐，不多会儿，塑料布就被吹得七零八落，首次试验无果而终。接下来，他们试着将车上原木先用篷布苫上，然后罩上塑料薄膜，再用胶带纸粘上。这样，不仅耗时费力，而且成倍增加了成本……上百次的试验、失败、再试验，记不得度过了多少个不眠之夜，秦部长看上去人一下子消瘦了许多，眼圈变黑了，皱纹平添了几道，月光下的铁道线上经常映现他那高大的身影，烈日炎炎的晌午，他独自在火车车厢旁冥思苦想，有时夜里说梦话也是铁路敞篷车、车载原木、帐幕熏蒸……

272

一直处于思考中的秦长畦，那天半夜突然来了灵感：篷布加塑料布不就是双面胶篷布吗？用双面胶篷布覆盖原木不怕扎，一次覆盖省时省力，用陆地熏蒸用的沙袋压在篷布上，既可以防止散落，又可以帮助密封……他一咕噜从床上爬起来，打着手电筒来到现场，丈量过火车车厢尺寸，立即确定了长16.5米、宽6.2米、厚0.6厘米的双面胶篷布加沙袋来固定封闭车厢原木的方案。第二天一大早，两眼通红的他，匆匆忙忙直奔牡丹江篷布厂，定做了3块双面胶篷布。

绥阳火车站上的攻关试验时刻牵动着北京的大本营，韩将军一天几次电话打进攻关组，当他听说试验需要篷布，立即派人将100块篷布以最快的速度送到绥芬河。

国家质检总局、黑龙江和绥芬河检验检疫局领导卢厚林、曾庆财、罗公平、苏永泉天天蹲在现场，与部队技术人员携手攻关，多少个不眠之夜，多少次论证试验，军地双方科研攻关小组密切配合，破解了一道道难题，克服了常人难以想象的困难，在不到20天的时间里，终于成功研制出了"铁路敞篷车车载原木帐幕熏蒸技术"。

7月13日是个值得纪念的日子。这天，在绥阳火车站举行了一次不同寻常的鉴定试验，各界人士都在心里为试验的成功与否捏着一把汗。只见秦长畦部长沉着指挥，三组防化兵分工协作配合，在一字排开的试验车厢上，进行封闭、投药、测试等一系列工作程序，作业时间按时完成，各道工序进行顺利，各项指标符合标准要求。散气后，虫死疫灭，效果良好。鉴定试验，在现场如雷般的掌声中圆满结束。官兵们脸上的汗水和喜泪一同流淌，胜利的欢快让他们忘记了连日来的辛劳。

"一镜高悬净不尘，万流争赴虚如海"。很快，这项技术在全国各大口岸推广应用。国家质检总局局长李长江感叹道："做得很好，非常正规，有解放军在，我们就放心……"

生命与价值是一个古老且具永久性的命题。

著名诗人臧克家写过一首广为流传的纪念鲁迅先生的诗：

"有的人活着，他已经死了；有的人死了，他还活着……"

在国门口岸除疫灭菌的防化官兵，是一支默默无闻的群体，又是一个坚强、团结、战斗的集体。他们之所以被人们称为国门卫士，是因为他们在看似平凡却又特殊的岗位上，磨砺出了一颗颗金子般的闪光心灵，实现了人生的最高价值。

"没有优势创造优势，有了优势发挥优势；没有机遇寻找机遇，有了机遇抓住机遇；没有亮点打造亮点，有了亮点再创亮点"，从官兵们这句发自内心的朴实话语中，分明透射出鲁迅先生所说的那种"民族的脊梁"精神。

当兵三十多年的东北大汉秦长畦，长年转战大江南北，积劳成疾，身患多种疾病，仍乐此不疲地奔波在全国各地熏蒸消毒第一线。

专业技术五级高工、大校军衔，他说，这只是一个老兵的标志。八年前，他带队去边境口岸创业，白手起家，举步维艰，开展业务步步是坎，但他有股百折不挠的韧劲，终于在全国二十几个口岸熏蒸消毒市场开辟出一席之地；他一向把自己当作一名老战士，每一次处置应急突发事件，他都站在一线指挥，亲自制定方案，没出一次纰漏。每年，他有200多天奔走在各个熏蒸消毒作业点，几百名官兵的名字他能倒背如流，无论谁家有了大事小事他都了如指掌。他心里装着大家，唯独对自个漠不关心，腰肌劳损，久坐不得，但驱车几百公里下基层检查工作，早已是家常便饭；心脏也有毛病，常犯心绞痛，医生多次要求他住院，可他一忙起来，医生的话全当成耳旁风，有时不得已，为了保安全，每次外出，身上都要绑个监测仪。

有人说：只说不做的领导是假把式，只做不说是傻把式，又做又说才是好把式。他只相信毛泽东的哲学："不干，半点马列都没有！"可是每年年终，当机关为他请功时，他总是一让再让，甚至推功揽过。

研究所政委赵兴桂，当了10年系主任，半道改行搞熏蒸，都说人过三十不学艺，可年过半百的他，转行转得急，上路也上得快。三年前，前任所长转业了，一大摊子事都交给了他，他拿出山东人的犟劲，不懂就学，不会就问，每天挑灯苦学业务书籍；熏蒸作业时，他像小学生似地坚持跟班，近距离观看每一道程序、每一个环节、每一个细节，久而久之，外行变成了内行，指导工作有的放矢，管理队伍游刃有余，熏蒸业务快速发展。闲不住的他又积极开辟新的工作领域，寻找新的经济增长点，大轮熏蒸、航班消毒、智能熏蒸库等业务都有板有眼地陆续开展起来，经济效益、社会效益、军事效益稳步提升。

说起来也许谁也不相信，三个春节，他都是在岗位上度过的，家里的事情全推给了老伴；孩子去国外进修，他正奋战在抗击"非典"一线，脱不开身，只好委托同事帮忙送到机场；有一天，他突然提出请假3天，回去为老父亲送终，这时大家才知道，他有4个老人需要照顾，都是妻子和家人在替他尽孝心。

金钱，是摆在每个人面前的试金石。有家地方公司看中了秦和柱所长的能力，许诺100万年薪动员他转业，他回答了一句让对方哑口无言的话：我是军人，即使金山银山也动摇不了我对这身军装的情与爱！

那年，邵卫东刚来二连口岸指挥熏蒸作业，就接到爱人要分娩的消息，他心里别提有多高兴了，却没有将这一人生的最大喜讯与战友分享，悄悄给妻子打了个祝福电话，夫妻俩说了好多好多甜甜蜜蜜的话，商量了半天给孩子取什么名才能表达他们的爱，直至感到手机发烫了，才依依不舍又郑重其事地说出了早已准备好又觉得说不出口的歉意词："这里的熏蒸工作刚开始，我又是一所之长，你说我能离开吗？"未等他说完，电话那头，传来一阵爽朗笑声："你忙你的，我带上我们的孩子回他姥姥家去，你就放宽心吧！"

电话这头的邵卫东，情不自禁地哽咽起来。他想起培根在《论人生》里说过的一句话："那些为军人而生的女人，心中有最深的感情湖，能忍受最长久的孤独，也能抗衡难以预知的痛苦。"

一晃两个多月过去了，这期间，因工作太忙，他给家里打电话也由多到少了，有时妻子打过来，他不是关着机就是说上一两句就听他讲"拜拜"。一次，秦部长来验收工作，闻知邵卫东爱人生孩子两个多月了他也没有回家，秦部长眼睛潮湿了，当即命令他坐飞机回家探亲。这是邵卫东有生以来第一次坐飞机回家探亲，那天，他离开二连口岸时，二连检验检疫局领导都来给他送行，临别时拉着他的手说："部队有你们这样的好干部，我们老百姓放心！"

从来不谈自己的所长李德斌、潘晶友和吴保华，只要说起身边这些战士，就像满架的葡萄——一嘟噜一嘟噜似的："他们个个都是好样的，每年开春来作业的时候，大家的脸庞白里透红，回去时都变成了'包公'。风天一身沙，雨天一身泥，热天一身汗，夏季40多度的高温天气，火车厢被太阳晒得烫人，军用胶鞋踏上去，鞋底烫得变了形，但再热的天也要戴防毒面具，作业过后摘下防毒面具时，里面的汗水能倒出半茶杯。防毒面具戴得时间长了，脸都压得变了形。有的战士病了也不吱声，不请假，吃点药顶一顶就过去了。有个叫蔺锦涛的战士，脚两次被扎伤，血流湿了鞋，赶也赶不走，多好的兵啊！他们让我感动，令我动容，也激励我上进！"说到动情处，这三位所长都禁不住泪光闪闪。

不必隐于云海峰峦之后，不必藏于青竹绿林之中，你们，就是巍巍山峦的一块美玉，就是莽莽林海中的一株青松；不必敬畏名山大川，不必赞叹大漠孤烟，你们的存在，其本身就诠释了世上所有的景致；你们的一举一动，一言一行，给苍白的四周以绮丽，给庸俗的日子以诗意，给沉闷的空气以清新。

"为了心中那面永不褪色的红旗，我们每一名共产党员都需要时刻用锤头击打自己，并挥舞镰刀在头脑中保持一片至纯至善的情感圣地。"

"七一"前夕，又一批默默奉献者站在国门口岸党旗下，举起了庄严的拳头。

时任国务院副总理的吴仪在听取了部队官兵在口岸工作的情况汇报后赞叹道："解放军为我们国家经济建设立了大功。我们要感谢解放军，我们要向解放军同志学习……"

国家质检总局领导在边境口岸视察时也感慨地说："防化官兵和检验检疫部门的合作，要向深度和广度开展，要不断提高科技含量，要创新，要为国家的经济建设和社会的进步作出更大的贡献……"

多想从苍穹撷来两颗星星，

送给你一对明眸；

多想从深海收获一串珍珠，

送给你流光溢彩；

多想从山野采得几朵鲜花，

送给你满园芬芳；

多想从边关折取一簇红柳，

送给你春的信息……

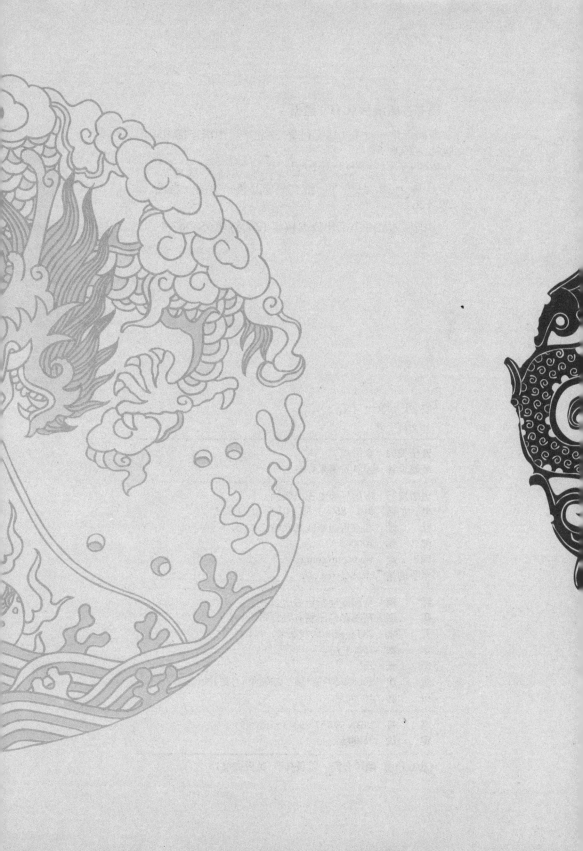

图书在版编目（CIP）数据

春回天地一寸心 / 马文科著. —北京：中国广播电视出版社，2008.5
ISBN 978-7-5043-5610-9

Ⅰ.春… Ⅱ.马… Ⅲ.散文—作品集—中国—当代
Ⅳ.1267

中国版本图书馆CIP数据核字 (2008) 第053767号

春回天地一寸心

马文科 著

责任编辑 余潜飞
装帧设计 贺勇工作室

出版发行 中国广播电视出版社
电　　话 010－86093580　010－86093583
社　　址 北京市西城区真武庙二条9号
邮　　编 100045
网　　址 www.crtp.com.cn
电子信箱 crtp8@sina.com

经　　销 全国各地新华书店
印　　刷 精美彩色印刷有限公司
开　　本 787毫米×1092毫米　1/16
字　　数 350(千)字
印　　张 18
版　　次 2008年5月第1版　2008年5月第1次印刷
印　　数 10000册

书　　号 ISBN 978-7-5043-5610-9
定　　价 38.00元